KB269154

공현의 낙수에서 배로 황하로 들어가며
즉흥시를 지어 부현의 벗들에게 부치다

自鞏洛舟行入
黃河卽事寄府縣僚友

강물 낀 푸른 산 뱃길은 동쪽을 향하고
동남쪽 사이 활짝 열려 드넓은 황하로 통하네
겨울 나무는 먼 하늘 끝에 닿아 희미하고
석양은 물결 속에서 사라져 간다

來水蒼山路向東
東南山豁大河通
寒樹依微遠天外
夕陽明滅亂流中

만검조종 ０

萬劍祖宗

만검조종 6
한성수 新무협 판타지 소설

초판 1쇄 찍은 날 § 2006년 9월 14일
초판 1쇄 펴낸 날 § 2006년 9월 25일

지은이 § 한성수
펴낸이 § 서경석

편집장 § 문혜영
편집책임 § 김민정
편집 § 서지현 · 심재영

펴낸곳 § 도서출판 청어람
등록번호 § 제1081-1-89호
등록일자 § 1999. 5. 31
어람번호 § 제2-1007호

주소 § 경기도 부천시 원미구 심곡1동 350-1 남성B/D 3F (우) 420-011
전화 § 032-656-4452 팩스 § 032-656-4453
http://www.chungeoram.com
E-mail § eoram99@chollian.net

ⓒ 한성수, 2006

ISBN 89-251-0312-5 04810
ISBN 89-5831-984-4 (세트)

만검조종

萬劍祖宗

Fantastic Oriental Heroes

한성수 新무협 판타지 소설

6

살황(殺皇)의 도(刀)

도서출판 처음람

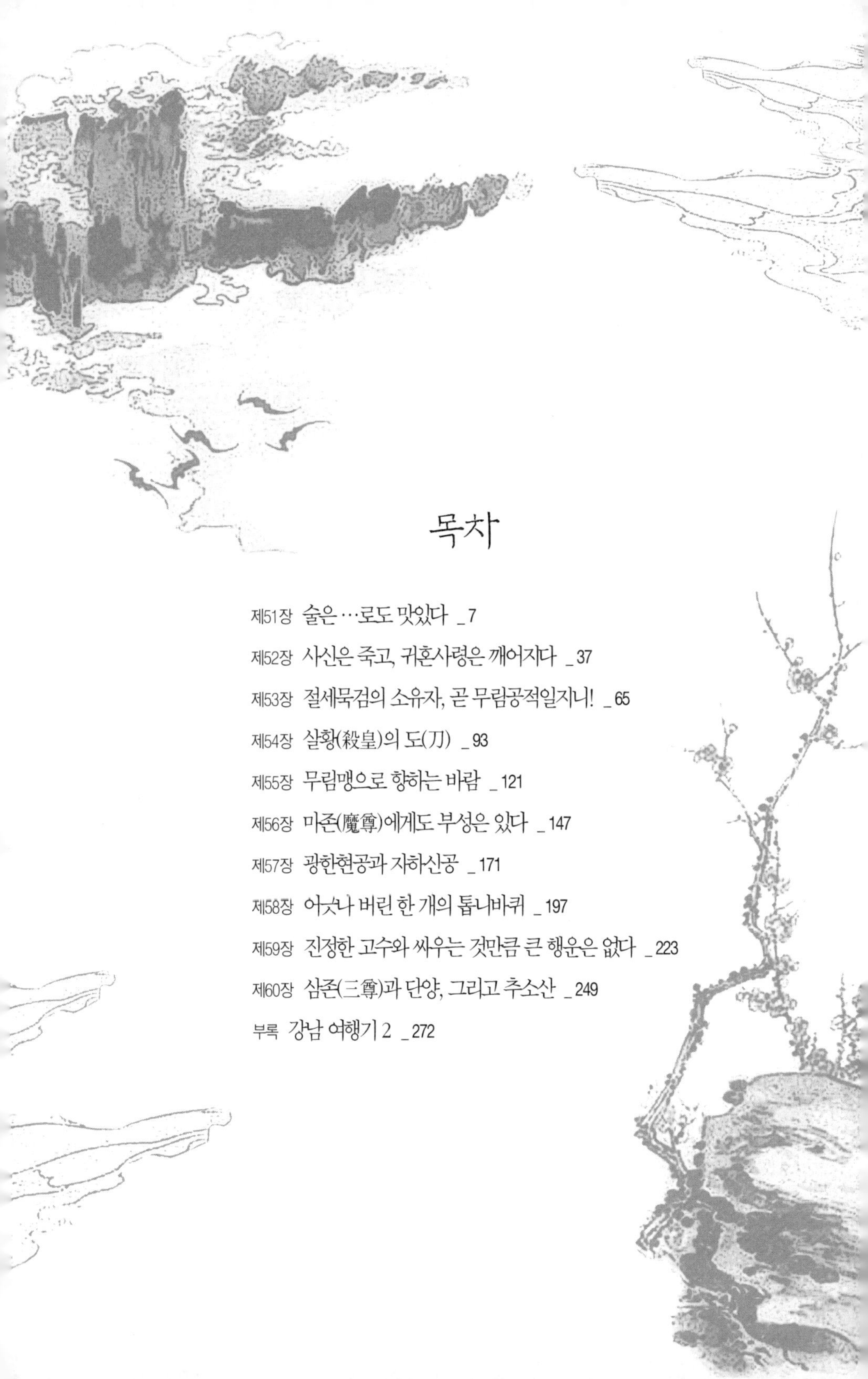

목차

제51장

술은 …로도 맛있다

추소산은 혼곤한 잠에서 천천히 깨어났다.

창문을 통해 비춰드는 햇살이 따가운 것이 벌써 해가 중천에 오른 듯싶다. 실로 오랜만에 정신을 완전히 놓아버린 채 마음껏 잠을 자버리고 만 것이다.

'아예 정신을 잃고 잠들었던 것인가?

추소산은 내심 눈살을 찌푸리곤 침상의 모서리를 손바닥으로 살짝 밀어냈다.

슥!

가볍게 공중 위로 솟구쳤다가 바닥에 떨어져 내린 그의 발걸음은 깃 털마냥 가벼웠다.

지독한 피곤에 찌들어 정신을 잃기까지 했던 전날의 일을 떠올리자 면 믿을 수 없을 정도의 회복!

우약연의 병중을 고치고, 절대고수인 패도존 여신유와 관계를 갖고, 다시 몇 가지 고난을 헤쳐 나가는 동안 자연스레 무공의 상승이 이뤄졌다.

이제 그의 몸은 아무리 많은 힘을 사용했어도 조금만 쉬면 쉽사리 체력을 회복할 수 있게 된 것이었다. 바로 지금, 이 순간처럼 말이다.

"그래도 그동안 한 가지 얻은 게 있기는 한 것인가? 지금 와서 이런 정도의 힘을 얻은 것 따위가 무슨 의미가 있는진 모르겠지만……."

추소산은 자신의 몸을 한차례 둘러보곤 입가에 씁쓸한 미소를 매달았다.

우약연을 반드시 정상으로 돌려놓겠다던 스스로에 대한 맹세!

허망하게 변한 그때의 울림이 뇌리 속을 웽웽거리며 울려 퍼지고 있었다. 가슴 한 켠을 섬뜩하게 할퀴고 지나간 핏빛 혈혼의 고통과 더불어서.

*　　　　*　　　　*

우약연을 정상으로 되돌리기 위해서 죽현을 떠난 추소산은 곧바로 북행에 올랐다.

동서남북!

청룡등천도와 함께 죽현을 떠난 우약연은 어디로든 갈 수 있었다. 딱히 어떤 목적지를 정해놓고 떠난 것이 아니라 패도존 여신유의 압박으로부터 무작정 달아난—물론 청룡등천도를 탈취당한 여신유로선 야반도주나 다름없었을 것이다—것이었기 때문이다.

이지를 잃은 초절정 이상 가는 고수자의 우발적인 도주.

그만큼 추격자의 입장에서 황당한 기분이 드는 사례는 그리 많지 않을 것이다. 아니, 사실은 그럴 거라고 추소산 혼자서만 생각했다.

전문적인 추격술을 익히지 못한 터에 갑자기 별다른 흔적도 남지 않은 우약연의 뒤를 쫓으려니 오만 가지 상념이 다 뇌리 속을 어지럽혔다.

그래도 추소산은 자신 나름대로의 방식으로 끈질기게 죽현 부근을 탐지했다.

패도존 여신유가 곧바로 우약연을 찾아 떠나간 다음날까지도 추소산의 탐지는 계속되었다.

확신!

추소산이 시간과 공을 들여가며 찾는 것이었다.

이틀째가 되는 날.

비로소 추소산은 북행을 선택하였다.

일보에 수백 장씩을 뛰어넘던 우약연이 남겨놓은 북쪽 방향을 향해 부러진 나뭇가지 하나.

이틀에 걸친 탐색 끝에 추소산이 얻은 유일한 단서였다. 그리고 간절히 찾고 있던 확신이기도 했다.

그 뒤 추소산은 열흘에 걸쳐 최소한이 음식괴 휴식민을 취하며 우약연을 추격했다.

고독한 추격.

나름대로 투왕 육지견의 경공을 완성했다고 자부하는 그로서도 이틀이란 숫자의 압박은 장난이 아니었다.

조금이라도 우약연과의 거리 차이를 줄이기 위해 침식을 잊어야 했음은 물론, 남들보다 좋은 눈을 열심히 혹사시켜야만 했다. 혹시라도 우약연이 남겨놨을지도 모를 흔적을 놓치지 않기 위해서였다.

그 결과.

점차로 우약연이 남긴 흔적들이 모습을 드러내기 시작했고, 추격을 시작한 지 열흘이 지나갈 무렵 추소산은 처음으로 걸음을 멈췄다. 혈문 앞에 도착했을 때였다.

목불인견의 참극.

여태까지 우약연이 지나간 자리에 위치했던 표국(鏢局)이나 군소방파가 결코 적었던 게 아니다. 오히려 평균보다 제법 많은 편이라 할 수 있었다.

그럼에도 이 같은 혈사는 처음이었다.

여태까진 기껏해야 바람보다 더 빨리 신형을 날리던 우약연의 모습에 놀라 경기를 일으킨 자 몇 명이 다였다.

그런데 어떻게 느닷없이 이리 엄청난 광경이 연출되었단 말인가!

추소산은 자신의 눈앞에 펼쳐져 있는 아수라 지옥도 앞에서 한동안 움직일 수 없었다. 도저히 어떻게 이런 일이 벌어질 수 있었는지 감조차 잡기 힘들었을뿐더러, 당최 어떤 일이 벌어졌는지 이해가 가지 않았기 때문이다.

우약연.

그녀는 지금 추소산에게 있어 가장 중요한 곳에 자리 잡고 있었다.

사랑?

추소산은 그렇다고 생각했다.

누구한테든 당당하게 소리칠 수 있었다. 처음으로 확신했고, 그녀를 누구보다 잘 알고 있다고.

그러나 눈앞의 구역질나는 광경을 만든 사람은 그가 알고 있는 우약연이 아니었다.

누구보다 정의롭고 아름답고 강한… 그러면서도 한없이 약한 모습을 남몰래 감추고 있는… 가슴속에 뜨거운 불꽃과 쓰라린 눈물을 동시에 갖추고 있는 여인…….

그것이 추소산이 알고 있는 우약연이었다.

그런 그녀가 이런 짓을 저질렀다는 건 도저히 믿을 수 없는, 아니, 믿고 싶지 않은 일이었다.

하지만 추소산의 냉정한 시선은 어느새 거대한 무덤으로 변해 버린 혈문의 이곳저곳을 살피기 시작했고, 곧 여기저기서 우약연의 흔적을 발견해 냈다.

우약연이 걸친 검은색 무복에서 떨어져 나온 게 분명한 천 조각, 묵암검에 비견될 만큼 날카로운 청룡등천도가 만들어낸 섬뜩한 절단면, 도흔들까지.

추소산은 한 식경도 지나지 않아 혈문의 혈사가 우약연에 의해 저질러진 참사라는 걸 확신할 수 있었다.

그것도 혈문의 무사들은 고수와 일반 무사를 막론하고 변변한 저항조차 못한 것 같았다.

누구 한 명 일격 이상을 받아내지 못하고 즉사!

개중에는 수치스럽게도 등을 돌리고 도망치려다 등판이나 허리가 반 동강으로 쪼개진 자들까지 있었다.

일방적인 도살.

반드시 지켜야 할 사람들이 있는 싸움에서조차 한 가닥 따뜻한 마음을 품었던 우약연의 성품과는 결코 양립할 수 없는 결과였다. 그렇다는 생각이 들었다.

그렇다면 어째서 우약연은 굳이 혈문을 찾아, 이런 참혹한 짓을 저질렀을까?

추소산은 여기까지 생각하던 중 천천히 고개를 가로저었다. 자신이 우약연에 대해 아는 것이 사실은 그다지 없다는 걸 기억해 낸 것이었다.

'그렇군. 나는 우 소저가 신성천교의 신녀라는 것도 얼마 전에야 알았을 뿐이었어. 하지만 그렇다 해도 내 기억 속의 그녀가 달라질 것은 아무것도 없다. 그리고 그러기 위해서 나는……'

추소산은 꼬리에 꼬리를 물며 이어지던 상념의 고리를 갑자기 잘라 냈다. 이런 곳에서 허비할 시간이 없다는 생각이 들었다. 한시라도 빨리 우약연을 찾아서 더 이상 이 같은 혈사를 일으키는 걸 막아야만 했다.

'그래도 이대로 놔두고 갈 수는 없는 일이겠지……'

잠시 뇌까린 추소산이 혈문의 창고 쪽으로 달려가 엄청난 양의 등유(燈油)와 화약(火藥), 땔감 등… 불을 일으키고 불타기 쉬운 물건들을 잔뜩 꺼내왔다. 주변에 역병을 불러일으키기 전에 혈문 전체를 화장하려는 의도였다.

그리고 당겨진 화섭자의 불꽃!

붉게 타오르기 시작한 화섭자를 집어 던진 추소산이 미련없이 혈문으로부터 신형을 돌렸다. 요란한 폭음성과 함께 주변을 온통 휩쓸 듯 거대한 불길이 그의 배후로 솟아올랐다. 당당한 사파이세 중 하나인 혈문이 무림의 역사에서 모습을 감추는 순간이었다.

"모두 부디 극락왕생(極樂往生)하길……"

추소산은 오직 자신만이 알아들을 수 있는 목소리로 경문이 아닌 진실한 소망을 외우고 신형을 날렸다.

순간 귓가를 스쳐 가기 시작한 한줄기 바람!

우약연을 추격하는 동안 더욱 다듬어진 추소산의 경공은 어느새 육지견조차 더 이상 우위를 자처할 수 없을 정도로 독창적인 경지에 도달해 있었다.

사흘 후.

추소산은 결국 우약연을 따라잡는 데 성공했다, 그것도 패도존 여신유보다 먼저.

깎아지른 듯한 절벽.

천 길의 낭떠러지란 바로 눈앞의 광경을 두고 하는 말일 것이다.

그만큼 눈앞에 보이는 광경은 살벌했다.

대자연밖엔 감히 만들어낼 수 없는 천험의 절애 앞에서 우약연은 섬세한 몸을 이리저리 놀리며 배회하고 있었다. 계속 앞으로 앞으로 나아가던 중 자신이 단숨에 뛰어넘을 수 없는 장애물을 만나자 잠시 어찌해야 할 바를 모르게 된 것 같다.

하긴 그것밖엔 없었으리라.

무한정으로 폭주하기 시작한 우약연의 발걸음을 잠시나마 붙잡아두는 데엔.

'우 소저…….'

추소산은 간신히 따라잡은 데 성공한 우약연 앞으로 재빨리 다가가려다가 잠시 걸음을 멈칫했다.

이지를 잃은 만큼 감이 민감해진 것인가?

우약연은 무려 삼십 장이나 밖에 떨어져 있던 추소산의 기척을 알아채고 신형을 돌려 세웠다.

망연한 눈빛.

우약연에겐 평소 추소산이 가장 그리워하던 맑고 투명한 눈빛이 보이지 않았다. 지난바 영혼과 동일한 별빛이 자리 잡고 있던 그곳엔 암연한 어둠만이 가득했다.

도저히 동일한 사람이라곤 느낄 수 없는 모습.

추소산은 안타까움에 주먹을 가볍게 쥐어 보였다. 심중 깊숙한 곳에서 아릿한 고통이 치밀어 올랐다.

우둑!

주먹에서 인 소음.

그것이 우약연의 전혀 감정이 담겨 있지 않던 두 눈에 어떤 기운을 만들어냈다.

경계심!

그와 함께 우약연은 추소산을 알아보지 못했음은 물론이거니와 그에게 강한 적개심을 드러냈다. 이지를 잃으며 얻은 게 분명한 몇 가지 공효 중 하나인 강자를 알아보는 눈이 추소산을 상대로 발휘된 것이다.

하긴 패도존 여신유에게서 도망친 후 그녀가 상대한 상대 중 추소산은 혈문 문주인 혈룡대사 고양중을 제외하면 최강이었다. 여신유에게 쫓기고, 혈문을 멸문시키며 고수에 대한 경계심이 생긴 그녀로선 능히 보일 수 있는 모습이었다.

그러나 추소산은 여전히 우약연을 어찌해야 할지 마음을 결정하지 못한 상황이었다. 평소와 달리 잠시 주의력이 무뎌진 그는 우약연이 보인 반응에서 어떠한 특별한 점도 발견치 못했다. 사랑이 무사의 감을 무디게 만든 것이다.

저벅!

그는 우약연 쪽으로 한 걸음을 내딛었다.

계속 자신을 뚫어지게 바라보고 있는 그녀의 가녀린 몸이 당장이라도 거센 바람에 떠밀려 절벽 아래로 떨어져 내릴 것만 같았다. 어떻게든 그녀를 자신의 품에 안아야만 했다. 그 마음밖엔 없었다.

몸을 벗어난 마음의 전달!

다시 다른 쪽 발을 내딛은 추소산의 신형이 번개같이 앞으로 튀어나갔다. 아니, 나아가려 했으나 그럴 수가 없었다.

쉬잇!

어느 틈에 움직인 것인가.

추소산이 목표로 했던 절벽 끝에 우약연의 모습은 더 이상 보이지 않았다. 그녀는 어느새 추소산의 바로 코앞에 다가서 있었다.

그리고 선뜻한 고통이 추소산의 가슴을 파고들었다.

"컥!"

추소산의 입에서 고통의 신음이 흘러나왔다. 너무 느닷없는 일을 당한 바람에 입술을 타고 터져 나온 신음을 막을 생각조차 못했다.

그만큼 느닷없는 공격.

게다가 그것으로 끝조차 아니었다.

추소산의 가슴에 고통의 화인을 찍은 붉은 섬광이 일순 빙글 방향을 회전하더니, 이번엔 목젖을 노렸다.

아예 목을 뎅겅 잘라 버리려는 의도.

잠시 기능을 정지하고 있던 추소산의 판단력이 평소의 두 배 이상의 빠르기로 움직이기 시작했다.

매와 같이 정확한 눈은 붉은 섬광의 이동 방향과 속도를 읽고 바로 대응법을 생각해 냈다. 그리고 이를 최적화된 육체가 곧 머릿속에서 떠올린 그대로를 현실상에 구현해 냈다.

파곽!

찰나의 순간, 무릎을 살짝 구부리는 것으로 붉은 섬광의 일격을 피해낸 추소산의 왼발이 앞으로 쭈욱 뻗어나갔다. 자신의 상반신 전체를 노리고 있는 우약연의 하단을 공격한 것이다.

간격을 늘리기 위한 임기응변.

우약연은 추소산의 예상대로 섬세한 몸을 살짝 띄워 올려 공격을 피해냈다. 그리고 이어진 예상 밖의 공격.

파파파파곽!

단숨에 수십 개로 늘어난 우약연의 늘씬한 각영이 다시 추소산의 상반신을 노렸다.

허실을 전혀 구분할 수 없을 정도!

그건 어쩌면 당연한 일이었다. 우약연이 펼친 수라멸겁영(修羅滅劫影) 자체가 신성천교 비전의 허실이 없는 각법이었기 때문이다.

'전부가 다 실이란 말인가!'

추소산은 순식간에 열여덟 차례 이상 얻어맞고서 신형을 크게 휘청거렸다. 그가 악록산에서의 수련으로 엄청나게 단단한 몸을 지니지 못했다면 즉사를 면치 못했을 만한 타격!

그렇다고 멀쩡한 것 역시 아니었다.

순간 눈앞에서 몇 개나 되는 불똥이 튀는 환상을 본 추소산이 거의 본능에 의지해 신형을 옆으로 굴렸다. 지당권의 신법을 이용해 위기에서 벗어나려 시도한 것이었다.

그러자 이번엔 추소산에게도 꽤나 낯익은 변화를 일으키며 우약연이 파고들었다.

십형분신보.

삼 일간의 비검연무 동안 자연스레 우약연에게 전수받은 신법.

완벽한 수세에 몰려 있던 추소산에게 기회가 왔음이었다.

스슥.

추소산은 재빨리 바닥을 손바닥으로 짚고는 지당권 특유의 동작에서 벗어났다. 그리고 일순 발끝을 살짝 모으며 뒤로 물러서는 듯하던 그의 신형이 폭발적으로 앞으로 뛰쳐나갔다. 십형분신보의 동작과 동작이 연결되는 미세한 고리 사이를 뚫어버린 것이다.

움찔!

막 추소산의 머리를 노린 채 일격을 가하려던 우약연의 신형이 처음으로 흐트러짐을 보였다. 기억이 소거된 탓에 어떻게 추소산이 자신의 십형분신보의 허점을 뚫을 수 있었는지 이해할 수 없게 된 까닭이다.

물론 그 같은 흔들림은 잠시뿐이었다.

빙글.

발끝을 노련한 무희처럼 살짝 들어올리곤 신형을 공중으로 띄운 그녀의 신형이 대뜸 추소산의 배후를 노리며 이동했다. 이빈엔 십형분신보가 아니라 섬영추월(閃影追越)이란 마도의 유명한 경공술이었다.

정파의 궁신탄영(弓身彈影)과 비슷한 원리이나 동작이 더욱 풍부한 게 섬영추월의 장점.

추소산은 순식간에 자신의 배후를 파고든 우약연의 신속함에 내심 혀를 내둘렀다. 여태까지 봤던 상대 중 패도존 여신유가 압도적인 면에서 최고였다면, 우약연은 초식의 능수능란함과 속도에서 타의 추종을 불허했다.

천하에 존재하는 모든 무공의 초식을 다 알고 있는 것 같다. 그렇게 밖엔 생각되지 않았다.

스슥!

추소산은 거의 감만으로 배후로 돌아선 우약연의 공격을 피해냈다.

오직 감각에 의지한 발의 움직임.

수류보와 철마류를 혼합해서 최근에 대충 형태를 갖추기 시작한 실험적인 보신경이 얼떨결에 세상에 첫선을 보인 셈.

그 순간 또다시 내리 꽂힌 붉은 섬광의 일격!

추소산의 등판이 길게 찢어졌다.

전날 우약연이 직접 만들어준 현의 무복과 함께 등에도 붉은 혈선이 그려진 것이다. 목숨을 건지는 대가였다.

결국 완전히 피로 물들고 만 상반신.

번뜩!

그때 또다시 내리 꽂힌 붉은 섬광이 기괴한 금속음과 함께 튕겨져 나갔다.

쩌쩡!

쇠와 쇠가 부딪치는 소리치고는 지나치게 강하고 무겁다.

적어도 수백 근 이상 나가는 중병기들끼리 충돌하지 않고선 일어날 수 없는 소리가 터져 나온 것이다.

어째서?

이유는 금세 밝혀졌다.

충돌의 여파로 무려 일 장이나 튕겨져 나간 추소산의 손에 들린 암흑의 마검!

주인에 의해 묵암검이란 이름을 얻은 마검은 흡사 굶주린 아귀(餓鬼)
와 같이 주변의 양광을 무한정으로 빨아들이고 있었다. 여태까지보다
훨씬 엄청난 기세.

'그만큼 우 소저가 들고 있는 청룡등천도가 강력하단 뜻이겠
지…….'

추소산은 점차 무거워지고 있는 묵암검을 힘겹게 들어올리며 안색
을 창백하게 물들였다.

방금 전의 일격을 막아낸 여파는 생각보다 꽤 컸다. 이미 연기화신
을 이룬 추소산의 몸 안에 가득 차 있던 내기가 산산이 흩어져 버렸
다.

상상 이상의 타격을 받았다는 뜻이다.

덕분에 추소산은 한동안 경험해 보지 못한 허탈 상태가 되었다. 청
룡등천도와 처음으로 맞부딪친 묵암검이 주변의 빛을 빨아들이며 점차
불어나고 있는 무게조차 감당키 힘들 정도였다.

그러나 방금 전의 일합에 있어 충격을 받은 건 추소산만이 아니었
다.

우약연은 처음으로 자신의 청룡등천도가 쪼개지 못한 대상―묵암검
과 추소산―을 바라보며 암연 빛 눈동자에 작은 균열을 일으켰다. 방금
전의 충돌 여파로 인해 하얀 백지 상태이던 머릿속에 뭔지 모를 얼룩
이 묻고 말았다.

혼란!

우약연의 명경지수와 같던 마음 한 켠에서 일어난 파문이 점차 커다
란 동심원을 그렸다. 여태까지 완벽하게 유지되고 있던 무심경이 깨진
것이다. 흠집이 난 것이었다.

자연스레 비틀리기 시작한 작은 몸.

우약연은 청룡등천도를 아무렇게나 공중에 휘젓다가 신형을 휘청거렸다. 머릿속에서 계속 확장되기 시작한 혼란이 그녀를 그리 만들었다.

그녀는 갑작스레 절대의 무위를 지닌 냉혹한 사신(死神)에서 연약하고 아무런 힘도 지니지 못한 백치로 돌변했다. 분명 그렇게 보였다.

이는 추소산에겐 기회.

적어도 앞으로 두 번 오기 힘든 천재일우(千載一遇) 정도는 되는 기회라 할 수 있었다.

우직!

묵암검을 든 추소산의 손에 힘이 들어갔다.

'그녀는 지금 두려워하고… 있을 뿐이다. 그러니 내가… 지금 그녀를……'

추소산은 이미 한계까지 무거워진 묵암검을 힘겹게 들어올렸다. 상념을 잇기 이전에 행동이 먼저였다.

그래야만 했다.

그런데 바로 그 순간!

번뜩!

일순 추소산의 의식이 자신의 의지와 관계없이 멀어졌다. 맨 처음엔 머리 한구석이 핑 하고 돌더니, 그 뒤 몸 전체가 실 끊어진 연처럼 붕 떠올랐다.

어느새 자신 혼자 괴로워하고 있던 우약연이 예의 그 놀라운 속도를 발휘해 다가서 있었고, 백옥 빛 수장을 앞으로 내밀고 있었다. 청룡등천도가 통하지 않자 공격 방법을 달리한 것이다. 그리고 나풀거리며 움직인 선홍빛 입술.

"사… 라져……!"

"우 소저!"

"사라져 버려……!"

"……."

추소산의 뇌리에 마지막으로 남은 일성.

그와 함께 또다시 공중으로 신형을 띄워 올린 우약연에게 일장을 당한 추소산의 신형이 천 길 낭떠러지 아래로 떨어져 내렸다. 두 사람이 찰나간의 박투를 벌이는 동안 어느새 절벽 바로 앞까지 이르러 있었던 것이다.

빙긋.

추소산은 절벽 아래로 추락하면서도 가물거리는 눈을 억지로 뜬 채 입가에 미소를 만들어 보였다.

자신을 내려다보는 우약연의 떨리는 눈빛.

뭔가 큰 죄를 지은 어린아이와 같은 눈망울에 얼핏 고인 물기가 자신의 얼굴로 떨궈지지 않기를 바랐기 때문이다.

*   *   *

'그 뒤 극심한 부상을 당한 몸으로 우 소저의 뒤를 다시 쫓던 중 우연히 백 소저 일행을 만나지 못했다면 나는 아마도 죽었을 것이다. 내상과 부러진 뼈가 아무는 데 두 달이나 걸렸으니까. 결국 내 단단한 몸으로도 우 소저의 장공을 받아내는 데는 무리였단 뜻이고…….'

추소산은 기억하기 싫은 과거의 일을 떠올린 후 내심 고개를 가로저었다.

부상을 치유하는 동안 애써 외면하고 있던 일이었다.

어젯밤 늦게까지 행공을 한 끝에 그동안 계속 속을 썩이고 있던 몇 개의 막힌 혈맥을 뚫는 데 성공한 탓인지, 우약연에 대한 기억이 다시 고개를 치켜들었다.

기분이 썩 좋을 리 없었다.

그러나 여기서 추소산은 한 가지 간과하고 있는 사실이 있었다.

절벽에서 떨어진 그를 찾기 위해 백수빈은 산서성 전역에 퍼진 하오문 조직을 거의 반쯤 죽을 정도로 달달 볶아댔다.

그 짧은 동안 얼마나 심하게 갈궈댔는지, 산서성 하오문 지부에선 탈퇴자들이 줄을 잇는 기현상마저 일어났을 정도였다.

그러니 부상당한 그가 백수빈 일행과 만난 건 결코 우연 따위가 아닌 필연이라 할 수 있었다. 수많은 산서성 하오문도들의 눈물과 애환, 노동력 착취의 결과물이란 뜻이다.

게다가 백수빈은 그 뒤 발빠르게 우약연과 추소산에 관계된 모든 정보를 조작하고, 그동안의 행적을 삭제하는 순발력까지 발휘했다. 분명 이번 일이 무림 중에 큰 문제시 될 것을 눈치 채고 후환을 제거한 것이다.

그리하여 같은 정보통인 개방의 풍개 지화자는 단지 한발 늦었다는 것만으로 조작된 정보만을 얻어듣는 바보가 되어버릴 수밖에 없었고 말이다.

그때 이 같은 자신으로 인해 벌어진 강호의 흑막 따윈 까맣게 모르는 추소산의 귀가 살짝 움직임을 보였다. 익히 알고 있는 인기척을 느껐음이다.

과연 잠시 후 급하게 나무 계단을 뛰어오르는 방정맞은 발소리와 함께 추소산이 기거하고 있던 침실 문이 확 열렸다. 굳이 고개를 돌려 바라보지 않더라도 누군지 알 수 있는 행동이다.

"소산 가가! 소산 가가!"

자신을 부르는 숨넘어가는 소리에 추소산이 햇살만큼 부드러운 미소를 입가에 매단 채 신형을 돌렸다.

"소령 누이, 내가 좀 늦게 일어났지?"

"와! 소산 가가가 있다아! 있어!"

소령이 거의 날 듯이 추소산의 품으로 뛰어들었다. 거의 몸통 공격을 가하는 것이나 다름없는 엄청난 기세.

포옥!

추소산은 흡사 태산과 같은 태도로 자그마한 소령을 품 안에 안았다. 달려든 기세와 달리 꽤나 부드럽고 말랑말랑한 것이 크게 부담스럽진 않다.

추소산이 자신의 품에 안긴 소령의 머리를 손으로 쓰다듬고는 물었다.

"오늘은 또 무슨 일로 이리 숨넘어갈 정도로 달려온 거지?"

"예? 우웅……."

"설마 그새 잊어버린 건가?"

추소산의 넘겨짚는 물음에 소령의 안색이 슬쩍 붉어졌다. 정곡을 찔렸음에 분명하다.

그러나 곧 그녀의 안색이 환하게 밝아졌다.

"헤헤, 저는 소산 가가가 너무 일어나지 않아서 혹시 또 예전처럼 야반도주를 했는 줄 알았어요."

"야반도주?"

"소산 가가는 툭하면 밤중에 아무 말도 하지 않고 도망치곤 하잖아요. 그래서 수빈 언니하고 저희 자매는 그동안 고생을 꽤나 많이 했다구요. 예쁜 발도 퉁퉁 붓고. 발이 작고 예뻐야 시집을 잘 간다는데… 소령이는 이제 좋은 데 시집가긴 다 튼 것 같아요."

뒤엣말로 갈수록 투덜거림으로 변하는 종알거림을 한참 지껄여 댄 소령이 입술을 삐죽거렸다.

이제 십대 후반.

시집을 가도 무방할 나이였다.

그럼에도 여전히 얼굴에 어리광이 가득한 소령의 투정 섞인 애교에 추소산의 입가에 미소가 더욱 짙어졌다. 그에겐 막내 동생이나 다름없는 소령의 모습을 보자 마음속에 깃들어 있던 먹구름이 몽땅 걷힌 듯했다.

그러자 소령이 갑자기 추소산의 품에서 빠져나와선 살짝 튀어나온 이마를 손바닥으로 때렸다.

탁!

"아아, 내가 이러고 있을 때가 아닌데……!"

'뭔가 또 잊어먹나 보군.'

추소산에게 이런 소령의 모습은 그리 낯선 것이 아니었다. 오히려 꽤나 친근한 편이라 할 수 있었다. 그만큼 자주 소령이 이런 모습을 보였다는 의미.

"자꾸 머리를 때리니까 계속 중요한 일을 까먹는 게 아니냐. 그러다가 너 바보 된다."

"바보는 누가 바보가 된다는 거예요!"

"지금 내 앞에 있는 사람이 그리 되지."

"아니에요!"

소령이 크게 소리 지른 후 발을 마구 동동거렸다. 재회한 후 내상과 부상 치료의 나날을 보내는 동안 꽤나 점잖던 추소산이 농을 부리자 상당히 분한 모양이었다.

물론 추소산이 그런 소령의 모습에 외눈 하나 깜빡할 사람은 아니다.

그는 오히려 손가락 하나를 내밀어 소령의 이마를 톡톡 건드려 보였다. 왠지 그러고 싶었기 때문이다.

"아앙! 앙!"

소령이 우는소리를 하며 추소산에게 달려들었다.

활짝 벌려진 양손이 전혀 힘이 깃들지 않은 동작을 취하고 있었다. 여태까지 그녀가 취했던 행동과 마찬가지로 어리광의 연속이었다.

"하하!"

추소산의 웃음 속에 소령은 마구 신형을 비틀거렸다. 추소산을 어설 픈 걸음으로 따라잡으려다가 보행(步行)이 꼬인 것이다. 아직 그녀의 일천한 무공으론 추소산을 따라잡기는커녕 바닥에 당장 쓰러지지 않는 것만도 다행이었다.

그러나 추소산과 소령의 간만의 유희는 오래가지 못했다.

덜커덩!

또다시 활짝 열린 문의 저편으로부터 묘하게 힘이 느껴지지 않는 목소리가 들려와 두 사람의 행동을 바닥에 묶어놓았다. 거의 인기척조차 느껴지지 않은 방문인 만큼 두 사람은 모두 다소 놀란 것이다.

"백 소저께서 이젠 더 이상 못 참겠다고 하십니다. 더불어 만약 지금 당장 식당으로 내려오지 않는다면, 소령 소저는 엉덩이에서 불이 날 것이고, 추 공자는 점심밥을 굶게 될 거라 하셨습니다."

"……."

움찔!

작은 몸을 떨어 보인 건 소령이었고, 입을 다문 채 새로운 방문자인 병색의 소녀를 바라본 건 추소산이었다.

'병 소매라 했던가? 예전엔 거의 자리에서 움직이는 걸 본 적이 없어서 신경 쓰지 않았는데, 보신경과 풍기는 기운이 꽤나 독특하구나. 평상시 움직일 때 저리 기척을 죽이기란 쉬운 노릇이 아닐뿐더러, 전혀 외부로 생기를 발산하지 않고 있다는 것 역시 특기할 만한 일이다.'

추소산은 눈앞의 소녀를 익히 알고 있었지만, 이렇게 또렷하게 얘기하는 모습을 본 건 이번이 처음이었다.

과거 낙양을 떠날 때 육지견이 길에서 구해온 눈앞의 소녀는 기억을 잃었을뿐더러, 병약해서 병 소매로 통칭되고 있었다. 당연히 육지견의 일방적인 주장 때문에 일행에 끼어 있긴 하나 거의 꿰다 놓은 보릿자루처럼 취급받고 있었다. 중상을 당했던 추소산이 미처 그녀에게 신경을 쓰지 못했던 것도 무리는 아니었다.

하지만 추소산은 어제 가까스로 부상 직후 가장 크게 고생시키고 있던 주요 혈맥을 뚫어 본신의 무공을 팔 할가량 회복한 터였다.

그런 그가 병 소매라 불리는 소녀가 다가오는 기척을 최후의 순간에야 느꼈다는 건 꽤나 주의를 환기시키는 변수였다. 여태까지 백수빈 일행 중 누구도 눈앞의 소녀를 크게 경계하지 않고 있었기 때문이다.

'흠, 그건 그렇고 저 소녀의 말투가 흡사 수빈 누님의 것을 판박듯 따라 한 것처럼 어색한데, 그건 어째서지?'

추소산이 이와 같은 의문을 느꼈을 때였다. 병 소매가 다시 예와 똑같은 어투로 말을 이었다.

"아무래도 소령 소저는 엉덩이를 까내리고 기다리는 게 좋을 것 같군요. 곧 백 소저께서 참지 못하고 올라오실 것 같으니까요."

"병 소매, 너무해!"

"저한테 그리 말씀하셔도 소용없습니다. 백 소저는 자신이 한 말을 반드시 실행에 옮기는 분이시니까요."

"아앙앙!"

결국 소령이 얼굴 가득 울상을 지어 보이며 방에서 뛰쳐나갔다. 여태까지 결코 곁에서 떨어지지 않을 듯하던 추소산에겐 고개조차 돌리지 않았다. 최소한 추소산 앞에서 백수빈에게 붙잡혀 엉덩이를 까인 채 두들겨 맞는 것만큼은 싫었음에 분명하다.

그러자 추소산이 입가에 가벼운 실소를 띠고서 소령의 뒤를 쫓았다. 소령만큼은 아니지만, 그 역시 백수빈이 화를 내는 게 꽤나 두려웠다.

병 소매의 독특한 특징에 관심이 가기는 했으나 지금은 살짝 접어두는 편이 나았다. 일단 급한 불부터 끄는 쪽을 선택한 것이다.

방을 빠져나와 나무로 된 계단을 내려오자 널따란 복도가 모습을 드러냈고, 그 길의 끝에 사면이 탁 트인 독특한 모양의 정자가 모습을 드러냈다.

고풍스러우면서도 주변 경관이 한눈에 들어오는 구조.

백수빈에 의해 몇 달 전 점거된 유서 깊은 고택인 청연장(淸燕莊)이

자랑하는 사계절을 동시에 느낄 수 있는 사계정(四季亭)이다.

강남의 유명한 사대명원 중 하나인 졸정원을 구경한 청연장의 주인이 꽤나 많은 공력을 들여 만든 이 정자의 아름다움은 무척이나 탁월했다.

사면으로 트인 공간 속에 사계를 담았을뿐더러 곳곳마다 강남의 태호석(太湖石:태호 밑바닥에서 건져 올린 기기묘묘한 괴석, 천하의 한다하는 정원이나 장원 중 태호석이 없는 곳은 없다 할 정도로 유명함)이 장식되어 있었다.

청연장이 위치한 이곳이 강남으로부터 수천 리가량 떨어진 산서성에서도 최북단임을 감안하면 천금을 들이지 않고선 감히 이룰 수 없는 사치였다.

덕분에 이 아름다운 고택의 주인은 결국 사계정의 완성과 함께 파산하고 말았다. 정작 자신은 사계정과 태호석이 이룬 조화미와 아름다움을 즐기지도 못하고 빚에 떠밀려 하오문에 청연장을 내주고 만 것이었다.

암튼 그런 사연이 담긴 눈앞의 사계정은 백수빈 일행에 의해 청연장이 장악당한 후 줄곧 식당으로 즐겁게 애용되고 있었다. 어디가 됐든 가장 아름다운 장소에서 식사와 음주가무를 즐겨야 한다는 백수빈의 평소 지론에 따른 결정이었다.

사아아아아!

추소산이 사계정 앞에 도착했을 무렵 갑자기 불어온 바람이 사계 중 가을에 해당하는 곳에 자리 잡은 청죽림을 가벼이 흔들었다.

운치 절정!

근처에 시인묵객이라도 한 명 있었다면 도도한 취흥을 절로 드러낼 만한 광경이었다.

　그러나 추소산을 반긴 건 시인묵객의 운치있는 시가나 취흥이 아니라 대낮부터 벌써 한잔 걸친 기색이 완연한 백수빈의 발그레한 얼굴이었다.

　"여어! 오늘은 꽤나 안색이 밝아 보이네? 간밤에 좋은 일이라도 있었던 거야?"

　"덕분에 약간의 결실을 보았습니다."

　"결실을 봤다아?"

　백수빈이 사계정 중간에 놓여진 네모 반듯한 석탁에 살짝 기대고 있던 늘씬한 몸을 추소산 쪽으로 돌렸다. 그러자 역시 돌로 만들어진 석좌(石座)에 엉덩이를 걸치고 있던 그녀의 기다랗고 요염한 다리가 모습을 드러냈다.

　허벅지가 살짝 터진 치마 사이로 보이는 하얀 박속 같은 다리.

　교염하게 꼬여진 다리 중 하나가 슬슬 추소산이 있는 방향을 향해 까닥거려졌다.

　흡사 길거리 유곽에서 호객을 하는 여인이나 취해 보일 모습이나 놀라울 정도로 어울린다. 태연자약한 백수빈의 모습은 전혀 추하거나 천박하게 느껴지지 않았다.

　오히려 추소산에겐 뭇 규방 여인들과 달리 한껏 여유로우면서도 매력적으로 다가온달까?

　'수빈 누님 같은 여인을 취할 사내는 참으로 대단한 행운아일 것이다. 천하를 몽땅 뒤져 봐도 저같이 멋진 여자는 쉽사리 발견할 수 없을 테니까.'

　내심 백수빈의 대담한 모습에 찬사를 보낸 추소산이 그녀 쪽으로 다

가가 맞은편 석좌에 자리 잡았다. 그곳이 이곳에서 지내는 동안 그의
지정석이었다.

"어젯밤 그동안 계속 진기의 흐름을 가로막고 있던 중요 혈맥을 뚫
는 데 성공했습니다. 이제 조금만 노력하면 무공을 완전히 회복할 수
있을 듯합니다."

"호오, 그건 정말 굉장한 일이잖아! 그럼 오늘은 축하주를 거하게 한
잔해야겠는걸?"

"아직 술은 입에 댈 수 없습니다."

"에이, 쩨쩨하게 술 한 잔 가지고 뭘 그래? 그거 한 잔 나하고 마신
다고 해서 무공을 회복하는 게 크게 늦어지는 것도 아닐 텐데……."

'한 잔으로 끝나지 않을 게 뻔하니까요.'

내심 쓰게 웃은 추소산이 슬쩍 화제를 바꿨다. 계속 백수빈과 술 얘
기를 늘어놓아선 축하주를 빙자한 두주불사의 주투를 피할 길이 없음
을 알고 있었기 때문이다.

"그런데 며칠 전부터 대령 누이와 여 소저의 모습이 식사 시간에 보
이지 않는데, 무슨 다른 까닭이라도 있는 겁니까?"

"그 두 사람? 한 명은 육 노야와 일이 있어서 장 밖으로 나간 지 사
흘이 지났고, 다른 한 명은 십여 일 전 소산이 직접 쫓아냈잖아."

"제가 직접 쫓아냈다니… 저는 그런 일이 없는 것 같습니다만?"

추소산은 백수빈이 말한 뒤엣 사람이 여연경임을 짐작할 수 있었다.
그러나 별다른 친분이 없는 그녀를 쫓아냈다니, 그건 또 무슨 소린가.

추소산의 당최 이해할 수 없다는 표정을 접한 백수빈이 갑자기 입가
에 푸훗 하고 실소를 매달았다.

무학이나 여러 방면에 있어 타고난 천재인 추소산이 이런 멍청한 표

정을 지어 보이자 꽤나 신선하고 재밌다는 생각이 든다. 자연스레 웃음이 흘러나오는 것도 무리는 아니다.

"소산도 정말 다른 데는 지나치게 똑똑해서 징그럽기까지 한데, 여자에 대해선 너무 모른다. 하긴 그런 부분까지 환하면 정말 대책없을 정도로 징그러운 애늙은이 같을 테지만 말야. 깔깔깔깔……!"

"……."

핀잔인지 칭찬인지 알 수 없는 말을 던진 백수빈이 침묵하는 추소산에게 얼굴을 살짝 들이대며 말한다.

"그런 전혀 모르겠다는 표정 짓지 말고, 전날 소산이 그 철없는 아가씨를 처음으로 만난 후 한 말을 기억해 봐!"

"그때 저는 그다지……."

"패도존 여 문주가 찾고 있으니, 빨리 패천도문으로 돌아가는 게 나을 거라 말했지?"

"예."

"그래도 모르겠는 거야?"

"……."

추소산은 다시 침묵을 유지한 채 고개를 끄덕였다. 진짜 몰랐기 때문이다.

백수빈의 고개가 가볍게 흔들린다.

"하아, 이래서 사내들이란……."

탁!

손바닥을 활짝 펴서 추소산의 이마를 때린 백수빈이 앞으로 기울였던 자세를 바로 하곤 말을 이었다.

"그 명문 댁 아가씨가 여태까지 나의 온갖 구박에도 불구하고 이곳

산서성까지 온 건 어디까지나 소산을 다시 만나기 위해서였어. 그런데 중상을 입어 정신을 잃었던 소산이 간신히 제정신을 차려서 만나게 되었는데, 곧바로 집으로 돌아가라 했으니, 그거야말로 발로 뺑 걷어차서 쫓아낸 것이나 다름없는 일이 아니겠어?"

"그게 그렇게 되는 겁니까?"

"아무렴. 뭐, 나야 막강한 경쟁자 한 명이 스스로 손을 털고 떠나간 셈이니 나쁠 거야 없지만… 같은 여자로서 억지로 울고 싶은 걸 참고 있는 모습이 조금쯤 불쌍하긴 하더군."

백수빈은 말을 끝낸 후 슬쩍 손을 들어올려 한차례 까닥거려 보였다.

뭔가를 지시하려 함인가?

그녀의 손이 도로 석탁 위로 떨어지자마자 여름을 상징하는 녹색 연꽃 가득한 연못 속에서 한 마리의 인어가 모습을 드러냈다.

'저건… 소령……?

그렇다.

연못 밑에서 흡사 한 마리 제비처럼 솟구쳐 오른 인어의 정체는 추소산보다 먼저 사계정으로 뛰어갔던 소령이었다.

그녀는 여태까지 시간을 지체한 것에 대한 벌로 만연연(滿蓮淵)이란 품격 높은 이름의 연못 속에서 모종의 임무를 수행하고 있었다. 그리고 그녀가 수행한 임무란 것은…….

푸드득!

연못 위를 가득 메운 연꽃들 사이를 가로질러 땅바닥에 떨어져 내린 비단 잉어 한 마리가 커다란 몸을 크게 흔들어댔다. 살기 위한 몸부림이었다.

‘여태까지 연못 바닥에서 잉어를 잡고 있었던 건가…….’

추소산은 자신도 모르게 손으로 이마를 짚었다. 적어도 어른 팔뚝 정도는 될 법한 크기의 비단 잉어가 앞으로 걸어가야 할 운명이 머릿속에 지나칠 정도로 확연하게 그려졌다. 비단 잉어의 운명이 가엾다기보다는 머리 한쪽이 지끈거림을 어찌할 수 없는 기분이다.

그때 몸 전체의 굴곡을 드러낸 채 연못에서 빠져나온 소령이 뚝뚝 물방울을 떨궈내며 숨을 할딱거렸다. 아직 무공이 일천한 그녀에게 백수빈이 내린 명령이 얼마나 가혹했는지를 보여주는 모습이다.

그러나 비단 잉어와 소령을 바라보는 백수빈의 눈빛은 꽤나 가차없었다.

“고작 한 마리?”

소령의 얼굴이 다시금 울상이 됐다.

“제일 큰 놈이잖아요! 이걸로 용서해 주세요!”

“내가 연못 밑바닥을 훑어본 것도 아니고, 저놈이 가장 크다는 걸 어찌 알겠냐? 다시 치도곤을 당하고 싶지 않다면 마저 한 마리를 잡아와야 할 거야.”

“우에엥!”

소령의 커다란 두 눈이 이느새 눈물을 가득 담은 채 추소산을 향했다. 추소산이 나서주길 바라는 것이다.

‘하지만 수빈 누님은 이럴 때 편을 들면 더 크게 화를 내곤 하니…….’

내심 염두를 굴린 추소산이 여전히 기세가 죽지 않고 푸덕거리고 있는 비단 잉어를 눈으로 살피곤 조그맣게 중얼거렸다.

“본시 술이란 봄에는 밤 벚꽃, 여름에는 별, 가을에는 달, 겨울에는 눈꽃만으로도 맛있다고 들었는데, 안주에 집착을 한다는 건 주도의 근본을 벗어나는 것이 아닐는지……."

"으응?"

백수빈더러 들으라 했던 말이다.

게다가 술에 대한 이야기.

백수빈이 듣지 않았을 리 만무하다.

그녀는 잠시 추소산의 얼굴을 빤히 바라보더니, 고개를 한차례 옆으로 까닥거렸다. 추소산이 갑자기 평소 의식적으로 피하던 술 얘기를 꺼낸 까닭을 대충 짐작하면서도 뭐라 할 수 없었기 때문이다.

"이년아! 오늘은 그걸로 용서해 줄 테니, 그만 징징거리고 주방의 철숙수한테 갖다 주고 와! 당장 음식 차려오지 않으면 그 커다란 엉덩이를 발로 열여덟 번 정도 걷어차 주겠다는 말도 같이 전하고."

"옙!"

소령이 딱딱한 자세로 대답하더니, 재빨리 비단 잉어를 손으로 낚아채곤 주방이 있는 별원 쪽으로 쏜살같이 달려갔다.

그곳 역시 과거엔 시가를 외우고 짓던 장소로 쓰였지만, 지금은 주방으로 용도 변경되어 있었다. 숙수를 자처하며 내상을 입은 상태에서도 백수빈 곁에 남은 철호운이 거처로 결정한 까닭이었다.

제52장

사신은 죽고, 귀혼사령은 깨어지다

　　그날의 때늦은 청연장의 점심 식사는 여느 때와는 조금 다른 분위기 속에서 끝이 났다.

　점심치고는 지나치게 가짓수가 많고 풍성한 진수성찬.

　그 과한 음식들을 즐긴 이들은 추소산과 백수빈 외에 숙수 철호운과 옷을 갈아입은 소령, 여전히 특이한 기운을 풍기며 슬그머니 모습을 드러낸 병 소매 등이었다.

　본래 청연장을 장악한 인원들 중 대교와 육지견, 여연경이 빠졌으나 추소산이 부상 회복에 전념하던 중 가장 많은 인원이 모인 식사라 할 만했다.

　그동안 청연장의 인물들은 중상을 당한 후 성격이 조금 변한 추소산의 기분을 맞추느라 백수빈을 제외하곤 눈치를 많이 보고 있었다. 매 식사 때마다 모두 자리를 같이한다는 것 역시 꽤 힘든 일이기도

했고.

게다가 한동안 추소산은 한시라도 빨리 무공을 회복해야 한다는 생각에 평소의 날카로움이 많이 사라진 형편이었다. 그런 주변 사람들의 은근한 배려에 신경을 기울일 여지가 있을 리 만무했다. 정신이 온통 딴 곳에 가 있었기 때문이다.

그런 추소산이 갑자기 과거의 그로 돌아왔다.

식사 분위기가 대폭 밝아졌을뿐더러, 잔뜩 들뜬 상태가 된 것도 무리는 아니었다.

결국 추소산은 식사가 끝난 후 자신이 그동안 얼마만큼 주변 사람들에게 많은 배려를 받고 있었는지를 가슴 깊이 느낄 수 있었다. 그는 자신이 생각한 이상으로 많은 사랑을 받고 있었던 것이다.

밤.

저녁이 되면서부터 슬슬 바람이 심해지더니, 금세 먹구름이 하늘을 뒤덮었다.

밤사이 비가 내릴 것 같지는 않으나 내일 새벽이 지나면 일기가 어찌 변하게 될지 짐작하기 쉽지 않았다. 결국 내일 날이 밝아봐야 알 수 있겠다는 뜻이다.

역시 강남의 졸정원을 본떠 만들어진 원형의 창.

그곳을 통해 야풍에 흔들리고 있는 정원수를 무심히 바라보고 있던 추소산의 눈에 이채가 스쳐 갔다. 정원수들 사이로 뭔가 희끗한 그림자 하나가 스쳐 지나가는 모습을 우연찮게 발견했기 때문이다.

'이런 늦은 시간에 무슨 까닭으로……'

마음이 유동하자 몸이 자연스레 움직인다.

추소산은 갑자기 원형 창을 통해 밖으로 신형을 날렸다. 자신의 방이 위치한 곳이 이층이란 것은 그에게 전혀 문제가 되지 않았다.

스으.

추소산은 수류보도 철마류도 아닌 묘한 보신경을 이용해 단숨에 정원 앞에 떨어져 내렸다.

그의 침실로부터 정원까지의 거리는 십여 장 남짓.

과거 같으면 중간에 뭔가 발판으로 삼을 것이 없는 한 단숨에 이동할 엄두조차 내지 못했을 만한 거리였다.

그런데 아직 무공이 완전히 회복되지 않은 상태에서 가볍게 성공했다. 의미심장한 결과. 중상을 치유하던 기간, 추소산이 결코 그냥 무공 회복에만 시간을 기울이지 않았음을 보여주는 대목이다.

추뢰보(追雷步).

추소산이 자신의 성과 동음이의가 되는 첫 글자를 선택해 완성한 자신만의 보신경의 이름이다.

이는 여태까지 추소산이 상황상황에 따라 그에 맞는 보신경을 사용했지만 만족스럽지 못했던 것에서 그 시작을 찾을 수 있다. 강적과 생사박투를 벌일 때마다 그는 항상 몸에 착 감길 정도로 자신에게 최적화된 보신경의 부재를 유감스럽게 생각했던 것이다.

게다가 어떻게서든 더 향상되고픈 마음!

그래야만 한다는 의지가 추소산을 그냥 부상 회복에만 신경을 기울이게 놔두지 않았다. 악록산을 내려온 후 처음으로 갖게 된 여유를 그는 부상 회복 외에 몽땅 새로운 보신경의 개발에 쏟아 부었다.

단거리 이동이나 좁은 장소에서의 변화가 강점인 수류보.

장거리 이동에 유용한 철마류.

그리고 경공의 대가인 육지견에게 얻은 심득까지.

추소산은 몇 개나 되는 질 좋은 재료를 가지고 자신만의 보신경이란 요리를 점차 완성시켜 갔다. 지존검법의 연환검식을 독창해 낸 무공에 대한 열의와 천재성을 다시금 발휘하기 시작한 것이다.

결국 시간이 흘러 변화와 속도를 겸비한 대신 진기를 급속도로 소모시키는 수류보와 적은 내공으로 먼 거리를 달릴 수 있는 반면 순간적인 가속도가 떨어지는 철마류는 자연스레 하나의 보신경으로 융합되었다.

여기에 육지견으로부터 얻은 경공에 대한 수준 높은 심득과 근래 들어 깨달은 상승 내공의 운용이 커다란 도움이 되었음은 언급할 가치도 없을 정도로 당연한 일이었다.

어쨌든 변(變)과 쾌(快), 거기에 적당한 내공의 운용까지 결합된 추뢰보는 그렇게 탄생했고, 지금 처음으로 세상에 모습을 드러냈다. 창안자인 추소산조차 전혀 예상치 못했던 상황, 그러니까 엉겁결에 말이다.

빙긋.

추소산의 입가에 흐릿한 미소가 떠올랐다. 어찌 됐든 처음으로 시전해 본 추뢰보의 움직임이 꽤나 마음에 든 때문이다. 그는 드디어 자신의 몸에 착 달라붙는 보신경을 얻는 데 성공했다.

물론 추소산은 자신이 지금 갑자기 정원수 사이로 모습을 감춘 그림자의 뒤를 쫓고 있다는 사실을 잊고 있진 않았다.

파앗!

바닥에 착지한 오른쪽 발끝이 지축을 살짝 틀어서 박찬 순간, 추소산의 신형이 얼마 전 그림자가 사라진 정원수 사이로 파고들었다.

추뢰보의 섬전결(閃電訣)!

추소산은 순식간에 정원수 사이를 가로질러 제법 그럴듯한 폭포까지 있는 가산 앞에 이르렀다.

이 역시 강남 장원에서나 볼 법한 모습으로 산서성의 최북단에 위치한 청화장에는 어울리지 않는 광경이었다. 이곳을 찾은 사람들에겐 특이한 구경거리 이상의 가치는 가지지 못한다고 보는 게 옳았다.

그러나 추소산은 백수빈들과 마찬가지로 본래 강남 출신이었다. 백수빈이 청화장을 자신의 거처로 삼은 이유가 익숙해서인 것처럼 그 역시 눈앞의 생뚱 맞은 광경이 낯설지 않았다.

오히려 고집스레 청화장을 졸정원스럽게 치장하는 데 공을 들인 전 주인 덕분에 눈앞의 가산과 주변의 기기묘묘한 배치가 한눈에 들어왔다.

강남 장원의 내부 배치의 기본은 오행(五行)과 팔괘(八卦).

세상의 기본적인 이치가 되는 오행과 팔괘의 변화를 알고 있다면, 장원 안이 아무리 넓고 기묘한 배치로 이뤄졌다 한들 길을 잃고 헤맬 염려 따윈 전혀 없다.

'오행보다는 팔괘의 육십사쾌의 방위에 따라 변화를 준 것 같은데……'

추소산은 처음으로 와본 장소임에도 재빨리 방위를 계산하곤 바로 가산 좌측으로 신형을 날렸다. 그곳이야말로 가산을 둘러싼 인공적인 자연의 포진 속에서 빠져나갈 수 있는 생문(生門) 격인 방향이었기 때문이다.

스으.

흡사 앞물결이 뒷물결에 밀려나듯 빠르면서도 유유히 이동하던 추소산의 시야가 확 틔워졌다. 조금 전까지 눈앞을 어지럽히고 있던 바위와 물, 조경용 나무들의 군집이 사라지고 널따란 공터가 모습을 드러냈다. 아마도 전 주인이 파산한 나머지 공사에 들어가지 못하고 남은 곳인 듯싶다.

그때 문득 얼굴을 드러낸 흐릿한 달빛.

그 아래로 은색 달빛 가루로 얼굴을 물들이고 있는 병약한 소녀가 보인다.

'병 소매…….'

추소산은 자신의 눈이 정확했음을 확인한 후 잠시 걸음을 멈춰 세웠다.

기억을 잃어버린 소녀.

자신이 누구인지조차 알지 못할뿐더러, 발견할 당시부터 뭔가 독특한 괴질에 걸려 의술에 꽤나 조예가 깊은 육지견과 철호운조차 병명을 알아내지 못했다.

그런 그녀가 달빛조차 흐릿한 야밤에 인적조차 보기 드문 청화장의 공터에서 지금 서성거리고 있었다. 뭔가 이상하다는 생각이 들지 않을 수 없는 상황.

그러나 추소산의 예리한 시선은 곧 병 소매의 초점 잃은 눈빛을 포착해 냈다.

과거 이지를 잃어버린 우약연과 비슷하면서도 조금쯤 다른 느낌이랄까?

'혹시… 단순한 몽유병인 것인가?'

추소산은 잠시 동안 병 소매를 관찰하다 눈살을 가볍게 찌푸려 보였다.

그냥 공터의 중간에 서서 하늘을 올려다보고 있었다.

그녀에게서 어떤 특이함이나 이상 징후 따윈 발견되지 않는다.

오히려 차가운 야풍이 불어올 때마다 가냘픈 어깨를 떨고 있는 모습은 연민이 느껴질 따름이었다.

휘이잉!

이번에 불어온 바람은 조금 더 거셌다.

병 소매가 거의 쓰러질 듯 비틀거리자 추소산은 더 이상 참지 못하고 앞으로 나섰다. 그녀가 몽유병을 앓고 있다고 잠정적인 결론을 내린 것이었다.

그런데 바로 그때였다.

부들!

당장이라도 땅바닥에 쓰러질 듯하던 병 소매가 갑자기 신형을 꼿꼿하게 세우더니, 몸 전체로 경련을 일으키기 시작했다. 추소산으로선 생각지도 못했던 일이 벌어진 셈.

'무슨?'

추소산은 병 소매를 향하려던 걸음을 주춤하고 멈췄다. 어떤 일이 벌어졌는지 먼저 파악하기 위함이었다. 그리고 바로 그 순간, 그의 눈 앞에서 기괴한 일이 펼쳐졌다.

"크헉!"

병 소매의 입술을 뚫고 터져 나온 단말마와 같은 비명.

그것도 병 소매의 것이 아닌 음산하면서도 묘한 마력이 느껴지는 목소리였다.

'이 목소리는… 낯설지가 않다……'

추소산의 눈에 강한 기운이 스쳐 갔다. 병 소매의 입에서 터져 나온 전혀 그녀의 것이 아닌 목소리를 전날 한차례 경험한 바 있었기 때문이다.

그럼 도대체 어디에서?

"형산!"

추소산이 깨달음과 동시에 나직이 부르짖으며 묵암검의 검파에 손을 갖다 대었다.

*   *   *

감숙성의 난주.

북쪽으로 약 삼십여 리 정도 떨어진 너른 벌판.

오랫동안 쫓고 쫓기는 관계를 팽팽하게 유지해 왔던 신성천교와 음산파 간의 주력이 맞붙은 피투성이 싸움의 흔적이 여기저기 흩어져 있다.

양측 합쳐 거의 백오십여 명이 넘는 사망자가 난 싸움.

대지는 피에 젖었고, 여기저기 아무렇게나 나뒹굴고 있는 시체의 모습 중 온전한 형태를 유지하고 있는 건 단 하나도 없어 보인다.

싸움의 시작.

그것은 신성천교의 음산파에 대한 일방적인 도살이었다.

이미 흑포혈마 구휘를 잃고, 감숙성에서 꽤나 오랫동안 골탕을 먹었던 신성천교였다. 가까스로 음산파의 주력과 조우한 이상 마음가짐이 평범할 리 만무하다.

학살만을 염두해 둔 공격!

처음부터 신성천교의 고수들은 평상시와 달리 강자의 여유를 드러내지 않았다. 항복이나 투항을 권고하지 않았을뿐더러, 거드름을 피우며 고수들을 후방으로 빼는 일 또한 없었다. 최전선에 가장 막강한 삼대광명사자를 내세워서 처절한 피의 학살극을 자행한 것이었다.

그 결과 사파이세로 불릴 정도로 막강하던 음산파는 지리멸렬하기 시작했고, 곧 패망을 눈앞에 둔 듯 보였다. 적어도 싸움이 진행되는 동안 후방에서 냉연한 시선으로 제자들을 지켜보고 있던 귀면사신 경일소의 손이 하늘을 향해 치켜 들려질 때까진 그러했다.

딸랑!

하늘을 향한 경일소의 손에는 독특한 모양의 방울이 들려져 있었다. 그리고 그의 손짓에 따라 사방으로 울려 퍼진 혼백을 뒤흔들어 놓는 방울 소리.

귀혼사령!

무림육대병기보 중 살아 있는 사람의 혼을 뒤흔들고, 죽은 자를 다시 일어나 움직이게 하는 악마의 요령(妖鈴).

그것의 울림은 단숨에 일방적이던 전세를 뒤바꾸어 놓았다.

초절정의 무위를 지닌 삼대광명사자의 손발이 늦춰졌고, 그들의 뒤를 따르던 고수들이 휘청거렸다. 귀혼사령에 심령이 동조를 일으켜 일시 기혈이 여류한 끼닭이었다.

게다가 그 짧은 순간을 놓치지 않고, 이미 죽었을 터인 자들이 느닷없이 땅을 박차고 일어섰다. 시체들의 역습이 시작된 것이다.

혼전!

압도적이던 승부의 추는 단숨에 팽팽한 평행을 이루었다.

삼대광명사자가 귀혼사령의 정신 공격과 시체들의 공격으로부터 스스로를 지키는 데 주력하는 동안 몇 명이나 되는 신성천교 고수들이 어이없는 죽임을 당했다. 그들은 여태까지 자신들이 만들고 있던 핏구덩이 속에 연달아 무너져 내렸다. 완전히 달라진 싸움의 양상이 된 것이다.

그 이유는 간단했다.

최소한 초절정 이상의 무위를 지니지 않고선 귀혼사령의 강력한 제령음으로부터 자유롭지 못했고, 죽여도 죽지 않는 시체들의 쇄도는 엄청난 위력을 발휘했다. 사람의 본성, 그 자체 속에 담겨진 사자(死者)에 대한 공포란 그리 쉽사리 떨쳐 버릴 수 있는 성질의 것이 아니었다.

그러나 이 같은 혼전은 그리 오래가지 못했다.

광천존 우대승의 등장.

삼대광명사자에게 모든 걸 맡겨놓고 뒤로 물러서 있던 우대승은 잠시 눈살을 찌푸려 보인 후 천천히 뒷짐을 풀었다. 처음으로 맛본 귀혼사령의 위력은 과연 대단했으나 또다시 악마와 같은 위력을 발휘하는 건 용납할 수 없었다.

스파앗!

느닷없이 천지를 양단한 백색의 섬광.

그것은 우대승이 마정대전 이후 단 한 차례도 수중에 쥐어보지 않았던 성천신도가 일으킨 기운, 천지광망(天地光芒)의 도강(刀罡)이었다.

이름 그대로 하늘 아래의 모든 걸 휩쓸어 버리는 광섬(光閃)의 그물은 단숨에 귀혼사령으로 인해 벌어진 혼전을 종식시켰다. 요령으로부터 사기(邪氣)를 빨아들여 되살아났던 사자들과 음산파의 얼마 남지 않은 제자들을 한꺼번에 휩쓸어 버린 것이다.

후두두두둑!

광천일도천지혈우(狂天一刀天地血雨)!

광천존의 일도에 하늘과 땅 전체가 핏빛으로 물들다.

마정대전 당시 소림사의 백팔나한대진을 단신으로 박살 낸 광천존 우대승을 이르는 말이다.

실제로 정파무림의 신화 중 하나인 백팔나한대진을 일도에 파훼한 건 아니나 싸움이 끝났을 때의 광경은 피바다를 무색케 할 지경이었다. 저 같은 노래가 마도무림에 돌아다니게 된 것도 무리는 아니었다.

그런 우대승이 마정대전 이후 처음으로 성천신도를 빼 들었고, 천지광망을 펼쳤다. 그 위력이 어떠할는지에 대한 설명은 애써 할 필요성이 있을 리 만무했다.

피의 비!

단 일도만으로 음산파의 모든 것을 소멸시킨 우대승이 앞으로 나서자 방금 전까지 생사의 혈전을 벌이고 있던 신성천교의 고수들이 재빨리 좌우로 물러섰다.

위대한 교주에 대한 존경과 경의를 한껏 담은 모습.

즉, 길을 만든 것이었다.

그 피의 길을 우대승은 흡사 산책이리도 하듯 여유만만한 기색을 하고서 걸어갔다. 목표가 끝내 두 번째 귀혼사령의 요령을 펼치지 못한 경일소였음은 두말하면 잔소리.

픽!

마도의 위대한 절대자를 바라보는 경일소의 입가에 세상의 모든 걸 경멸하는 듯한 조소가 떠올랐다.

너무 압도적인 무위에 정신이 조금 이상해지기라도 한 것인가?

‘그 정도로 한심하진 않을 터……!’

우대승의 무심함으로 가라앉아 있던 눈에 작은 파문이 일었다. 문득 눈앞의 한 시대를 풍미한 사도제일인이 누군가에게 이용을 당했을지도 모른다는 의혹을 느꼈기 때문이다.

그 순간 경일소가 흡사 우대승의 마음을 읽기라도 한 듯 얇고 푸르스름한 입술을 꿈틀거렸다.

"본래 마도와 사도는 서로의 경계를 침범치 않고 버러지 같은 정파 녀석들에게 공동으로 대처해 왔다. 적어도 신성천교에서 우 교주 자네 같은 대종사가 나오기 전까진 말야."

"본좌가 마도를 일통시킨 것은 어디까지나 정파의 무림맹에 대항하기 위함이었다."

"그리고 사도나 녹림(綠林) 쪽은 건들지도 않았고 말이지? 하긴 마도 일통의 마도제일인에게 어찌 힘없는 사도와 녹림이 대항할 수 있을까? 냉큼 허리를 숙이고 휘하에 들어가는 것이 당연한 일이겠지."

"그래서 먼저 본 교를 쳤다?"

"아니."

슬쩍 고개를 저어 보인 경일소가 뱀과 같이 끝이 가는 눈꼬리를 더욱 좁게 만들었다.

"내가 사도와 마도를 일통한 전무후무한 사도대종사가 되려 했을 따름이다."

"스스로 마도와 사도를 일통하겠다? 그건 무척 간단한 일이었을 텐데, 일을 너무 어렵게 꼬아놨군, 그래."

우대승의 손에 들린 성천신도가 백색의 도신에 가벼운 울림을 만들어냈다. 자신이 한 말에 대한 확신을 성천신도에 담아서 쏟아낸 것이다.

　도발!

　이를 모를 리 없는 경일소가 오히려 뒤로 한걸음 물러섰다. 우대승에게서 자연스레 발산되는 패도로부터 조금이라도 떨어지려 함이었다.

　물론 천지와 소통한다고 알려진 절대고수의 패도를 그런 움직임 따위로 피할 수 있을 리 없다. 경일소의 행동은 그냥 심정적인 안정을 얻고 싶다는 작은 바람에 불과했다.

　'크으, 광천존! 기도만으로 내 사신경(邪神境)을 뒤흔들다니… 마도천하를 이룩하겠다던 말이 결코 허언만은 아니었구나. 하지만 그 망할 혈유 녀석이 내 뒤통수를 치지만 않았다면 결코 이런 개 같은 경우는 벌어지지 않았을 터인 것을.'

　경일소는 암중으로 극한까지 일으키고 있던 조사 음산귀신의 무적사공(無敵邪功)인 사신경이 흔들리자 내심 이를 갈았다. 여태까지 우대승 앞에서 보였던 여유 따윈 깨끗이 사라져 티끌조차 남지 않은 모습이었다.

　하긴 전날 음산파를 천하제일사파로 끌어올렸던 음산귀신이 남긴 절기인 사신경의 위력은 대단했다.

　이미 초절정의 끝에 이르러 있다고 자신히고 있던 경일소소자 한눈에 반해서 한동안 정신을 차리지 못하고 탐닉할 정도였다. 십여 년간의 고심참담한 수련으로도 넘을 수 없었던 절대지경의 높은 벽을 어쩌면 깨부술 수 있는 단서를 발견했다고 생각했기 때문이다.

　그러나 결국 경일소는 사신경을 완벽하게 이룩하고도 절대지경에 오르지 못했다.

　이는 당연한 결과.

본래 무공의 높낮이나 절기의 빼어남으로 오를 수 있는 무학의 경지
는 기껏해야 초절정이라 불리는 화경(化境)까지였다.

보통 무학의 화후가 극한에 이르렀다는 말로 표현되는 화경 이후의
단계인 절대지경, 즉 신화경(神化境)은 깨달음을 얻어야만 이룰 수 있
었다.

화경에 오른 초절정고수가 극도의 정신 수양을 통해 얻을 수 있는
궁극의 깨달음만이 절대지경의 높은 벽을 허물 수 있다는 뜻이다.

그 같은 이치를 사도제일인이라 자처하는 경일소가 몰랐을 리 만무
하다. 그는 오랜 수행으로 인해 오히려 지나칠 정도로 자세하게 알고
있었고, 여태까지 지극히 올바르고 바른 방법을 통해 절대지경에 오르
길 궁구해 왔다.

다만 그는 극도로 오만한 사람으로 평생 하고자 하는 일을 이루지
못한 적이 없었다. 당금 무림 중에 세 명씩이나 오른 경지에 자신이 끼
이지 못할 바가 없다는 자만심을 갖게 된 건 지극히 자연스런 일이었
다.

하물며 오랫동안 절전되어 있던 조사 음산귀신의 절대사공을 완벽
하게 연마한 직후 펼쳐 본 그 위력이란 상상을 초월할 정도였다.

내심 조금쯤 꺼림칙한 마음이 남긴 했지만, 그는 자신이 결국 절대
지경을 이뤘다는 잠정적인 결론을 내렸다. 그 정도의 자신을 품고서
감숙성으로 향한 것이었다.

그런데 이런 처참한 결과라니!

경일소는 내심 자신하던 사신경이 이미 오래전에 절대지경을 이룬
우대승 앞에서 전혀 위력을 발휘하지 못하는 것에 좌절했다.

우대승의 의지가 발현된 한 가닥 솜털 같은 기세조차도 감당해 낼 수

없는 주제에 절대지경을 자신했던 것에 대한 지독한 자괴감을 느꼈다.

절대지경과 거기에 이르지 못한 자 간의 도저히 메울 수 없는 간극!

그것은 말 그대로 절대적이었다.

앞으로 어떤 식으로 일이 진행될지에 대해 경일소는 쉽사리 예상할 수 있었다. 단 일합도 싸워보지 않았지만, 이미 싸움은 끝나 버린 것이다.

그렇다면 훗날을 도모하는 게 옳다.

이곳에서 음산파의 역사를 끝내 버릴 순 없는 일이었다.

문득 눈을 평소보다 두 배쯤—그래 봤자 보통 사람보다 눈이 작다—크게 뜬 경일소가 묘한 기운이 감도는 백안(白眼)을 드러냈다.

"크큭큭! 재밌군, 재밌어……!"

"……."

"어째서 잘난 마도제일인의 손에 들려져 있는 게 성천신도일까? 본래 성천신도는 신성천교에서도 제일의 보물로 취급되는 탓에 쉽사리 교내 반출이 이뤄지지 않는다고 하던데… 역시 음산파에서 훔쳐 간 일월신검의 비밀을 풀지 못한 것이겠지?"

"일월신검의 비밀을 풀지 못한 건 사실이다. 본좌의 손에 들어왔을 때 이미 일월신검은 검 자체의 신기를 잃어버린 뒤였으니까."

"검 자체의 신기를 잃었다? 그렇다면 중간에 일월신검의 신기를 가로챈 자가 있다는 뜻인데… 그걸 알면서도 그냥 내버려 뒀다는 건가?"

"갑자기 감숙에서 미친놈 하나가 날뛰기 시작했으니까."

"결국 나 때문이란 말이군?"

자신을 손으로 가리키며 말을 마친 경일소가 백안을 연신 희번덕거리며 여태까지의 조소와는 사뭇 의미가 다른 대소를 터뜨렸다. 진심으로 신성천교와 우대승이 물을 먹은 게 통쾌했기 때문이다.

그러나 우대승은 오히려 경일소의 백안에 더욱 시선이 갔다. 그가 알고 있는 경일소는 결코 맹인이 아니었다. 그리고 천하에 상대할 이가 몇 없는 고수였다. 갑자기 동공 모두를 잃을 만한 일이란 그리 많지 않았다.

"어리석은 짓을 했다. 고작 수련 따위를 위해 무인에겐 무엇보다 소중한 눈을 희생시키다니… 그렇게까지 해서 얻은 무공이라면 한 번 펼쳐 보기라도 하고 죽는 게 낫지 않겠느냐?"

"어떻게……?"

갑자기 대소를 멈춘 경일소의 두 눈이 다시 뱀처럼 가늘어졌다. 긴장할 때의 버릇이다.

돌아온 우대승의 대답은 무심했다.

"본좌는 싸움에 앞서 말이 많은 자를 그리 좋아하지 않는다. 하지만 죽음을 앞둔 자의 말은 되도록 끝날 때까지 들어주는 편이지."

"결국 내 목숨 따윈 이미 자신의 손에 달려 있단 뜻인가! 이 더럽게 오만한 놈이……."

"아니라 생각하느냐?"

짤막한 반문으로 경일소의 말을 자른 우대승의 성천신도가 또다시 한차례 떨림을 보였다.

지잉!

이번에는 단지 기세만 발출된 것이 아니었다.

십방(十方)!

성천신도에서 일어난 백색 광도가 십자형을 그리며 순식간에 열 개의 방향으로 뻗어나갔다. 눈앞에 둔 경일소가 아닌 그의 주변을 단숨에 휘저어놓아 버렸다.

그 후 일어난 변화!

경일소가 어떤 반응을 보이기도 전에 십자형의 백색 광도에 휘말린 대지가 들썩였다. 한 자 두께의 강철마저 종잇장처럼 찢어놓을 수 있는 위력이 폭발을 일으킨 것이다.

그 결과!

기괴한 비명과 함께 땅속에서 족히 몇십 명이 넘는 인간들이 튀어나오다 산산조각 부서져 버렸다. 최후까지 경일소가 숨겨놨던 음산파의 정예들이 몰살을 당하는 순간이었다.

"이… 이……!"

경일소의 전신이 부들거리며 떨렸다.

우대승의 일도에 숨겨놨던 음산파 정예가 몰살을 당한 까닭만은 아니었다. 그들이 일거에 괴멸당함으로써 자신이 세웠던 죽음으로써 삶을 구하는 탈출 계획을 사용할 수 없게 되어버렸기 때문이다.

'이렇게 되면 화신환사공상의 비기를 사용한 금선탈각(金蟬脫殼:매미가 허물을 벗듯이 진영을 그대로 두고 주력을 딴 곳으로 이동한다)의 수법을 사용할 수 없게 되었다. 그렇다면 어찌 저 괴물 같은 녀석에게서 벗어난단 말인가!'

그렇다.

경일소는 일부러 우대승의 비윗장을 건드려서 그의 손에 죽으려 했다. 그런 후 자신의 화신환사공을 이용해 다른 음산파 제자의 몸을 빼앗는 것이다.

영혼전이(靈魂轉移).

경일소의 삼대절기 중 하나로 알려진 화신환사공을 극성까지 연마

해야만 가능한 사이한 수법으로 오로지 평생 단 한 차례밖엔 사용할 수 없었다.

그 이상 사용하게 되면 정신이 쇄멸하여 백치가 되거나 영혼전이한 상태로 미쳐 버릴 가능성이 높았다. 인간의 영혼이란 섬세한 도자기와 같아 본래의 육체를 벗어난 후엔 조금이라도 강한 충격을 받으면 깨져 버리고 말았다.

게다가 화신환사공을 이용한 영혼전이에는 치명적인 단점이 또 한 가지 존재했다. 어떤 상황이라 해도 화신환사공에 미리 영혼을 제압당한 자에게만 이동할 수 있다는 점이었다.

그러니 우대승의 일도에 산산조각난 건 음산파의 미래뿐은 아니었다. 음산파 전체보다 자신의 보신을 더욱 중시 여겼던 경일소의 마지막 삶의 희망까지 동시에 먼지처럼 사라져 버린 것이다. 적어도 거의 반 미칠 것 같은 심정이 된 경일소는 그렇게 생각했다.

그때 그에게 던져진 한마디!

"이제야 본좌와 싸워볼 생각이 들었는가 보군. 자칭 사도제일인이라 한 만큼 본좌의 기대를 충족시켜 줄 정도의 실력이길 빌겠다."

"우, 우쭐대지 마!"

일순 경일소가 전력으로 사신경을 끌어올리곤, 수중의 귀혼사령에 사기를 집중시켰다. 화신환사공을 사용할 수 없게 된 만큼 이젠 오로지 본신의 무공으로 승부를 볼 수밖에 없었다. 그렇게 생각했다.

그러자 그와 동시에 움직인 우대승의 성천신도!

스으!

우대승의 성천신도는 방금 전 보였던 것과 같이 화려찬란한 빛의 축제를 만들어내지 않았다. 오히려 지극히 단순하면서도 평범한 변화에 흐릿한 도기를 일으켰을 따름이다.

다만, 그 일도는 빛조차 따르지 못할 듯한 빠름을 담고 있었다.

투툭!

귀혼사령이 들려 있던 경일소의 손이 힘없이 바닥에 떨어져 내렸다. 그새 잘려 버린 것이다.

뿐만 아니었다.

사신경을 운집한 채 우대승의 얼굴을 날려 버리려던 맞은편 손 역시 같은 운명이 되었다.

단 일도 만에 벌어진 일!

우대승이 수중의 성천신도를 거둬들인 순간, 경일소의 입에서 상처받은 짐승과 같은 울부짖음이 터져 나왔다.

"우와아아아아아아!"

'사음(邪音)!'

우대승은 거둬들였던 성천신도를 다시 경일소에게 향했다. 그러자 또다시 일어난 도광.

슷!

경일소의 목젖에 혈선이 생겨났다. 양손을 잃고 나서도 남은 사신경을 몽땅 끌어올려 반격에 나섰던 경일소의 심혼을 뒤흔들던 울부짖음이 그치는 순간이었다.

"끄르르르르……."

"……."

경일소의 목에서 가래 끓는 듯한 탁한 소리가 일어났다. 그리고 천천히 앞으로 무릎 꿇려지는 두 다리.

신형을 바로 할 힘조차 몽땅 빠진 것인가?

그렇진 않았다.

경일소는 최후의 순간까지도 우대승에게 반격할 기회를 노리고 있었다. 그러기 위해서 굴욕을 참고 무릎까지 꿇어가며 우대승의 방심을 유도했다.

그러나 그의 무릎이 막 바닥에 닿을 무렵이었다.

문득 꺼지기 전의 촛불이 찬연한 빛을 발하듯 회광반조에 돌입한 그의 화신환사공이 놀랍게도 시공을 초월하였다. 최후의 최후에 극한까지 끌어올렸던 사신경의 공력이 기적을 만들어낸 것이다.

'…있다!'

경일소는 애써 준비했던 최후의 일격을 포기했다.

입가에 흐릿한 미소를 머금고서.

풀썩!

바닥에 무릎을 꿇은 순간, 경일소의 목이 힘없이 모로 기울어졌다.

푸화확!

기다렸다는 듯 하늘을 향해 터져 나온 피의 폭발!

점점이 자신의 얼굴로 떨어져 내린 핏방울을 소매로 훔쳐 낸 우대승의 무심한 눈동자에 묘한 기색이 떠올랐다.

의혹.

그는 경일소가 최후의 순간 자신을 향해 마지막 일격을 쏟아내려던 의도를 미리 파악하고 있었다. 애초에 회피하지 않은 건 절대적인 자신의 무위에 대한 자신감의 발로였다.

한데, 아무런 일도 일어나지 않았다.

경일소는 마치 우대승을 희롱이라도 하려는 듯 그냥 죽음을 맞이한 것이었다.

게다가 하나의 수급으로 변해 대지로 떨어져 내린 경일소의 입가에는 묘한 미소가 어려 있었다. 결코 패배자의 것이라 볼 수 없는 득의의 사소(邪笑).

그러나 우대승은 곧 시선을 땅바닥에 떨어진 귀혼사령에 던졌다. 방금 전까지 자신의 주인이었던 경일소가 쏟아낸 핏물을 빨아들이고 있는 모습이 괴기스럽다.

사도를 대표하는 귀물다운 모습이랄까?

"주인의 피마저도 탐한다? 이런 물건을 세상에 남겨둬서 무얼 하랴."

나직이 뇌까린 우대승이 수중의 성천신도에 강대한 기운을 담아 귀혼사령을 향해 내쳤다.

그러자 성천신도의 하얗게 백열된 도신을 떠난 초월형의 도강!

쩌쩡!

격한 굉음과 함께 주인인 경일소의 피를 빨아먹으며 마구 혈기를 뿜어내고 있던 귀혼사령이 단숨에 두 쪽으로 쪼개졌다. 그리고 천지사방으로 흩어지기 시작한 극랄 무비한 사기.

무림육대병기보 중 하나의 소멸!

조금이라도 무림 중의 일에 관심이 있는 자가 본다면, 지극한 애통함에 가슴을 치고 말았으리라. 무림육대병기보에는 분명 그만한 가치가 있었다.

모두 그리 생각하는 건 아니었지만 말이다.

촤악!

우대승이 성천신도에 묻어 있던 핏물을 지우기 위해 바닥에 도신을 한차례 털어 보았다.

오직 싸움이 끝났을 때에만 보이는 모습.

천천히 성천신도를 거둔 그가 장대한 신형을 돌린 순간, 신성천교의 뭇 고수들이 일제히 허리를 깊숙이 숙여 보였다. 위대한 교주의 전승을 침묵 속에 감축한 것이다.

'경일소… 마지막 때에 그는 분명 무언가를 생각해 냈다. 지금은 총단으로의 복귀와 일월신검의 진체를 중간에 가로챈 자나 세력에 대해 알아보는 일이 시급하기에 이렇게 물러나지만, 후일 반드시 그것이 무엇인지를 알아내고 말 것이다.'

내심 눈을 빛낸 우대승이 손을 들어 신성천교 고수들로 하여금 전승의 예를 끝마치게 했다. 이제 슬슬 감숙성에서 떠나야 할 때가 된 것이었다.

*　　　*　　　*

형산에서 만난 일이 있던 사신!

병 소매의 목소리는 귀면사신 경일소가 화신환사공으로 창조해 냈던 형산의 사신과 똑같았다.

그와 한차례 생사를 건 검투를 펼친 일이 있던 추소산은 곧바로 그 같은 사실을 간파해 냈다. 그만큼 사신과의 싸움은 그에게 깊은 인상을 남겼던 것이다.

그럼 어찌 이런 기이한 일이 벌어지게 된 것일까?

사실 병 소매의 정체는 전날 형산에서 추소산과 싸움을 벌인 바 있는 음산파의 쌍둥이 여고수 중 한 명인 백교였다.

그녀는 본래 아주 어린 나이에 음산파에 들어가 신공을 익히고 있었다. 항시 얼굴에 쓰고 다니던 가면이나 나이가 들어서도 여인 특유의 신체로 성장하지 못한 것 등이 모두 이로 인해 연유된 일이었다.

그러나 아쉽게도 그녀의 모든 것이던 신공 수련은 우연찮게 시비가 붙은 추소산에 의해 산산조각나고 말았다. 그에게 크게 마음이 흔들린 탓에 신공 완성의 가장 중요한 순간에 주화입마에 빠지고 만 것이다.

그 한은 상상을 불허할 정도였다.

그래서 그녀는 추소산을 만나 복수하기 위해 혈혈단신으로 음산파를 빠져나와 낙양으로 향했으나 결국 또다시 주화입마에 빠져서 죽음의 위기에 직면하게 되었다. 처음 주화입마에 빠졌을 때부터 고수의 도움을 받지 않은 탓에 벌어진 일이었다.

하지만 그녀는 죽음 중에서 삶을 구할 수 있었다.

당시 우연찮게 근처를 지나던 육지견에게 구원을 받아 죽음의 위기를 넘기고 주화입마 역시 어느 정도 벗어나는 데 성공한 것이다. 그 대가로 기억을 잃어버린 병 소매가 되어버리고 말았지만 말이다.

그러니 현재 그녀의 몸에는 머나먼 감숙성에서 방금 전 우대승의 성천신도에 목이 잘린 귀면사신 경일소가 강신한 상황이었다.

모든 음산파의 제자들은 입문 당시 장문인인 경일소의 회신환사공에 피의 인주(印呪)를 받으니, 그녀 역시 예외는 될 수 없는 게 당연하다.

물론 이 같은 사실을 추소산은 모르고 있었다. 그는 단지 직감적으로 눈앞의 병 소매가 전에 형산에서 만난 사신과는 다르다는 걸 느낄 수 있을 따름이었다.

한데 바로 그때였다. 강신이 끝난 것인가?

묘하게 높고 고저가 분명한 목소리로 비명을 질러대던 병 소매가 느닷없이 땅 위로 한 치가량 부양하더니 입을 굳게 다물었다.

그리고 어느새 묵암검을 빼 들고 부근으로 다가선 추소산을 향해진 싸늘하면서도 비인간적인 눈빛.

"…여긴 어디지?"

"……."

추소산의 눈빛이 침중하게 변했다. 순간적으로 경일소가 강신한 상태인 병 소매에게서 쏟아져 나온 기운이 심상치 않았기 때문이다.

확실히 전날 만났던 사신과는 수준이 다른 기운!

스슥.

흡사 계류를 흘러내리는 물처럼 추소산이 옆으로 몇 걸음 이동했다. 추뢰보를 이용해 병 소매에게서 쏟아져 나온 직선적인 기운을 흘려 버린 것이다. 그리고 흘러나온 준엄한 일갈.

"그러는 당신은 누구인가?"

"하!"

병 소매의 얼굴로 경일소는 피식거리며 웃었다. 전체적으로 병색이 깃들고 갸름한 병 소매의 얼굴과 어울리지 않는 미소가 괴기스럽다.

"하긴, 이곳이 어딘지를 알아보는 건 나중에 천천히 해도 상관없을 터. 일단은 광천존 그 빌어먹을 늙은이 때문에 더러워진 기분부터 푸는 편이 낫겠어."

'광천존… 신성천교의 교주인 우대승을 말하는 것인가?'

추소산의 뇌리로 일순 우약연의 얼굴이 스쳐 지나갔다. 그동안 줄곧 억지로 잊으려 노력하고 있었는데, 경일소의 한마디에 다시 그녀를 떠올리고 말았다. 씁쓸한 기분이 가슴을 감돌지 않을 수 없다.

바로 그때였다.

쉬악!

경일소가 병 소매의 새하얗고 가녀린 손을 들어올리더니 추소산을 향해 무지막지한 장공을 쏟아냈다.

유명귀혼장.

경일소가 자랑하는 삼대절기 중 하나이며, 가장 천하에 널리 알려진 절기였다. 그가 가장 사랑하는 세 명의 제자가 바로 이 유명귀혼장으로 음산파의 위명을 천하에 떨어 울리게 만들었기 때문이다.

당연히 그 위력은 발군!

단숨에 거의 삼 장 이상 떨어져 있던 추소산의 전신이 유명귀혼장의 세력권 내에 갇혔다.

그 정도의 위력이 있었다.

그러나 경일소에겐 불행하게도 추소산은 이미 유명귀혼장의 변화나 특성에 대해 알고 있었다. 전날 형산에서 벌어진 보검쟁탈전에 참여했던 적발귀소 형가구가 몇 번이나 유명귀혼장을 펼치는 장면을 목격한 바 있었기 때문이다.

스슥.

천지사방에서 동시에 몰아치는 뇌성벽력과 같던 유명귀혼장의 징세가 급격한 변화를 보인 찰나의 순간이었다. 흡사 기다리기라도 한 것처럼 추소산의 발끝이 지축을 가볍게 찍어 올렸다.

그러자 순간적으로 하늘에서 떨어져 내리던 달빛을 가린 추소산의 신형!

"엇······!"

경일소의 입에서 놀람에 찬 신음이 흘러나왔다. 눈앞의 새파란 애송이가 자신의 유명귀혼장을 이렇게 쉽사리 파훼하리라곤 생각지 못했기 때문이다.

싯!

추소산의 묵암검이 어둠 속을 꿰뚫었다.

목표는 경일소의 미간 사이.

대담한 경공과 마찬가지로 쾌속한 일검이나 다분히 실보다는 허에 더 비중이 들어간 공격이다. 경일소가 깃든 병 소매를 죽일 순 없다는 판단을 내린 까닭이다.

그러자 언제 놀란 신음을 토했냐는 듯 경일소의 신형이 급격히 뒤로 물러섰다. 거의 묵암검이 만들어낸 암흑의 검기와 동일한 속도.

'훌륭한 판단력! 훌륭한 경공!'

추소산은 내심 경일소에게 찬사를 보냈다. 그럴 수밖에 없었다.

그가 취한 판단과 경공 실력 덕분에 유명귀혼장의 허점을 찔러 얻어 낸 공격 기회가 연속성을 잃어버렸다. 삽시간에 상풍에서 하풍을 공격하는 유리한 위치를 놓치게 된 것이다.

절세목검의 소유자, 곧 무림공적일지니!

경일소의 반격은 곧바로 이뤄졌다.

묵암검이 또 다른 변화를 일으키기 전, 뒤로 물러섰던 경일소가 추소산 쪽으로 바짝 파고들었다.

이번 역시 유명귀혼장!

다만, 변화나 위력이 처음과 완전히 달라졌다. 제자들에겐 전수하지 않은 유명귀혼장의 최후 삼절초를 펼친 것이었다.

기세는 흡사하나 더욱 강하고 기묘해진 변화.

추소산은 단숨에 자신을 압박하며 파고든 유명귀혼장의 움직임을 직시하다 묵암검을 빠르게 거둬들였다. 유명귀혼장 앞에 자신을 무방비하게 드러내 보인 것이다. 그리고 또다시 지축을 지그시 박찬 발끝의 움직임을 보라.

“응?”

경일소의 눈살이 살짝 찌푸려졌다.

또다시 그의 장세를 뚫고 추소산이 모습을 감췄다. 처음과 다름없는 변화랄까?

굳이 달라진 점을 찾자면 이번엔 이후의 종적을 찾을 길이 없다는 점이었다.

경일소의 마음이 바빠지지 않을 수 없다.

휘리리리릭!

순간적으로 경일소의 신형이 무시무시한 빠르기로 회전을 일으켰다. 유명귀혼장의 최후 절초와 더불어 온몸의 내력을 몽땅 짜내어 몸 전체를 방어하는 일종의 기의 장벽을 둘러친 것이다.

삽시간에 휘몰아친 폭풍.

그러나 강기를 사용하는 수준의 고수와 이미 몇 차례나 생사투를 벌인 바 있는 추소산이다. 그 정도의 방어를 뚫지 못할 리 만무하다.

스스슥.

거의 눈에 보이지도 않을 정도로 고속으로 경일소의 장세를 벗어난 추소산의 식지가 바람같이 공간을 갈랐다.

혈육으로 된 손가락에 불과하나 검기에 못지않은 날카로운 기운이 담긴 일격!

일순 여전히 지축으로부터 한 치가량 떠올라 있던 경일소의 신형이 크게 휘청거렸다. 놀랍게도 추뢰보의 속도와 변화로 유명귀혼장의 장세를 파고든 추소산의 일격이 성공을 거둔 것이다.

강신의 부작용.

한동안은 강신한 당사자가 가진 근력과 내력밖엔 사용할 수 없다는 치명적인 단점을 뒤늦게 떠올린 경일소의 안색이 일그러졌다. 생각보다 강한 내력이 쌓인 병 소매 백교의 몸을 너무 지나치게 믿었던 것이 실수였음을 깨달았으나 뒤늦은 후회였다.

"이런 어처구니없는……."

경일소는 중혈 중 하나인 풍부혈이 제압된 상태에서도 양손을 크게 내저었다. 어떻게든 내력을 끌어올려 어느새 지척까지 파고든 추소산의 천령개를 박살 내고자 함이었다.

물론 추소산이 이를 허락할 리 만무하다.

스슥.

또다시 추뢰보를 펼쳐 경일소의 최후의 일격마저 가볍게 피해낸 추소산이 다시 식지에 진기를 실었다.

파파팟!

이번에 제압된 혈도는 마혈과 아혈을 비롯한 다섯 개의 중혈이었다. 경일소로서도 더 이상 어찌해 볼 도리가 없었음은 물론이다. 옴짝달싹도 못하게 된 것이다.

휘청!

쏟아지는 달빛 아래 경일소의 신형이 한차례 흔들림을 보이곤 모로 쓰러져 내렸다.

재빨리 신형을 날려 이를 받아낸 추소산의 입가에 작은 쓴웃음이 떠올랐다.

급하게 안느라 우연찮게 손끝을 스친 가슴의 감촉!

검사답게 눈만큼 손끝의 감각 역시 극도로 예민한 추소산에게 꽤나 오래전의 기억을 되살려주는 기폭제가 되었다. 그리고 추소산의 뇌리로 형산 부근에서 싸운바 있는 음산파의 기묘한 여제자와 그녀의 은밀한 신체 비밀에 대한 기억이 빠르게 스쳐 지나갔다.

“음산파의 백… 교… 라 했던가? 한데 그녀가 어쩌다가 이렇게 된 것인지……”

추소산은 나직이 뇌까리며 내심 고개를 가로저었다.

우연찮게 목도하게 된 오늘 밤의 기경과 갑작스런 싸움.

그 사이에 뭔가 큰 연결 고리가 있음은 알겠는데, 그것이 무엇인지는 아직 확실치 않았다. 앞으로 풀어가야 할 숙제로 남은 것이다.

한데 그때였다.

문득 느닷없이 벌어진 싸움이 끝난 후 세상의 고요란 고요는 몽땅 내려앉은 듯하던 공터의 저편에 한 명의 인영이 모습을 드러냈다.

긴 머리를 단정하게 묶은 백색 백룡의 영웅건.

섬세한 몸매를 감싼 백색 무복과 가느다란 허리에 매달린 패도.

굳이 달빛을 핑계 삼지 않더라도 절세란 말이 붙을 만한 미인의 정체는 청연장을 떠났다 알려진 여연경이었다.

그녀는 추소산에게 마음의 상처를 받은 후 무작정 청연장을 떠났다가 하루도 지나지 않아 몰래 돌아왔다. 색기를 풀풀 풍겨대는 백수빈에게 추소산을 맡겨둔 채론 도저히 마음이 놓이지 않았기 때문이다.

그래도 여인만의 자존심이란 게 있다.

불같이 화를 내고 떠난 지 하루 만에 돌아온 것은 결코 자랑이 아니다. 어찌 생각하면 수치심도 없는 여인이나 할 만한 짓이니, 추소산이나 백수빈 등이 알게 하고 싶진 않았다.

그래서 결국 생각해 낸 방법이 은신.

다른 말로는 몰래 짱박혀서 숨어 있는 것이었다.

아무도 몰래 숨어서 줄곧 염탐을 하고 있다 보면 언젠간 자신의 부재를 추소산이 눈치 채리란 계산!

추소산이 자신을 찾아 나서면 그때 못 이기는 척 모습을 드러내리라 여연경은 생각했다. 그리하면 여인으로서의 자존심도 지킬 수 있고, 추소산에게 자신의 소중함과 존재감 역시 강력하게 인식시킬 수 있을 것 같았다.

여연경 스스로도 깜짝 놀랐을 만큼 생각해 낸 것만도 기특할 정도인 일석이조의 방법.

그러나 그녀가 한 가지 계산치 못한 일이 있었다.

바로 백수빈이 천하에서 가장 정보 수집에 능한 하오문의 부문주란 사실이었다.

백수빈은 천하에 몇 안 되는 화려한 뒷배경을 지닌 여연경이 청연장을 뛰쳐나가자마자 그녀의 뒤에 꼬리를 붙었다.

여전히 여연경이 추소산에게 알짱대는 게 짜증나고 싫었지만, 혹시라도 그녀의 신상에 어떤 문제가 발생할 경우 하오문의 존속 자체를 장담할 수 없었다. 무력만으로 따지자면 꽤나 약소 문파에 속하는 하오문으로선 강남제일세인 패천도문의 분노를 결코 살 수 없는 까닭이었다.

당연히 여연경의 단 하루 사이의 외출은 금세 백수빈에게 발각되었다.

가뜩이나 여연경에게 어떻게든 빚을 만들어두고 싶어하던 백수빈으로선 물실호기를 만났음이랄까?

백수빈은 철호운을 이용해 청연장에 은신해 있던 여연경을 쉽사리 찾아내었다. 은신에 있어서 여연경은 전직 대살수 출신의 철호운의 눈을 결코 속여 넘길 수 없었던 것이다.

결국 여연경은 백수빈과 철호운 앞에 고개를 푹 숙인 채 모습을 드러내었고, 그 뒤는 하오문 특유의 음모와 모략, 협잡의 연속이었다.

견제와 균형의 묘미를 살렸달까?

백수빈은 여연경으로 하여금 은신을 풀게 할 때완 달리 모습을 드러낸 그녀를 결코 조롱하지 않았다.

대신 그녀를 크게 위로한 후 무심한 추소산을 욕하고, 절대로 그에게 이번 일을 알리지 않는다는 약속을 했다. 먼저 마음의 빚을 지게 한 후 서서히 공략해 자신이 원하는 바를 이루는 고등의 수법이었다.

순진한 여연경으로선 당할 재간이 있을 리 만무한 터.

평소와 완전히 딴판인 백수빈의 속 깊음에 홀딱 빠진 여연경은 자신도 모르는 새에 그녀를 언니라 부르고 있었다. 패천도문의 제삼 후계권자가 기꺼이 하오문의 제자인 백수빈의 여동생이 되기를 원한 것이었다.

이는 강남무림의 낯과 무력을 상징하는 패천도문과 강호에서 가장 많은 정보를 틀어쥐고 있는 하오문의 결착을 의미했다. 적어도 향후 천하무림계에 있어 꽤나 중대한 결과를 야기할 만한 사건이라 할 수 있었다.

그러나 그 같은 일을 아무렇지도 않게 벌인 두 여인은 전혀 그런 쪽에는 관심이 없었다.

그녀들은 어떻게든 앞으로 추소산에 대한 소유권을 행사하는 데 있어서의 이점만을 계산하고 있을 따름이었다. 적어도 여연경은 그러했다.

때문에 여연경은 여태까지 남자의 심리 상태에 대한 백수빈의 자상한 충고에 따라 계속 추소산의 눈에 안 띄기 위해 노력해 왔다. 처음에 마음먹었던 것처럼 그가 자신에 대해 언급할 때까진 모습을 드러내지 않을 작정이었다.

그리고 그때가 드디어 왔다. 오늘 점심 무렵, 결국 추소산이 자신에 대해 언급했음을 소령의 보고로 전해 들은 것이다.

'그래서 가지고 있던 옷가지 중 가장 마음에 드는 무복으로 갈아입고 치장까지 했는데… 어찌 추 소협은 수빈 언니나 쌍령으로도 부족해 이젠 병 소매한테까지 손을 뻗친단 말인가! 나한테는 그렇게 냉랭하게 굴었으면서……'

여연경은 내심 중얼거리며 평생 처음으로 자신의 외모나 매력에 대해 깊은 회의를 느꼈다.

강남일화!

철이 들자마자 얻게 된 미명이다.

호위 무사 파도 현극빈을 비롯한 무수히 많은 패천도문의 무사들과 강남 유수의 무림세가 출신의 후기지수들은 여연경을 볼 때마다 찬사를 늘어놓기 바빴다.

폐월수화(달도 얼굴을 가리고 꽃도 부끄러워한다)니, 침어낙안(물고기가 가라앉고 기러기가 떨어질 정도의 미녀)이니, 화용월태(꽃 같은 얼굴과 달과 같은 몸매) 같은 말을 하루라도 듣지 않은 적이 없었다.

빼어난 미모와 패천도문이란 후광.

천하의 어느 사내가 있어 감히 여연경을 찬양하지 않을 수 있었으랴.

그녀가 강남제일미가 된 것은 지극히 당연한 결과였다.

누구나 그리 말할 터였다.

하지만 여연경에게 있어 그런 세간의 평가는 지금 전혀 관심 밖이었다.

그녀는 강남의 제일미녀가 되기보다 한 사내, 추소산에게 사랑받는 여인이고 싶었다. 그에게 사랑받지 못한다면 천하의 수많은 사내가 몽땅 무릎을 꿇고 자신의 미를 찬양한다 해도 무슨 소용이 있겠는가.

여인의 마음이란 본시 그러하다.

그러니 지금 여연경이 느끼는 혼란은 어쩌면 지극히 당연하다고 할 수 있었다.

하오문의 백수빈과 쌍령.

인정하긴 싫지만 백수빈은 어떤 면에선 자신으로서도 따르지 못할 정도의 성숙한 매력이 넘치는 미녀이고, 대령과 소령 자매는 각기 독특한 미모에 분명한 특징을 지녔다. 대령은 조신한 듯하면서도 엉뚱하고, 소령은 귀엽고 발랄하면서도 가끔 놀라울 정도로 대담하다.

미모를 떠나 사내라면 매력을 느낄 수 있을 만한 분명한 이유가 있었고, 여연경 또한 인정하는 사실이었다. 억지로나마 자신보다 그들을 더 좋아하는 추소산을 이해할 수 있는 것이다. 하지만 병 소매는 어떠한가?

병약한 얼굴에 빈약한 몸매.

백 보 양보하더라도 여연경은 자신보다 병 소매가 낫다는 것을 인정할 수 없었다. 그렇게 생각했다. 그녀가 지금 병 소매를 품에 안고 있는 추소산의 모습을 보고 자신에 대한 회의와 분노를 느낀 이유였다.

본시 달밤에 아무도 없는 공터에서 젊은 남녀가 서로 부둥켜안고서 할 짓이 얼마나 있겠는가. 순진한 처녀인 여연경도 그만한 이치쯤은 알고 있었다.

"부, 불결해!"

여연경은 떨리는 입술로 한마디를 내뱉고는 발로 지축을 굴렀다.

심중의 분노가 담긴 진각.

게다가 평범한 무인이 아니라 절정에 이른 고수가 일으킨 발구름이
었다.

퍼석!

한차례의 진각으로 공터로 이어지던 중 끊긴 청색 석판 몇 개가 산
산조각났다. 정작 그녀의 작은 교족에 닿은 석판은 하나에 불과한데,
진각의 여파가 주변의 다른 석판들 몇 개에까지 영향을 미쳐 벌어진
현상이었다.

그야말로 내게 시선을 주라는 강요마저 느껴지는 진각의 위력!

과연 추소산이 여전히 병 소매 백교를 품에 안은 채 여연경에게 시
선을 던졌다.

"여 소저, 마침 잘 돌아왔소이다."

"…예?"

추소산이 품 안의 병 소매 백교를 한차례 추어올리곤 입가에 쓴미소
를 담았다.

"보다시피 병 소매가 갑자기 혼절을 했소이다. 사내인 내가 계속 보
살피긴 힘드니 여 소저의 힘을 빌려야겠소이다."

"……."

여연경은 그제야 추소산의 품 안에 축 늘어져 있는 병 소매 백교의
모습이 정상적이지 않음을 깨달았다. 도저히 치유되지 않을 정도로 상
처받았던 그녀의 자존심이 기적적으로 기사회생하는 순간이었다.

스윽.

진각으로 석판을 깰 때와는 완연히 다른 가벼운 걸음으로 대뜸 신형
을 날린 여연경이 추소산 앞에 이르렀다.

"추 소협의 부탁을 어찌 제가 거절할 수 있겠어요? 얼른 제게 병 소매를 넘겨주세요."

"부탁하겠소."

추소산은 흡사 무거운 짐이라도 떠넘기듯 병 소매 백교를 여연경에게 내줬다. 내심 자신만 아는 중얼거림을 남긴 채.

'여인! 추잡하다 말하고 진각으로 석판을 깰 때는 성난 호랑이 같더니, 지금은 봄바람처럼 부드럽구나.'

극히 짧은 순간, 여연경이 혼자서 온갖 궁상을 떨며 그 작은 머릿속에 떠올렸을 오만 가지 상념을 생각하며 추소산은 내심 웃음 지었다. 이것이 끝내 병 소매 백교의 목숨을 해치지 않고 제압할 수 있었기에 지을 수 있는 귀중한 미소임은 두말하면 잔소리였다.

*   *   *

콰콰콰콰콰쾅!

문득 일기가 변화막측한 감숙성다운 갑작스런 폭우가 쏟아져 내리기 시작했다.

삽시간에 주변으로 넘쳐흐르기 시작한 빗물.

전장이나 다름없던 싸움터의 잔해를 도도한 물살의 흐름은 흔적도 없이 쓸어가 버린다.

그만큼 자연은 인간이 만들어놓은 폐해조차 감싸 안을 만큼 넓은 가슴을 가지고 있었다.

그러나 그 같은 자연의 거대한 꿈틀거림으로도 채 씻어내지 못한 상흔이 존재했다.

정확히 반쪽으로 나뉜 요령!

한때 무림육대병기보의 일좌에 당당히 자리 잡고 있던 귀혼사령은 물살 아래 가라앉은 채 흐릿한 귀광만을 일으키고 있었다. 성천신도에 파괴되었음에도 본래 가지고 있던 귀기가 완전히 소멸하진 않은 듯싶다.

이는 한 사람을 기쁘게 만들었다.

갈수록 거세어지고 있는 폭우 속을 뚫고 유유자적 모습을 드러낸 방갓과 도롱이 차림의 중년 수사, 혈유였다.

"찾았다! 찾았어!"

귀혼사령이 뿜어내는 귀기를 탐지하자마자 만면에 활짝 웃음을 만들어낸 혈유의 신형이 여태까지보다 두 배쯤 빨라졌다.

본래 인적이 드문 벌판.

게다가 바로 코앞조차 가늠이 안 될 폭우 속이었다.

그 외에 다른 사람이 부근에 있을 리 만무함에도 살짝 마음이 다급해진 까닭은 전날의 실패가 마음에 남은 탓이었다. 얼마 전 육지견에게 장보도를 빼앗으려다 우연찮게 근처를 지나던 단양 때문에 실패한 만큼 평소보다 일을 처리함에 있어 신중해진 것이었다.

물론 그같이 공교로운 일이란 흔히 일어나지 않는다.

곧장 두 쪽난 귀혼사령 앞에 도달한 혈유는 손쉽게 자신이 원하던 물건을 취할 수 있었다.

"쯔쯔쯔, 소존주가 보내준 광천존의 평소 행동과 성정대로라면 당연한 일이긴 하지만, 사도제일의 보물을 이렇게 무참히 박살 내다니, 마도제이인의 성격은 실로 대단하기도 하구나! 하긴 그런 성격이니 미련스레 천하제일의 단일 세력을 가지고서 여태까지 천하무림일통을 이룩하지 못한 것일 테지만……."

가볍게 혀를 차보인 혈유가 조심스레 품에서 백색의 비단 보자기를 꺼내 들더니 수중의 귀혼사령 조각을 정성스레 싸 넣었다. 본래 귀혼사령의 주인인 경일소가 이 광경을 본다면 혈기가 치솟아 쓰러져 버릴 듯한 광경.

물론 어느 틈에 들짐승에게 뜯기고 날짐승의 후식거리로 사라진 후 빗물 속에 쓸려간 경일소의 수급은 말이 없었다. 죽은 그가 입을 벌려 항의해 봤자 전혀 귀담아들을 혈유가 아닐 테지만 말이다.

"그럼 이로써 슬슬 십대사왕에 대한 건도 대충 끝났으니, 이젠 절세묵검의 회수와 제이차 마정대전을 일으키는 데 신경을 쓸 차례인가?"

흡사 오늘 먹을 점심의 종류를 고르는 듯한 표정.

고개를 한차례 갸웃해 보인 혈유가 손가락을 한차례 팅겨 보였다.

따악!

"그 두 개는 하나로 처리해도 될 것 같군. 중원무림의 고리타분한 늙은이들에겐 절세묵검의 소유자는 곧 무림공적인데다, 청룡등천도에 반응해 마혈이 각성한 신성천교의 신녀 건도 있으니까 말야……."

자기 자신만이 알아들을 법한 말을 중얼거린 혈유가 방갓 아래로 하얀 이를 살짝 드러냈다.

음모의 미소.

그가 세상에서 가장 좋아하고 자신있는 일을 벌이기 전에 보이곤 하는 상큼하고 기분 좋은 미소였다.

*   *   *

병 소매는 꽤나 오랫동안 깨어나지 못했다.

그녀는 귀면사신 경일소가 강신한 이후 무려 사흘이 지나도록 정신을 차리지 못했다.

맨 처음 병 소매를 진찰한 사람은 주방에서 뛰쳐나온 철호운이었다. 그는 예전부터 육지견과 함께 병 소매의 병세를 봐왔던 터라 관심이 이만저만 아니었다.

하지만 그는 곧 고개를 절레절레 흔들 수밖에 없었다. 예전에 보였던 병세와 강신 이후의 징후가 전혀 달랐기 때문이다.

결국 병 소매는 정신을 잃은 채 며칠을 보내게 되었다.

다시 며칠 후.

한 달 전쯤 뭔가를 조사하기 위해 출타했던 육지견과 대령은 개방 대장로 지화자와 함께 청연장으로 돌아왔다.

당연한 일이겠지만, 하오문 부문주인 백수빈은 태연한 기색의 육지견과 조마조마한 표정의 대령에게 도끼눈을 떠 보였다. 정보계의 영원한 맞수이자 경쟁자라 할 수 있는 개방의 대장로를 새로운 하오문의 산서 비밀 분타—부문주 백수빈의 명에 의해 그렇게 정해졌다—로 데려왔으니 화가 날 만도 하다.

그렇다고 조금이라도 기가 죽을 육지견이 아니다.

그는 그동안 시녀처럼 부리고 있던 대령의 처지 따윈 생각지 않고 한차례 흥얼거림으로 백수빈의 울화통을 터뜨리곤 추소산과 흥겨운 재회를 가졌다.

백수빈의 눈치를 슬금슬금 살피며 청연장 내부를 곁눈질한 지화자가 두 사람의 재회 축하에 눈치없이 끼어들어 왁자한 분위기를 연출했음은 물론이었다.

그렇게 한차례 소란이 끝난 후, 추소산은 육지견과 지화자에게 병 소매의 갑작스런 병중에 대해 설명했다. 본래 의술에 탁월한 조예가 있는 육지견과 개방의 대장로로서 관록과 경험이 있는 지화자라면 병 소매의 독특한 병세에 대한 설명을 해줄 수 있으리란 판단이었다.

그러나 병 소매에 대한 얘기를 듣자마자 재빨리 그녀가 누워 있는 규방으로 뛰어든 육지견과 그뒤를 따른 지화자는 곧 자신없는 표정을 지어 보였다.

들도 보도 못한 병중이랄까?

무림에 대명을 날리는 두 사람은 졸지에 얼마 전까지 철호운에게 해 댔던 손가락질처럼 무식하고 아는 것이 없는 일개 강호의 무부가 되었다. 두 사람 중 누구 한 명 철호운처럼 비슷한 증상을 지닌 병명조차 떠올리지 못했다.

결국 병 소매가 누운 규방을 빠져나와 사계정에 모인 청연장 사람들의 안색은 크게 좋지 않았다. 이곳에 모인 사람들 중 누구도 병 소매를 남이라 생각하지 않고 있었던 것이다.

가장 마지막까지 병 소매를 진맥하는 손을 떼지 않았던 지화자가 추소산에게 힘 빠진 표정으로 말했다.

"정말 괴이한 병이로구만. 추 소협이 어렵게 부탁했거늘, 본 방의 호장로라면 몰라도 이 늙은 거지는 저 여아를 치료할 자신이 없네그려."

"호 장로라면, 생사수 호심원 선배를 말씀하시는 겁니까?"

"그… 그렇지……."

추소산의 물음에 지화자가 천천히 고개를 끄덕여 보였다. 그러자 뭔가 진지하게 고민하는 표정을 짓고 있던 육지견이 입가 주름을 크게 실룩거렸다.

"생사수는 무슨! 사람이 눈앞에서 죽어가도 개방의 냄새나는 거지들이 아니면 고쳐 주지 않는 심술 사납고 괴벽스런 녀석이지!"

"끄응."

지화자의 입에서 앓는 소리가 흘러나왔다. 추소산의 입에서 생사수 호심원이란 이름이 나왔을 때부터 육지견이 그냥 넘어가지 않으리란 사실을 누구보다 잘 알고 있었기 때문이다.

그가 알기로 과거 호심원의 견사불구 행위에 낭패를 본 많은 사람들 중 한 명이 육지견이었다.

천하에서 가장 자존심이 세다고 알려진 자!

투왕 육지견은 특이한 괴질에 걸린 한 명의 환자를 위해 당당한 자존심조차 숙인 채 호심원의 마음을 돌리기 위해 몇 차례나 읍소했다. 그 와중에 개방에서 크게 골머리를 앓고 있던 몇 가지 난제들까지 척척 해결해 준 덕분에 지화자와 연을 맺었을 정도였다.

그러나 호심원은 콧방귀도 뀌지 않았다.

육지견의 읍소를 거들떠보지 않았음은 물론이거니와 방주와 대장로 지화자까지 부탁을 하고 나서자 결국 총타를 떠나 은거를 선택해 버렸다. 육지견뿐 아니라 개방의 방주를 비롯한 뭇 장로들의 얼굴마저 전혀 상관치 않은 것이었다.

당연한 일이겠지만, 육지견의 호심원에 대한 분노는 하늘을 찔렀다. 그가 만약 힘으로 모든 일을 해결하는 성향의 인사였다면, 지옥 끝까지라도 찾아가서 호심원과 사생결단을 벌였을지도 모른다.

덕분에 입장이 난처해진 건 개방이었다. 육지견에게 몇 가지나 되는 은혜를 입은 터에 길길이 날뛰는 그의 분노를 외면할 순 없었기 때문이다.

어떻게든 도의적 책임을 져야만 했다.

그래서 그 후 개방은 몰래 방의 모든 힘을 집결시켰고, 가까스로 육지견이 데려온 환자는 생명을 구할 수 있었다. 개방의 저력과 투왕 육지견의 평소 능력과 고집을 알 수 있게 해주는 일화였다.

하지만 얘기는 여기서 모두 끝난 것이 아니다.

환자에 대한 치료가 모두 끝나자 지화자는 웃는 낯으로 육지견에게 질문했다. 도대체 환자와 육지견이 어떤 사이길래 이 같은 수고로움을 아끼지 않았는지 궁금했던 것이다.

그리고 그때의 대답이 육지견과 지화자, 두 무림 중의 대인물을 평생의 앙숙지간으로 만들고 말았는데, 그 내용은 이렇다.

당시 육지견은 퉁명스런 얼굴로 아무 사이도 아니란 말로 지화자를 기함하게 만들고, 덧붙이길 하도 병증이 괴상해서 호기심에 반드시 고쳐 주겠다고 했으니 약속을 지켰을 뿐이라 한 것이었다.

어쨌든 그 같은 과거의 비사를 추소산이 알 리 만무하다. 우연찮게 이미 호심원이 개심하여 과거와 같은 견사불구가 아니란 사실을 알고 있었던 만큼 그는 오히려 잘됐다는 생각이 들었다.

'호 선배가 있는 죽현은 청연장에서 그리 멀지 않다. 어차피 폭호신장 심 선배의 부상만 치료해 주고 은거를 깨겠다고 말하셨으니, 이곳으로 불러도 문제는 없을 것이다. 그분이라면 내 점혈 수법이나 귀면사신의 화신환사공의 파훼법 역시 수월하게 푸실 수 있을 테니까.'

내심 염두를 굴린 추소산이 지화자에게 말했다.

"호심원 선배님은 이제 더 이상 견사불구 노릇을 하지 않겠다고 하셨습니다. 마침 이곳에서 그리 크게 떨어지지 않은 곳에 계시니, 후배가 모셔오도록 하겠습니다."

"엥?"

지화자가 얼굴 가득 놀란 표정을 떠올린 순간 육지견이 추소산에게 당장 잡아죽일 듯한 기세로 다가들었다.

스슥!

'여전히 멋진 경공!'

추소산은 내심 고개를 끄덕인 후 추뢰보의 보형을 잠시 머릿속에 떠올렸다. 육지견의 이 같은 순간 이동을 자신의 추뢰보로 재현하고, 지존검법과 연계시켜 반격 가능한 범위까지 상정해 본 것이다.

물론 그 같은 일은 육지견에겐 비밀이다.

자연스레 움직이려는 신형을 땅바닥에 꾹 뿌리박은 추소산이 어느새 코앞에 이른 육지견에게 피식 웃어 보였다.

"육 노형, 뭔가 분부라도 있으신지요?"

'여유있는 미소. 그사이 소산 현제에게 꽤나 많은 변화가 있었던 것이겠지?'

막 추소산의 멱살을 거머쥐려다 말고 육지견이 눈 깊은 곳에 이채를 띠었다. 그리고 험상궂은 표정이 얼굴 전체를 장악해 버린다.

"그 죽일 호가 녀석이 건사불구 짓거릴 그만뒀다는 게 사실인가!"

"사실입니다."

"어째서… 아니, 어쩌다가 그리된 게지? 내 알기론 그 망할 호가 녀석의 쇠심줄보다 더 지독한 똥고집을 돌리게 만들 만한 사람은 세상에 없는 걸로 아는데 말야?"

"호 선배님이 건사불구가 된 건 강남의 패천도문과 관계가 있습니다. 하지만 후배 된 입장에서 선배님의 과거지사를 입에 담을 순 없으니, 육 노형께서 이해해 주십시오.”

“패… 천… 도문?”

“그렇습니다.”

추소산이 천천히 고개를 끄덕이자 육지견이 눈살을 가볍게 찌푸려 보였고, 뒤에 물러서 있던 지화자와 여연경은 다소 놀란 표정이 되었다.

‘어찌 추 소협이 호 장로가 견사불구가 된 것에 패천도문이 관계되어 있다는 걸 알고 있단 말인가! 그렇다면 진짜 호 장로가 패천도문과 폭호신장 심소단과의 은원을 풀고 생사수로 돌아왔단 말인가!’

‘패천도문과 관계된 일? 혹시 추 소협이 내게 그동안 쌀쌀맞게 대한 것에 뭔가 다른 까닭이 있는 게 아닐까? 어쩌면 오라버니들이나 할아버님이 산서성에 오셨을지도 모르는 일이니까…….’

지화자와 여연경은 각기 추소산의 입에서 흘러나온 패천도문이란 말로 파생된 갖가지 망상을 떠올리며 한동안 복잡한 표정을 지었다.

지화자의 망상이 패천도문에 관계된 일 중 중요하지 않은 건 아무것도 없다고 할 수 있으니만큼 당연하다 치면, 여연경의 그것은 자못 소녀적이었다. 어떻게 해서든 추소산이 자신을 의식적으로 거부하는 것에 대한 변명거리를 만들고 싶다는 강렬한 소망이 깃들어 있는 것이다.

잠시 침묵 속에 빠져 있던 육지견이 입술을 쑤욱 내밀었다.

“제기랄, 패천도문이 관계된 일이라면 나로서도 도리가 없는 것일 테지. 본래 삼존에 관계된 일에는 끼어들지 않는다는 게 내 주의니까.”

“제 생각에도 그러시는 편이 좋을 것 같습니다.”

“흥, 마치 삼존 중 누군가를 만난 듯한 말투로군 그래?”

“예, 운 좋게도 전날 우연찮게 패도존 여 선배님을 뵈었습니다. 직접 그 위세를 대하고 나니, 삼존이 어째서 당금 무림의 으뜸인지를 알게 하는 대단한 무위를 지니셨더군요."

"그래, 운 좋았……."

육지견은 건성스레 대답하다 입을 크게 벌렸다. 그리고 주변에 모여 있던 다른 사람들 역시 비슷한 모습이 되었다. 추소산의 말투 속에서 그가 여신유의 무위를 직접 목도했을뿐더러, 직접 맞상대까지 했다는 걸 직감할 수 있었기 때문이다.

'제, 제정신이 아니로구나!'

'어, 어찌 그런 일이!'

'아! 역시 추 소협이 그동안 내게 쌀쌀맞았던 건 할아버님에게 강압을 당했기 때문이었구나. 내가 정말로 싫어서 그랬던 게 아니었어.'

또다시 침묵 속에 함몰해 버린 사계정 안.

자신의 한마디가 일으킨 여파를 아는지 모르는지 추소산이 천천히 석좌에서 신형을 일으켜 세웠다.

"그럼 저는 이만 호 선배님을 모셔오도록 하겠습니다."

"잠깐만!"

목소리를 높여 바로 신형을 날려 청연장을 떠나려던 추소산을 붙잡은 건 여태까지 침묵을 지키고 있던 백수빈이었다. 그녀는 묵묵히 자신을 바라보는 추소산과 눈을 맞춘 후 새빨간 입술을 혀로 살짝 핥곤 입을 열었다.

"소산 동생은 정말 그 호 신의란 분을 모셔오려는 거야?"

"예?"

"호 신의를 이곳으로 보낸 후 동생은 그 길로 딴 일을 보기 위해 떠나려는 게 아니냔 말야!"

“…….”

백수빈이 다시 목소리를 높이자 추소산은 잠시 입을 다물고 침묵을 고수했다. 그녀가 한 말이 정곡을 찔렀음이 분명하다.

‘망할! 역시 그런 건가…….’

백수빈은 추소산의 침묵을 주시하다 내심 욕설을 내뱉었다.

추소산이 알고 있던 것과 달리 그와 백수빈 일행이 만난 건 결코 우연 따위가 아니었다. 하오문의 정보력을 총동원한 백수빈 의지의 승리라 할 수 있었다.

당연히 추소산과 우약연 사이의 일을 백수빈이 모를 리 만무했다. 그녀는 추소산이 부상 회복에 힘을 쓰는 동안 줄곧 그와 우약연의 지난 행적에 대해 조사했고, 곧 엄청난 사실을 알아냈다.

혈문의 멸망으로부터 시작된 산서무림의 혈겁!

아직 확실한 원인이나 배경조차 밝혀지지 않은 혈겁과 추소산과 함께했던 정체불명의 여인, 우약연이 연관되어 있다는 믿을 만한 정보를 얻어낸 것이다.

게다가 또 한 가지 놀라운 사실은 우약연으로 짐작되는 혈겁인의 뒤를 쫓는 절대고수의 존재였다.

수없이 많은 산서 하오문의 인원이 투입되었음에도 그 흔적이나 자취조차 잡지 못할 정도의 절대고수라니!

백수빈은 그 같은 정보를 취합한 후 그 정도의 고수라면 천하에 삼존 정도밖엔 없다는 결론을 내렸다. 그렇지 않고선 이같이 사막 위의 신기루와 같은 행적을 당최 납득할 수 없었기 때문이다.

그렇다면 어째서 삼존쯤 되는 절대고수가 우약연의 뒤를 추격하고 있는 것일까?

백수빈은 그쯤에서 자신의 한계를 인정해야만 했다. 아무리 하오문의 부문주라지만 그녀가 가진 역량은 오라비이자 문주인 암왕 백상준과 근본적으로 차이가 있었다. 천하무림 세력 전체의 세력 구도라거나 이면까지 꿰뚫어 볼 만한 안목이나 혜안을 갖기는 힘들었다.

그래서 여태까지 추소산이 직접 입을 열고 말해주길 기다리고 있었다. 부상당한 직후부터 말수가 줄고 예전과 달라진 눈빛이 된 추소산을 괴롭히고 싶진 않았다. 그런 지독한 여인에겐 자신이라 해도 크게 매력을 느끼지 못할 거란 여심이 살짝 작용한 것도 사실이었다.

그런데 지금 추소산은 그렇게 자기를 생각해 준 백수빈을 버리고 또다시 그럴듯한 이유만 대고 떠나려 하고 있었다. 여인답지 않은 호탕한 성격의 백수빈이지만 추소산이 자못 원망스럽지 않을 수 없었다.

잠시 추소산과 시선을 맞추고 있던 그녀가 말했다.

"예전부터 소산 동생에게 말했을 거야. 어떤 일이 있더라도 부상을 모두 회복하고 시작하라고. 그 말, 기억해?"

"부상은 거의 회복이 되었습니다."

"거의지 완전히는 아니잖아!"

"그건……."

"그리고 병 소매에 대헤서 동생이 우리에게 숨기고 있는 일이 있다는 것도 나는 이미 알고 있어. 그 아이를 처음으로 발견한 사람이 바로 동생이니까 말야. 그렇지 않아?"

"…거기까지 알고 계셨습니까?"

"병 소매가 의식을 잃은 지 꽤나 오래되었는데도 소산 동생의 안색은 평안했으니까. 내가 아는 동생은 그리 무정한 사람이 아닌데 말야."

"……."

추소산은 또다시 입을 다물 수밖에 없었다. 백수빈에게 자신의 마음이 이미 속속들이 들켜 버렸다는 걸 알 수 있었기 때문이다.

게다가 원망이 가득한 백수빈의 시선!

자신을 지극히 생각하는 그녀의 마음이 손에 잡힐 듯 절절히 느껴지고 있었다. 어찌 함부로 입을 놀려 그녀의 따뜻한 은정을 더럽힐 수 있으랴.

굳이 입을 열어 변명하지 않는 추소산의 모습에 백수빈이 가벼운 한숨을 입가에 매달았다.

"하아, 소산 동생이 그런 일을 한 데엔 분명 이유가 있었을 테지. 하지만 여전히 나는 지금 동생의 앞을 가로막아야만 하겠어. 아직 해주지 못한 말이 있으니까."

"해주지 못한 말이란 건……."

"신성천교의 신녀 우약연이란 여인에 관한 사항이야!"

"……."

추소산은 대답 대신 정중히 양손을 모아 백수빈에게 포권한 후 허리를 숙여 보였다. 그녀가 이 같은 말을 입에 담기 위해 얼마나 많은 나날을 번민과 고민 속에 보내야 했을지 알 수 있었기 때문이다.

'허허, 과연 하오문이로다! 이 늙은 거지조차 근래 들어서야 그 같은 정보를 얻을 수 있었거늘…….'

지화자는 전날 산서 총타의 타주로부터 전해 받은 우약연에 관한 사항을 떠올리며 만면 가득 찬탄한 기색을 떠올렸다.

눈앞의 백수빈이 다시 보인달까?

여태까지 정보 업계에 종사하는 자들 중 하오문주인 암왕 백상준만을 내심 인정해 왔는데, 눈앞의 백수빈 역시 그만 못지않다는 생각이 들었다.

아직 나이가 좀 어리긴 하나 후일 정보계의 새로운 강자가 될 가능성은 충분해 보였다.

물론 그것도 한 사내─이를테면 눈앞의 추소산 같은 전도유망하고 잘생긴 청년─의 아낙이 되는 길을 포기했을 때의 얘기일 테지만 말이다.

그렇게 평생 장가는커녕 여인과 도타운 정담 한 번 나눠본 적이 없는 순수 총각 지화자가 이런저런 생각을 하며 내심 느물거리는 웃음을 짓고 있을 때였다.

백수빈의 한마디로 인해 또다시 침묵 속으로 빠져든 사계정에서 얼마 떨어지지 않은 정문 쪽에서 한차례 소란이 일었다. 산서성 하오문도들에 의해 철저한 경비가 이뤄지고 있는 청연장이고 보면 꽤나 드문 일이 일어난 셈이었다.

"어떤 놈이 감히!"

당장 철호운이 정문 쪽으로 신형을 날렸다. 백수빈의 입에서 놀라운 발언이 터져 나온 지금, 타 문파의 침습이 있기라도 하면 크게 문제가 되리란 판단에 직접 나선 것이었다.

그러나 그는 잠시 후 처음 신형을 날렸던 것보다 두 배쯤 빠른 속도로 다시 사계정으로 돌아왔다.

묘하게 일그러진 얼굴.

멀리서부터 백수빈과 시선을 맞춘 입술이 재빨리 움직인다.

"부문주, 어서 도망가시오! 도망가!"

"왜 내가 도망가요?"

"궁둥이가 무거워서 그러시오! 도망가라면 빨리 도망가지, 뭔 잔말이 그리 많소!"

"으득!"

백수빈이 어금니가 밖으로 소리가 새어 나올 정도로 크게 갈렸다. 어떤 사정이 있는지는 모르겠지만, 철호운이 한 말은 결코 내뱉어선 안 되는 범주의 것이었다.

그때 뒤이은 철호운의 전음이 파고들었다.

"역시 궁둥이가 무거운 것이오? 아니면 혹시 가슴 쪽이……."

"죽어버려욧!"

백수빈은 석탁 위에 올려져 있던 꽃병을 들어 정문 쪽에서 일직선으로 달려들던 철호운의 안면에다 냅다 집어 던졌다, 진기를 잔뜩 집어넣고서.

휘익!

철호운은 고개를 옆으로 돌려 자신의 얼굴을 향해 파고든 꽃병을 피해냈다. 백수빈의 이런 행동쯤은 처음부터 그의 계산 속에 포함되어 있었던 것이다.

그러자 철호운을 한참이나 지나쳐서도 그 기세가 꺾이지 않은 꽃병이 갑자기 방향을 크게 꺾더니, 한 사람 꼽추중년인의 수중으로 빨려 들어갔다.

순식간에 벌어진 변화.

"아……!"

백수빈의 입이 더할 나위 없을 정도로 크게 벌어졌다. 그리고 어느새 그녀의 앞에 도착한 철호운 쪽으로 굴러간 눈동자의 방향.

'어째서 처음부터 말하지 않은 거예욧!'

'그러게 당장 무거운 궁둥이를 들고 도망가라고 했잖소!'

백수빈과 철호운은 서로를 쏘아보며 짐짓 서로를 탓하며 눈싸움을 벌였다. 두 사람 모두 느닷없이 청연장에 도착해 백수빈이 집어 던진 꽃병을 받아 든 사람이 누군지 잘 알고 있었기 때문에 벌어진 일이었다.

그때 멍청한 눈빛으로 추소산의 얼굴만 훔쳐보고 있던 쌍령이 화들짝 놀란 표정을 짓더니, 사계정 밖으로 뛰쳐나가 바닥에 부복했다.

"악록산 귀왕 분타의 대령이 암왕의 존안을 뵈옵니다!"

"악록산 귀왕 분타의 소령이 암왕의 존안을 뵈옵니다!"

꽃병을 받아 든 꼽추중년인의 정체가 밝혀지는 순간이었다. 사계정에 모여 있던 사람들 중 몇이 크게 놀란 사이 부복한 쌍령의 바로 앞에 이른 암왕 백상준이 만면에 인자한 미소를 만들어냈다.

"하하, 쌍령이 많이 컸구나. 이젠 시집을 보내도 되겠어."

"백 대가도 무슨 그런……."

"백 대가, 소령이 시집 보내주세요!"

부끄러움에 낯을 가볍게 붉힌 대령과 달리 소령은 대뜸 백상준에게 뻔뻔스런 얼굴을 들이밀며 소리쳤다.

어려서부터 백수빈과 친자매처럼 지낸 까닭에 쌍령은 하오문주인 백상준과도 꽤나 절친했다. 첫인사야 어느 하오문도들과 다름없이 예법을 따랐지만, 그 이후의 모습은 상당히 파격적인 것이었다. 누가 보든 문주와 문도의 관계라기보다는 사이좋은 오누이지간 같아 보였다.

화기애애한 모습.

슬슬 쌍령의 머리를 한차례씩 쓰다듬어 주고 수중의 꽃병을 맡긴 백상준이 시선을 사계정 쪽으로 던졌다. 그리고 밖으로 살금거리며 빠져나가던 백수빈에게 던진 다정한 한마디.

"수빈, 내 귀여운 여동생아! 몇 년만에 만난 이 오라비를 피해 어딜 기어나가려는 것이냐? 진정 네가 본 문의 십형(十刑)을 받고서야 제정신을 차릴 작정이더냐?"

'시, 십형이라면… 하오문을 배신한 자들에게만 행하는 죽지도 살지도 못하게 만드는 형벌인데…….'

'망할!'

막 사계정 중 가을에 속한 죽림 속에 발을 내딛었던 백수빈이 어색한 표정으로 고개를 돌렸다.

"…오라버니, 어쩌다가 이런 곳까지?"

제54장

살황(殺皇)의 도(刀)

꼽추.

등이 볼록 튀어나오고 허리가 크게 굽은 탓에 오 척이 조금 안 되어 보이는 신장에 흔해 빠진 청색 장포.

평범한 얼굴에 깃든 미소.

어느 모로 보든 꼽추란 신체적인 결함을 제외하면 지극히 평범하여 특별히 튀는 구석이 없는 모습이다.

그러나 추소산은 평범한 얼굴에 깃들어 있는 미소, 그 이면의 칼날에 주목했다.

'사람을 안심시키는 미소를 짓고 있으나 눈이 생생하게 살아 있다. 역시 강호에서 육 노형과 더불어 이름을 날리는 사람답다고 할까?'

추소산은 암왕 백상준의 모습을 세세히 살핀 후 내심 고개를 끄덕였다. 대단한 성격인 백수빈이 그의 앞에서 갑자기 얌전한 한 마리 고양이가 된 까닭을 짐작할 수 있었기 때문이다.

이같이 백상준에 대한 간략한 평가를 내린 건 추소산뿐은 아니었다.

육지견과 지화자 등도 분분히 백상준의 첫 모습에 대한 평가를 제각각 내리고 있었다. 추소산과 마찬가지로 그들 역시 백상준과는 초면이었다.

그렇다면 백상준 역시 그들과 초면이라 할 수 있을 터인데, 백수빈을 단 한마디로 얼어붙게 만든 그의 다음 행동은 행운유수와 같았다.

슥!

한 걸음에 엉거주춤하게 서 있던 철호운을 지나쳐 사계정 안에 들어선 백상준이 육지견과 지화자에게 연달아 포권해 보였다.

"집안 문제를 처리하느라 초면에 실례가 많았소이다. 하오문의 백 모가 투왕 육 선배와 풍개 지화자 대장로에게 인사드리겠소이다."

일파지존답게 당당하면서도 오만하지 않은 태도.

육지견과 지화자가 서로 시선을 교환한 후 거의 동시에 화답했다.

"투도(偸盜)를 쫓는 육 모가 지하무림의 왕을 뵈오."

"늙은 거지가 백 문주를 뵈오이다. 명성에 비해 꽤나 젊은 나이구려."

지화자가 끝에 붙인 한마디가 백상준의 입꼬리를 살짝 올려놓았다.

"하오문은 타 강호 문파와 달리 연배나 연공 서열보다는 개인이 지닌 능력에 의해 평가받는 방문좌도올시다. 그래서 문주인 백 모의 나이가 좀 어리니 널리 혜량해 주시면 감사하겠소이다."

"그, 그 말은……."

"생각보다 나이가 어려서 죄송하단 뜻이올시다."

“…….”

지화자의 노안이 가볍게 붉어졌다. 그러자 옆에서 두 사람의 첫 대면을 재밌다는 듯 지켜보고 있던 육지견의 볼살이 가볍게 꿈틀거렸다.

‘크흘흘, 웃는 얼굴로 늙은 거지의 뺨을 사정없이 때리는구나! 과연 암왕다운 언변이로다.’

육지견의 생각대로 지화자는 괜스레 나이를 걸고 넘어갔다가 본전도 못 뽑았다는 생각을 하며 볼살을 가볍게 부풀어 올렸다. 가슴 가득 심통이 났으나 당장 해소할 길이 없었다. 그래서 그가 다음번 기회를 노리기로 마음먹었을 때였다.

가벼운 수인사를 끝으로 육지견과 지화자를 가볍게 지나친 백상준이 대뜸 추소산에게 걸어갔다.

“일검경혼 백검비천의 젊은 무림의 영웅이라 했던가? 내 말만 한 여동생이 요즘 들어 꽤나 신세를 지고 있다고 들었네만, 추 소협의 의중은 어떠한지 모르겠구만?”

“의중이시라면?”

추소산의 응대에 백상준이 갑자기 크게 너털웃음을 터뜨렸다.

“크하하! 이거 바보는 아닐 테고… 감히 암왕 앞에서 모르는 척을 하는 겐가?”

“…….”

추소산은 자신을 노려보는 섬뜩한 눈빛을 담담히 받아들였다. 처음부터 백상준에 대해선 평가를 유보하고 있었다. 그가 갑작스레 야수와 같은 살기를 드러냈으나 마음에 동요 따윈 전혀 없었다.

오히려 놀란 건 평소와 달리 조마조마한 표정을 짓고 있던 백수빈이었다.

오누이지간.

백상준의 평소 모습은 물론이거니와 숨겨진 이면의 성격적 특성까지 속속들이 알고 있는 그녀이기에 지금과 같은 광포함을 드러낼 때의 무서움 역시 모르지 않았다. 이 같은 모습을 드러낸 직후 백상준은 언제나 피로 목욕을 하고 하오문으로 돌아오곤 했었기 때문이다.

'그래도 하오문주에 오른 후엔 다시 그런 모습을 드러내지 않았었는데… 어찌 소산을 향해서 그때와 같은 살기를 보인단 말인가!'

백수빈은 내심 크게 두려워하며 두 사람 사이로 뛰어들려 했다. 백상준을 아는 만큼 추소산 역시 알기에 일이 커지기 전에 두 사람 사이를 뜯어말려야 한다는 판단을 내린 것이다.

슥.

그러나 그때 그녀의 앞을 가로막는 그림자가 있었다. 역시 놀란 표정으로 백상준을 지켜보던 철호운이었다.

'왜?'

'문주님께서 하시는 일이시오. 아무리 부문주라곤 하나 지금 앞으로 나서게 만들 순 없소이다!'

다소 원망스런 시선을 던지는 백수빈에게 철호운이 미미하게 고개를 가로저어 보였다. 지금은 나설 때가 아니란 무언의 대답이었다.

그러는 사이 광포한 살기를 드러냈던 백상준은 순식간에 표정을 바꿨다. 일반 하오문도 시절 미친개라 불릴 정도였던 자신의 순수한 살기를 추소산이 아무렇지도 않게 받아내는 모습을 확인한 직후의 변화였다.

까닥!

갑자기 소리가 나도록 목뼈를 한차례 옆으로 기울여 보인 백상준이 얼굴에 다시 예의 미소를 만들어냈다.

"이거 역시 그 얼굴은 하오문 수준으로선 어쩔 수 없는 거물이란 말이로군? 하긴 혈혈단신으로 혈문을 상대하기 위해 나섰던 친구의 간담이 그 정도 되는 게 당연한 일이겠지."

"그리 큰 간담은 아닙니다. 수빈 누님에겐 항상 신세를 지는 만큼 두려움을 느끼고 있으니까요."

"그건 두려움이라기보다는 남녀 관계에 익숙지 못한 남자의 어려움이 아닌가?"

"수빈 누님이 그 정도밖에 안 되는 여인이라곤 보지 않습니다만?"

"그런가? 뭐, 그리 생각해 준다면 고마울 뿐이겠지."

말과 함께 옆으로 기울였던 고개를 바로 한 백상준이 슬며시 입술을 움직였다. 전음으로 대화의 방식을 바꾼 것이었다.

"그래서, 그 신성천교의 신녀와의 정확한 관계는 어찌 되는 것인가?"

"…제게 무척이나 소중한 사람입니다."

"흠, 역시 그렇군. 하긴 그 정도쯤 되는 여인이 아니라면 패도존 여문주 같은 사람과 경쟁을 벌일 리 만무할 테지. 하지만 만약 진짜 그렇디면, 자네는 지금부터 단단한 각오를 해야 할 것이야."

"하명해 주십시오."

추소산은 주변의 시선 따윈 의식치 않고 슬며시 허리를 숙여 보였다. 눈앞의 백상준이 자신이 진심으로 원하고 있는 정보를 가지고 있다는 판단을 내렸기 때문이다.

이는 백상준의 눈에 또다시 흐릿한 파문을 만들어냈다.

'빼어난 무공 따윈 전혀 중요치 않다. 담대하고 의연할뿐더러, 자신이 원하는 바를 이루기 위해선 능히 허리를 숙일 수 있다. 이같이 젊은 나이에 이미 이 정도의 마음가짐을 지녔다니, 실로 두렵고도 탐나는 인재가 아닌가!'

백상준의 시선이 자연스레 철호운에게 가로막혀 안절부절못하고 있는 누이 백수빈을 향했다. 콧대가 하늘을 찌를 듯하던 그녀가 연하인 추소산에게 포옥 빠진 까닭을 알 수 있을 것 같았기 때문이다.

하지만 백상준은 내심 고개를 가로저었다.

눈앞의 추소산이 가진 그릇의 크기가 누이 백수빈 혼자 감당하기엔 지나치게 크다는 생각이 들었다.

벌써 그의 마음속엔 향후 천하무림을 피의 폭풍 속으로 몰아넣을 수도 있는 신성천교의 신녀가 강하게 자리 잡고 있었다.

어찌 보면 누이 백수빈의 사랑은 앞으로 그녀를 고통 속에 몰아넣을 사련의 씨앗이 될지도 몰랐다. 아니, 그리될 것이 눈에 훤했다.

그럼에도 백상준은 이를 막을 수 없다고 생각했다.

어려서부터 쇠심줄보다 더 고집이 셌던 백수빈이다. 그녀가 스스로 결정한 사랑을 어찌 포기케 할 수 있겠는가. 차라리 혀를 깨물고 죽고 말리라.

염두를 굴리면 굴릴수록 짜증이 치솟은 백상준이 눈앞의 추소산을 매섭게 노려보곤 전음을 날렸다.

"제기랄, 그렇게 허리만 숙이면 모든 일이 다 자신이 원하는 대로 이뤄진다고 믿는 건가?"

"세상에 그렇게 쉬운 일이란 있을 리 없지요."

"그럼 나와 거래를 하자는 뜻이겠구만?"

"그렇습니다."

"흠, 거래라! 하오문주인 나로선 자네와 할 만한 거래가 없네. 하지만 한 여아의 오라비인 내게는 자네와 할 만한 거래가 있을 것도 같은데, 거기에 대해서 어찌 생각하는가?"

"그건……."

추소산이 처음으로 백상준 앞에서 난처한 기색을 드러냈다. 백상준이 제시한 거래의 의미가 무엇을 뜻하는지 내심 짐작이 갔기 때문이다.

백상준의 눈에 이채가 스쳐 갔다.

'호오, 이거 의외로 순진한 면이 있지 않은가!'

내심 약점을 잡은 승냥이 같은 미소를 지어 보인 백상준이 느닷없이 손바닥을 쳤다.

짝! 짝!

"뭐, 그럼 그리 하도록 하고, 일단 자리를 옮기도록 하세. 어차피 내가 해줄 만한 말이라면 수빈이나 개방의 지화자 장로 역시 어느 정도는 알고 있을 테니까."

한동안 청연장은 부산스러웠다.

추소산을 대신해 생사수 호심원을 데려오기 위해 철호운이 길을 떠났고—백수빈에게 전음으로 마말을 한 탓에 당한 보복이다—평소보나 훨씬 삼엄한 경계가 펼쳐졌다. 하오문의 지존인 암왕 백상준을 따라 산서성에 온 일류고수들이 청연장 경계에 포함되며 생긴 변화였다.

이는 모두 백수빈의 명령에 의해 일어난 일들인데, 평소 그녀의 모습을 아는 모든 자들을 놀래키기에 충분했다. 쌍령조차 달라도 너무 많이 달라진 그녀의 모습에 고개를 갸웃거릴 정도니 다른 사람들은 오죽했으랴.

그러나 당사자인 백수빈은 묵묵하게 주변을 통솔할 뿐 자신의 속내를 전혀 드러내지 않았다. 백상준이 등장했을 때의 모습은 이미 깨끗이 사라져 흔적조차 보이지 않았다.

그런 연유로 자리를 옮겨 청연장의 은밀한 내실에 모여 앉은 건 추소산을 비롯한 사 인이었다.

백상준, 백수빈, 지화자, 육지견.

각기 하오문의 문주, 부문주에다 개방의 대장로, 투도를 추종하는 자들의 왕인 투왕인 사인은 모두 정보계에선 한칼을 하는 사람들이었다.

현 천하무림에서 이들보다 더 빠르고 다양하며 많은 정보를 얻을 수 있는 사람들이란 전무하다고 해도 과언이 아닐 정도였다. 특히 지금처럼 서로 누군가 먼저 입을 열기를 바라며 눈치를 보고 있을 때엔 더욱 그러했다.

잠시의 침묵 끝에 백상준의 재촉하는 눈빛을 받은 백수빈이 묘한 한숨과 함께 입을 열었다.

"소산 동생, 아까 내가 한 말을 기억하고 있겠지?"

"우 소저에 대한 건으로 제게 할 말이 있다고 하셨던 것 말입니까?"

"그래."

천천히 고개를 끄덕여 보인 백수빈이 주변을 한차례 둘러본 후 설명하기 시작했다.

"그동안 내가 산서성의 전 하오문도들을 풀어서 알아본 바에 의하면 현재 신성천교의 신녀는 혈문을 멸망시킨 후 빠르게 하남성 쪽으로 향하고 있는 것 같아. 하남성으로 향하는 길목에 위치했던 유가검보(柔家劍堡)와 신창문(神槍門) 소속 무사들 중 몇이 신녀와 접촉했다가 중상을 입은 사실이 확인됐거든. 아마도 예쁜 여자가 혼자 이동하는 걸 보고 껄렁거리다가 된통 혼이 난 것이겠지."

"그렇다면 여 문주님도 그 뒤를 따르고 있겠군요?"

"뭐, 그렇겠지. 확인된 바는 없지만 말야. 그런 식으로 보지 마. 삼존 정도 되는 인물이 마음먹고 자신의 행적을 지우고 있는데 어떻게 이동 경로를 알 수 있겠어. 그냥 대충 그러리라고 짐작할 뿐이지."

"노고에 감사드립니다."

추소산이 정중하게 고개를 숙여 보였다. 백수빈이 그동안 이 같은 사실을 알아내기 위해 얼마나 많은 노력을 기울였는지 대충 짐작할 수 있었기 때문이다.

그때 백수빈의 설명을 묵묵히 듣고 있던 지화자가 갑자기 툭 내뱉듯 말했다.

"백 부문주, 하오문에서 알아낸 건 그게 전부인 겐가?"

'그게 전부?'

백수빈의 시선이 지화자를 향했다.

"개방에서는 뭔가 더 대단한 걸 알아낸 게 있나 보군요? 만약 그렇다면 소녀, 세이경청할 테니 하명해 주시지요."

말속에 담긴 뜻과는 상반된 툭 쏘는 듯한 말투나.

하긴 하오문과 개방은 같은 정보 업계에 종사하는 처지였다. 갑자기 개방의 대장로인 지화자가 사뭇 재는 듯한 표정으로 끼어들자 백수빈으로선 화가 날밖엔 도리가 없다.

그러나 지화자는 백수빈을 대놓고 무시했다.

어느새 그의 당최 읽기 힘든 시선은 백상준을 향하고 있었다. 처음부터 백수빈을 지칭하긴 하였으되 질문을 던진 상대가 백상준이었음을 웅변하는 모습이다.

"뿌득!"

백수빈이 이를 갈았다.

그리고 자연스레 살짝 들어올려진 손의 움직임.

그녀의 손끝이 지화자를 향하려는 찰나, 백상준의 소매가 한차례 가벼운 떨림을 보였다.

파르륵!

백수빈은 조용히 치켜들었던 손을 내려놓을 수밖에 없었다. 백상준의 소매를 뚫고 날아든 금침이 어느새 그녀의 완혈을 꿰뚫고 있었기 때문이다.

"훌륭한 금침수법!"

지화자가 안색조차 변함없이 찬탄을 터뜨렸다. 백상준이 기다란 소맷자락으로 손을 숨긴 채 펼친 암기술을 정확히 간파해 낸 것이다.

'역시 무공으론 구파일방에 상대가 안 되는 게 당연한 것이겠지.'

백상준은 자신의 수법을 칭찬한 지화자에게 무심한 시선을 던진 후 백수빈에게 퉁명스레 말했다.

"어리석은 것! 네 같잖은 실력을 가지고 감히 개방의 대장로에게 시비를 걸려는 것이냐!"

"오라버니, 그치만……."

"공적인 자리다! 문주님이라 칭하는 것이 옳다. 그 나이가 되도록 강호의 무서움조차 알지 못하고 나설 것 같으면, 그 쓸모없는 팔뚝을 내 손으로 잘라주마!"

"으……!"

"더 할 말이 있느냐?"

"……."

백수빈은 결국 분함으로 이를 악물면서도 더 이상 말하지 못하고 고개를 아래로 떨궜다.

평상시 자신이라면 끔찍이 여기던 오라비!

하지만 백상준이 이처럼 무섭게 나올 때엔 다 이유가 있었다. 분함으로 온몸이 가늘게 떨릴 정도였으나 지금은 조용히 침묵하는 것이 최선이었다.

그러자 백수빈에게서 시선을 뗀 백상준이 지화자에게 슬며시 고개를 숙여 보였다.

"나이 어린것이 감히 주제도 모르고 지화자 대장로의 존엄을 상하게 했으니, 너그럽게 용서해 주시기 바라겠소이다."

"허허, 하오문의 문규가 엄격하다더니만 명불허전이외다. 이 늙은 거지는 전혀 마음에 두지 않고 있으니 백 문주는 괘념치 마시오."

"그럼 그런 줄 알겠소이다."

백상준의 딱 부러지는 대답에 지화자의 웃음을 띠었던 안색이 어색하게 굳었다. 설마 하니 자신의 한차례 겸양을 곧이곧대로 받아들여 일을 일단락 지을 줄은 몰랐기 때문이다.

보통 이 같은 일이 벌어졌을 땐 몇 차례 서로 겸양과 사과의 말을 교환하다 적당히 실수를 범한 쪽에서 양보를 하는 것이 무림의 관례였다.

이런 식으로 말 한마디로 깨끗이 없었던 일이 된다면 어찌 무림이 도산검림이니, 검정중원이니 하는 살벌한 말로 표현이 되겠는가.

하지만 이미 대답은 떨어졌고, 일은 끝난 셈이었다.

자신이 더 이상 이번 일을 가지고 왈가왈부할 수 없게 되었음을 깨달은 지화자가 내심 고개를 흔들었다.

눈앞의 하오문주가 과연 여간내기가 아니란 생각이 들었다. 그러나 지화자 역시도 늙은 생강이라 할 만한 사람이었다. 그는 대수롭지 않다는 표정으로 화제를 바꿨다.

"뭐, 그럼 방금 전의 일은 그렇다 치고, 백 부문주가 이 늙은 거지의 가르침을 원했으니 한마디 돕도록 하겠소이다."

'저놈의 늙은 거지가!'

백수빈의 표정이 또다시 표독스런 독기를 뿜어냈지만, 지화자는 여전히 신경 쓰지 않았다. 그의 말이 이어졌다.

"하오문에선 단지 마교의 신녀가 하남성으로 향하는 것만을 알아낸 것 같은데, 개방에서는 혈문이 어째서 멸망하게 되었는지에 대한 원인도 알아내는 데 성공했구려."

"대장로의 뜻은 혈문이 멸망한 것에 무언가 우리가 알지 못하는 원인이라도 있다는 뜻이오?"

"백 문주, 당연히 그렇지 않겠는가? 본래 혈문은 마교와 그리 사이가 나쁘지 않은 사파의 문파였는데 느닷없이 멸문당했네. 어찌 이면의 문제가 없을 수 있겠는가?"

"……."

당장 하대체로 변한 지화자의 말투를 백상준은 대수롭지 않게 넘겼다. 지화자가 지금 말하고 있는 정보가 사뭇 귀중한 것이란 판단을 내렸기 때문이다.

그러자 지화자의 입꼬리가 흐뭇하게 치켜 올라간다.

"역시 하오문이 알아낼 수 있는 정보엔 꽤나 많은 한계가 있구만. 강호의 내밀한 부분에 대한 전반적인 문제에까지의 고찰은 없는 것이야."

"본론만 말하심이 좋을 것 같소이다."

"커험, 그럼 말함세."

적당할 정도의 거드름과 함께 고개를 끄덕여 보인 지화자가 말을 이었다.

"단도직입적으로 말해 이 늙은 거지가 파악한 바로는 마교의 신녀가 갑자기 혈문을 멸망시키고, 그 뒤를 패도존 여 문주가 쫓는 기사가 발생한 건 모두 청룡등천도 때문인 것 같네."

"청룡등천도라면… 패천도문의 지보인 그 청룡등천도를 말하는 것이오?"

"그 외에 무림에 또 다른 청룡등천도가 있던가!"

슬며시 목소리를 높인 지화자가 평소의 해학적인 얼굴을 살짝 굳힌 채 설명했다.

"내 얼마 전에 강남에서 폭호신장 심소단이 모습을 감췄다는 소식을 들었는데, 그 후 그자의 행적이 산서성에서 발견되었다네. 아마도 과거 청룡등천도의 비밀을 파헤치고 다녔던 본 방의 호 장로를 찾아온 것이겠지. 호 장로와 심소단 사이에는 몇 가지 인연이 있었으니까. 그렇다면 어째서 심소단은 청룡등천도에 관심을 가졌느냐가 문제인데… 그건 강호무림에서 한때 돌았던 소문 때문이 아니었는가 싶단 말씀이야."

"과거 조그만 군소문파였던 패도문이 당금에 이르러 패천도문으로 발전한 건 모두 여 문주가 젊어서 얻은 청룡등천도상의 절세무학 때문이란 소문을 말하는 것이오? 하지만 심소단과 여 문주는 의형제 간이고 또 사돈지간인데……."

"흥, 본시 보물을 가진 것이 죄라고 했지 않은가. 심소단은 빼어난 무공을 지녔지만, 성격이 음험하고 쩨쩨하니 어찌 항상 자신의 윗자리를 차지하고 있던 여 문주를 부러워하지 않았겠는가. 필시 그 성격에 여 문주를 이길 수 있는 방도가 있다면 무슨 짓이라도 했을 것이야.”

“…….”

“하지만 그런 그도 청룡등천도를 중간에 마교의 신녀에게 빼앗기리란 건 꿈에도 생각지 못했을 터이니… 모든 게 다 인간으로서 하지 못할 짓을 자행한 탓에 받은 대가가 아니겠는가.”

지화자가 설명을 끝내자 백상준의 눈매가 살짝 가늘어졌다. 뭔가 염두를 굴리는 듯한 모습.

잠시의 시간이 흐른 후 그가 입을 열었다.

“그럼 대장로는 신성천교의 신녀가 심소단에게서 청룡등천도를 빼앗았다고 생각하는 것이오?”

“아마도 그 요녀는 심소단을 제압하기 위해서 마교와 혈문의 도움을 받았을 테지. 그 외중에 혈문에서 청룡등천도를 탐해 마교와 서로 죽고 죽이는 혈전을 벌였을 터이고 말씀이야.”

혈문의 멸망 후 계속 머릿속에서 떠올리고 지우기를 반복했던 가정을 지화자는 태연스레 늘어놓았다. 그 외엔 느닷없는 혈문의 멸망이라든지 그 후 신녀 우약연과 패도존 여신유가 보인 이해할 수 없는 행적을 도저히 설명할 길이 없다는 판단을 이미 내려놓은 후였기 때문이다.

언뜻 들으면 꽤나 그럴듯한 설명.

그러나 거기엔 한 가지 치명적인 약점이 존재했다. 우약연과 산서성까지 함께했던 추소산에 대한 언급이 몽땅 빠졌다는 점이었다. 지화자는 추소산을 위한답시고 이번 혈사의 중심에서 그의 존재를 지워 버린 것이었다.

그래서일까?

어느새 지화자의 시선이 백상준을 떠나 슬그머니 추소산을 향하고 있었다. 그가 자신이 한 말의 의미를 정확하게 이해하고 있는지를 염탐하기 위함이었다.

그러자 묵묵히 설명에 귀를 기울이고 있던 추소산의 입가에 쓴웃음이 만들어졌다.

'결국 상황이 이러하니 나더러 우 소저를 포기하란 뜻인가. 본래 정과 마는 공존할 수 없는 것이 마땅하니까……'

정마의 끝없는 대결!

무림의 시작으로부터 당대까지 결코 화합할 수 없었던 양 세력 간의 알력을 추소산은 새삼스레 느꼈다.

자신이 진짜 협을 아는 집단이라 생각해 왔던 개방의 대장로조차 마교라 부르는 신성천교의 신녀를 별다른 고민 없이 모함하고 있었다. 그걸 당연시하고 있는 것이었다.

하지만 추소산은 이에 결코 응할 수 없었다. 그에게 있어 정과 마의 대립이라거나 무림 세력 간의 다툼 따위는 전혀 의미가 없었다.

추소산이 지화자에게 자신의 뜻을 밝히려 할 때였다. 문득 그와 마찬가지로 침묵을 지키고 있던 육지견이 특유의 세상을 조롱하는 말투로 입을 열었다.

"그래서 그 신성천교의 신녀란 여아는 어째서 하남성으로 향하고 있는 것인데? 설마 하니 단신으로 낙양의 무림맹을 부수기라도 하려는 것인가?"

"그건… 아직 잘은 모르겠지만 필경 마교와 광마존의 흉계가 있을 것일세."

"흉계라? 허면 곧 청해성에서 광마존 우대승 늙은이가 신성천교의 수많은 고수들을 구름처럼 이끌고 중원으로 쳐들어오겠구만? 그렇게 되면 제이차 정마대전이 벌어지게 되는 셈인가?"

"그……."

지화자는 입술을 떼었다가 곧 도로 제자리로 돌렸다. 그렇지 않아도 그는 이미 그 같은 생각을 하고 감숙성에서 물러난 마교의 주력에 대한 정보를 잔뜩 모아왔다. 그들이 그대로 방향을 바꿔서 중원으로 쳐들어올 것에 대한 대비를 하기 위함이었다.

하지만 그런 일은 전혀 벌어지지 않았다.

광마존 우대승을 비롯한 마교의 주력은 감숙성에서 곧바로 청해성의 총단으로 향했고, 그 이후 어떤 특별한 움직임도 보이지 않았다.

그러니 육지견이 찌른 것이야말로 지화자가 세운 가설의 가장 큰 허점이라 하지 않을 수 없었다.

그렇다면 육지견이 애초에 이 같은 사실을 모르고 있었을까?

그렇지 않다는 걸 확인이라도 시켜주려는 듯 그는 입가에 한차례 비웃음을 담고는 시선을 백상준에게 던졌다. 굳이 자신의 입을 수고하게 할 필요 없다는 판단이었다.

과연 백상준이 피식 웃고는 말한다.

"신성천교의 주력은 현재 청해성에서 한 발짝도 움직이지 않고 있는 걸로 아오. 그러니 아마도 지화자 대장로가 세운 가설은 그리 합당치 않다고 보는 편이 타당할 것이오.".

"그렇구려."

육지견이 백상준에게 미미하게 고개를 끄덕여 보인 후 힐끔 지화자에게 시선을 던졌다. 그의 눈빛이 흡사 '그렇다는데?' 란 말을 던지는 듯하다.

그러자 일순 지화자의 노안이 불에 달궈진 화로처럼 붉게 변했다.

"그럼 이 늙은 거지가 세운 가설 이외에 어떤 걸로 그 마교 신녀의 괴상한 행동을 설명할 수 있겠느냐! 너, 늙은 도둑 녀석은 쥐뿔이나 아는 것이 있더란 말이냐!"

"쥐뿔이라… 그래도 정보 조작이나 일삼는 늙은 거지보다야 내가 많이 알지 않을까?"

육지견이 자신을 향해 삿대질하며 버럭버럭 소리를 질러대는 지화자를 특유의 비웃음과 함께 슬쩍 외면했다. 그리고 어느새 짝을 맞추듯 나온 귓구멍 후비기를 보라.

"크왓!"

참다못한 지화자가 육지견에게 쌍장을 치켜들고 달려들었다.

사생결단을 하려는 듯한 모습.

그러나 육지견은 어느새 추소산의 뒤로 신형을 옮겨놓고 있었다. 지화자의 화를 돋우기 전에 이미 이후의 일 역시 생각해 놓은 것이 분명하다.

덕분에 추소산은 느닷없이 두 철없는 늙은이의 사이에 끼는 처지가 되었다. 지화자가 육지견을 쫓아 역시 그쪽으로 신형을 돌렸기 때문이다.

모든 일의 단초를 제공한 육지견을 제외하곤 누구도 예상치 못했던 상황!

추소산은 숨 막힐 정도의 위세를 품고 자신 쪽으로 밀려든—실제론 그의 뒤에 몸을 웅크리고 숨은 육지견 쪽이라 함이 옳을 것이겠지만—장력을 바라보다 식지를 살짝 튕겨 보였다. 무공이 절정에 이르지 못한 자의 눈엔 분명 그러했다.

그렇다면 절정의 무도자라면 무언가 다른 것을 볼 수 있다는 뜻인가?

답은 간단하다.

한 번 쏟아내면 산을 허물고 바다를 가른다고 알려진 개방비전의 강룡십팔장 중 하나인 항룡유회의 방향을 지화자는 황급히 돌려야만 했다.

추소산이 한차례 튕겨 보인 식지 끝에서 일어난 날카로운 기운이 단숨에 수십 개나 되는 변화를 일으키며 자신의 강룡장을 찢어발기는 걸 눈치 챘기 때문이다.

'이런 괴물 같은 놈을 봤나! 고작 손가락으로 검기를 만들고, 그것도 모자라 분영까지 일으키다니!'

쾅장창!

지화자가 황급히 방향을 바꾼 항룡유회가 청연장의 전 주인이 거금을 들여 재현해 놨던 십장생(十長生) 모양의 부조가 있는 한쪽 벽에 커다란 구멍을 뚫어놨다.

개방을 대표하는 강룡십팔장의 위력.

백상준의 눈에 다소 놀란 기색이 떠오른 것과 달리 백수빈은 단호한 표정으로 말했다.

"개방… 돈 좀 있나 보죠? 그 벽을 만들려고 청연장의 전 주인은 천금을 썼다고 하던데……."

"처, 천금……?"

"그 벽의 십장생이 꽤나 유명하거든요."

"……."

지화자는 추소산과 그의 뒤에서 피식거리며 웃고 있는 육지견을 바라보며 잠시 침묵에 잠겼다. 추소산이 식지로 펼쳐 낸 검식에 대해 캐묻는 것조차 잊을 정도로 백수빈이 한 말에 큰 충격을 받았기 때문이다.

하긴 천금이라는 돈을 마련하려면 개방의 거지들 몇이 밥을 굶어야 되겠는가. 개방의 대장로로서 지화자가 고민에 빠진 것도 무리는 아니었다.

그러자 백상준과 백수빈의 두 눈이 일순 얽혀들었다. 단순히 농담 삼아 던진 한마디에 지화자가 심각해지자 이 기회에 개방에게 확실한 빚을 만들어둬야겠다는 생각을 하게 된 것이다.

'개방의 대장로에게 마음의 빚을 지운다?'

'뭐, 나쁘지 않은 일이겠지.'

눈빛만으로 두 사람은 마음의 결정을 내렸고, 서로의 의중을 확인했다. 함께 하오문의 밑바닥에서 성장한 남매간이 아니곤 보일 수 없는 모습이랄까?

한데 바로 그때였다.

두 남매의 중간쯤으로 갑자기 꽤나 묵직해 보이는 전대 하나가 호선을 그리며 떨어져 내렸디.

툭!

전대의 주인은 방금 전까지 피식거리는 웃음을 멈출 기색을 보이지 않고 있던 육지견이었다. 백수빈의 시선이 그를 향하지 않을 수 없다.

"육 노야, 이건?"

백수빈이 의혹 섞인 시선을 대수롭지 않게 받아넘기며 육지견이 말했다.

"벽 값일세."

"예?"

"그 십장생인가 지렁이인가 하는 것들이 잔뜩 부조된 벽 값이란 말이야. 그 속에 든 야명주나 금덩이들이라면 충분히 천금 값어치를 하고 말 걸세."

'치잇! 다 된 밥에 재를 뿌리기는…….'

백수빈의 눈꼬리가 육지견을 향해 살짝 휘어져 올라갔다. 지금과 같은 때에도 전혀 안색의 변화가 보이지 않는 백상준과 달리 그녀에겐 아직 수양이 부족했다. 생뚱 맞게 튀어나와 훼방을 놓는 육지견이 얄미운 것이다.

육지견은 태연했다.

그는 눈앞의 백수빈이야 자신을 노려보든 말든지간에 다소 감동한 표정이 된 지화자에게 퉁명스레 말했다.

"죽을 때까진 갚아야 한다."

"응? 갚으라니, 뭘……."

"개방의 대장로씩이나 되는 인사가 남의 기물을 마음대로 파손한 것도 모자라 도둑한테 빚까지 지려는 것인가?"

"그, 그야……."

"뭐, 갚을 능력이 안 되면 몸으로라도 갚던가. 가끔 내 부탁을 들어주면 빚을 조금씩 탕감해 줄 테니까."

"……."

지화자의 입술이 한일자로 닫힌 채 쑤욱 앞으로 튀어나왔다. 잠시나마 눈앞의 얄미운 도둑에게 감동했던 자신이 한심스러웠기 때문이다.

'쯔쯧, 어찌 저런 심성을 가지고 개방쯤 되는 대방파의 대장로씩이

나 한단 말인가? 뭐, 그래도 밉상은 아니니 가끔 놀려먹기엔 심심치 않
지만.'

내심 혀를 찬 육지견이 의미심장한 미소를 지어 보이곤, 방금 전에
하려다 지화자의 강룡장에 막혀 하지 못했던 말을 꺼내놓았다.

"내가 얼마 전에 좀 돈이 필요해서 어딜 다녀왔는데……."

"또 도둑질을 했군."

지화자가 언제 입술을 굳게 다물었냐는 듯 재빨리 빈정거렸다. 조금
이라도 늦으면 빈정거릴 기회를 놓치기라도 하는 것 같은 단호하고 즉
각적인 반응이었다.

그러나 육지견은 이미 지화자를 데리고 노는 데 싫증난 터였다. 필
요없는 입씨름으로 시간을 보낼 까닭이 없다.

휙!

고개를 옆으로 돌려 노골적으로 외면하는 것으로 지화자를 무안케
만든 육지견이 말을 이었다.

"…그곳에서 한 가지 재밌는 고사를 하나 알게 되었는데, 그게 마침
이번 사건에 크게 관련이 있는 것 같네."

"엥? 설마 너 늙은 도둑놈이 신성천교나 패천도문이라도 털러 갔다
온 것이냐?"

"그 고사란 다름 아닌, 후한 말기 삼국 시대를 평정했던 한 인물과
그 삼국 시대를 열게 만든 한 종교, 그리고 두 개의 도에 관련된 이야
기라네. 처음엔 하도 허무맹랑해서 그저 일소하고 말았는데, 이번 사
건을 가만히 살펴보니 그 고사의 내용이 아무래도 사실이었던 것 같단
말씀이야."

"삼국 시대… 그럼 그 유비, 관우, 장비가 나오고 제갈무후가 신기막

측한 병법을 구사하던 때를 말하는 것이냐?"

"다들 예상했겠지만, 내 생각에 고사에서 이르는 두 개의 도는 무림육대병기보에 속한 성천신도와 청룡등천도가 분명해. 그리고 한 인물이란 위왕 조조인데……."

'이 죽일 도둑놈! 감히 이 늙은 거지를 아예 없는 사람 취급을 하다니! 그런데 무림이도가 삼국지의 조조와 관련이 있다고……?'

연이어 육지견에게 질문을 던지고도 무시를 당한 지화자의 안색이 다시 시뻘겋게 달아올랐다. 개방의 대장로인 그가 이런 개무시를 당한 경험이 있을 리 없는 것이다.

그러나 다시 육지견에게 화를 내기엔 그가 풀어놓는 이야기가 너무 매혹적이었다.

아무도 그 최초의 탄생에 대해 알지 못하는 무림육대병기보 중 이도와 얽힌 전대 비사!

그것도 후한 말엽 삼국 시대를 열고서 스스로 위왕에 올랐던 조조와 관련이 있단다. 어찌 개방에 속한 지화자의 귀가 활짝 열리지 않을 수 있겠는가.

지화자는 애써 화를 참고서 시선을 슬쩍 백상준에게 던졌다. 혹시 그는 처음부터 이 같은 사실을 알고 있었는가 궁금했기 때문이다.

'크흘, 얼굴을 보니 암왕도 금시초문인가 보구만. 하긴 우리 개방도 알아내지 못한 옛 왕조와 관련된 고사를 어찌 하오문이 알 수 있을까.'

지화자가 내심 고개를 끄덕이는 동안 육지견은 설명을 계속했다.

"…모두들 삼국지연의를 봐서 알겠지만, 이 조조란 인물이 위왕에 오르는 동안 원한을 아주 많이 맺었는데, 그중 하나가 태평도(太平道)였단 말씀이야."

"태평도라면?"

"나도 대충 관심이 있어서 조사해 보고야 안 사실이지만, 오두미교(五斗米敎)라고도 불리는 일종의 도교 종파인데, 후한 말엽에 머리에 황건을 두르고 난을 일으켰었지. 지금으로 따지자면 마교라 불리는 신성천교라고 할까?"

"제가 알기에 황건적의 난을 일으킨 장각은 도가 쪽의 꽤나 대단한 인물로 마교라 불릴 정도의 잘못을 한 것은 아니라고 알고 있습니다만?"

추소산이 사부 단양에게 주워들었던 이야기를 바탕으로 슬쩍 반론을 제기하자 육지견이 이를 살짝 드러냈다.

그는 오늘 이 같은 일에 대해 설명하기 위해 그동안 후한 말엽, 삼국시대에 관련된 무수한 사료를 뒤진바 있었다. 그런 자신에게 어설픈 지식으로 반론을 제기하는 추소산의 행동이 귀엽게 보이는 것도 무리는 아니었다.

그래도 반론에 대한 답을 주지 않을 순 없다.

잠시 묘한 미소를 입가에 매달고 있던 육지견이 말했다.

"그건 소산 현제가 너무 순진해서 하는 소릴세. 본시 마교라는 건 진짜 지옥유계의 신인 아수라를 숭배한다거나 진짜 상종 못할 망종들이 모인 곳이라서 그리 불리는 게 아니야. 오히려 여태까지 무수히 탄생했던 마교들 중에는 불가나 도가와 비교해 훨씬 사람들에게 좋은 종교도 있을 정도라네."

"……"

"그럼 어째서 마교가 되었느냐? 그건 말 그대로 그들이 지나칠 정도로 사람들에게 좋은 교리를 내세웠기 때문이야. 역대 왕조의 군주나 황제들은 그렇게 종교로 뭉친 자들이 일으키는 난을 두려워했고, 이미 기득권을 지닌 불가와 도가의 땡초들과 말코들은 다른 종교가 득세해서 자신들의 몫이나 세력을 잃는 걸 무척 두려워했거든. 그렇지 않은가 늙은 거지?"

"그, 그야, 뭐……."

느닷없이 육지건의 지목을 받은 지화자가 언제 치밀어 오르는 화를 억지로 억눌렀냐는 듯 말을 더듬거렸다. 육지건이 한 말이야말로 현실을 냉정하게 지목한 것으로 양심이 있는 그로선 반론을 제기하기 쉽지 않았던 것이다.

그러자 육지건이 다시 입가에 흐릿한 조소를 담고는 추소산의 질문으로 잠시 옆길로 샜던 이야기를 다시 풀어갔다.

"삼국지연의나 삼국정사에 쓰여진 것보다 조조의 태평도 박해는 상당히 심했던 것 같더군. 내가 발견한 고사에 쓰여진 바론 당시 교주 장각 사후 조조군의 손에 죽은 태평도 신도들의 시체가 산을 이루고, 피가 흘러 강을 만들 정도였다니 말야. 그래서 교주의 죽음 이후 사방으로 흩어졌던 태평도 교도들은 각자 신분을 숨긴 채 잠적해 들어갔는데, 그중 한 명이 고사를 남긴 당사자야. 그는 장각의 숨겨진 자식으로 부친을 이어 태평도의 남은 교도들을 이끌다가 갈수록 조조군이 박해의 손길을 뻗어오자 금단의 술법을 사용해서 하나의 소도를 만들었는데, 그게 내 생각엔 청룡등천도 같아. 본래 태평도에는 하나의 성스런 도가 있어서 교주의 존엄을 상징했는데, 그게 성천신도 같고 말야."

"그럼, 방금 전에 육 노형이 신성천교를 언급하신 건……."

"그래, 신성천교야말로 후한 말엽에 흥성했던 태평도의 후예들이 세운 무림 세력인 게야. 하도 오래된 일이라서 현재까지 태평도의 맥을 잇고 있는진 잘 모르겠지만."

"……."

육지견의 말은 가히 백 개나 되는 화탄이 한꺼번에 터진 것처럼 주변을 일시 침묵에 잠기게 만들었다. 벌써 수십 년 전, 정파 연합인 무림맹에 의해 마교로 지목된 신성천교의 원류가 태평도라니, 누구도 생각지 못했던 일이었다.

"그럼 태평도 교주가 청룡등천도에 건 금단의 술법이란 건 무엇입니까?"

"그건……."

추소산의 질문에 잠시 머뭇거리던 육지견이 곧 사견임을 전제한 후 말을 이었다.

"내가 발견한 고문서에는 금단의 술법이란 말과 반드시 태평도의 원한 어린 칼에 의해 후일 황제에 오를 조조는 죽게 될 것이다란 사실만 기록되어 있었네. 하지만 자네도 알다시피 조조는 황제에 오르진 않았고, 고문서에 적힌 저주 섞인 이야기는 실현되지 않았어."

"그렇다는 건 금단의 술법이 걸린 청룡등천도가 중간에 모종의 일을 겪어 태평도에서 떠나간 것이겠군요? 그리고 강호로 흘러들어 온 태평도는 점차 과거의 일을 잊어갔고."

"뭐, 그렇게 생각하는 게 타당하겠지. 내가 본 고문서에는 그 같은 후일담까진 적혀 있지 않았지만 말야. 그래서 이건 어디까지나 내 생각인데, 청룡등천도에 걸린 금단의 술법이란 아마도 신성천교의 신녀에게만 전해지는 성화강림대법과 관련이 있을 거야."

"성화강림대법이라면……."

"자네도 아는 눈치로구만. 정말 인정사정없는 지독한 대법으로 피시

전자에게 벌모세수와 몇 가지 효과를 줄 수 있지. 하지만 그런 것만으론 설명이 되지 않는 게, 대법을 펼칠 때의 막대한 피해에 비해 얻는 게 지나치게 적다는 거야.”

“하지만 거기에 사실은 신성천교의 전신인 태평도의 저주 섞인 주술이 깃들어 있는 것이라면 얘기가 달라지겠지요.”

“그런 것이지. 게다가 그것이 또한 세간에 돌아다니는 이도에 관한 노래와 결부 지어 생각해 볼 때 이번 사태에 대한 진짜 대답이 될 수 있을 것 같고 말야.”

“성천신도와 청룡등천도. 서로가 서로를 부르나 결코 마주해선 안 될지니. 만약 성천의 피가 청룡과 어울리면 천하에 대란이 일리라.”

추소산은 자신도 모르게 과거 생사수 호심원의 은거처에서 들었던 이도에 관한 노래를 중얼거렸다. 폭주한 끝에 자신의 가슴에 청룡등천도를 들이밀던 우약연의 처절할 정도로 아름답던 망연의 눈빛을 떠올리며.

제55장

무림맹으로 향하는 바람

　　백상준과 지화자는 육지견의 얘기가 진행되는 동안
계속 침묵을 지키고 있었다.

　기막힌 심정이랄까?

　육지견이 풀어내는 이야기는 천하무림의 모든 정보를 한 손에 쥐고
있다 자부하던 두 사람을 어이없게 만들었다. 최고의 정보 전문가 두
사람이 한 명의 누도두의 말에 세이경칭하고 있는 꼴이니 그늘의 심사
가 편할 리 없다.

　그래도 육지견이 추소산과 문답을 시작하자 두 사람은 곧 평정심을
되찾았다. 지금 육지견의 입을 통해 흘러나오는 이야기 자체가 상당히
흥미롭긴 하나 꽤 많은 파탄을 함유하고 있음을 눈치 챘기 때문이다.

　'간웅 조조와 태평도 간의 은원이라… 나름대로 그럴듯한 얘기긴
하나 지나치게 오래전에 벌어진 일이다. 지금 와서 사실 확인을 한다

는 건 거의 무리라고 볼 수 있다. 하오문이 그 같은 정보를 입수하지 못한 것은 결코 문제가 되지 않는다. 굳이 문제를 찾자면은…….'

'죽일 늙은 도둑 녀석! 어떻게 그 같은 정보를 손에 넣었단 말이냐! 하지만 생각해 보면 이상한 일이다. 어떻게 마교의 신녀가 청룡등천도를 얻은 후 폭주하기 시작한 이때에 그 같은 사실의 전말이 담긴 고사를 이 늙은 도둑이 얻을 수 있었을까? 우연치고는 지나치게 공교롭다.'

나름대로의 방법으로 염두를 굴린 백상준과 지화자의 눈 깊은 곳에 작은 빛이 스쳐 지나갔다. 정보 전문가 특유의 세심한 관찰과 분석력이 움직이기 시작한 것이다.

그때 두 사람의 속내를 대변하듯 추소산이 육지견에게 최종적인 질문을 던졌다.

"육 노형의 말씀은 잘 알아듣겠습니다. 그런데 어떻게 육 노형은 이 같은 사실을 몽땅 알아내고 유추해 내신 겁니까? 비록 그 같은 고사를 우연찮게 발견하셨다 해도 좀 공교로운 감이 있는 것 같습니다."

"공교로울 것이 뭐 있나?"

"그럼 설마 일부러 이번 일을 알아보신 겁니까?"

"내가 어째서 세상에 단 하나밖에 없는 의제가 생사를 넘나드는 중상을 당하게 만든 사건에 대해 알아보겠는가. 의식을 잃은 상태에서도 계속 애절하게 불러대던 이름의 정체가 뭔지 궁금하지도 않은데 말야."

"……."

추소산은 자신의 말을 퉁명스레 받으며 웃음 짓는 육지견을 잠시 물끄러미 바라봤다. 그의 한마디에 심중에 떠올랐던 의문, 모두가 깨끗하게 풀렸기 때문이다.

그러나 추소산과 달리 백상준과 지화자는 여전히 풀리지 않은 의문이 있었다. 체면을 차리느라 주저하는 백상준과 달리 지화자가 얼른 목소리를 높였다.

"늙은 도둑아, 그래도 설명되지 않는 게 있다!"

"세상 어느 곳에서 그 같은 고사에 대한 기록을 찾았는지 궁금한 것이냐?"

"그래. 네놈이 자금성의 황궁 비고라도 털지 않았고서야……."

"자금성의 황궁 비고는 턴 적이 있다."

"그……."

"그렇지만 황궁 비고에는 무림에 관련된 서적이나 기록은 그다지 많지 않아. 원나라가 멸망해서 북쪽으로 쫓겨갈 때 대부분 소실되었으니까."

결국 체면불구하고 백상준이 질문을 던졌다.

"그럼 도대체 어디에서 그 같은 고사를 조사하신 것입니까?"

"원 황제 세조가 남송을 멸하며 얻은 막대한 양의 보물과 기문이서(奇文異書) 수십만 권을 숨겨놓은 곳이지."

지화자와 백상준이 거의 동시에 숨넘어갈 듯한 목소리를 터뜨렸다.

"장보중지(藏寶重地)!"

"남송 황조의 모든 것이 숨겨졌다고 알려진 세조의 무덤에 들어갔다 오신 것입니까?"

'이미 육 노형은 형산에서 내게 주겠다고 했던 장보도의 장소를 마음대로 드나들고 있었구나.'

추소산은 육지견의 말투 속에서 장보중지에 찾아간 게 이번이 처음이 아님을 유추하곤 내심 고개를 끄덕였다.

천하제일의 도둑인 투왕이 장보도를 얻고도 그 장소를 오랫동안 찾지 않았다는 건 어불성설이었다. 말이 안 되는 일이었다. 추소산이 알고 있는 육지견이라면 보물이 탐나서가 아니라 넘치는 탐구심과 도전 정신 때문이라도 분명 장보도의 진위에 대한 확인에 나섰을 게 분명했다.

그렇다면 추소산에게 육지견이 한 말을 의심할 여지란 전혀 없었다. 그가 평소 겉으로 보이는 모습과 달리 얼마나 치밀하고 냉철한 사람인지 알고 있었기 때문이다.

'으음, 그러면 육 노형은 필경 우 소저가 지금 어디로 향하고 있는지 알고 있을 것이다. 내가 가장 궁금해하는 것이 무엇인지 누구보다 잘 알고 있을 테니까. 그런데 어째서 그것에 대해선 아무런 말이 없는가?'

추소산은 잠시 염두를 굴리다 문득 뇌리를 스치는 생각 하나가 있었다. 육지견의 평소 성정과 자신에 대한 정의를 떠올리자 깨끗하게 궁금증이 풀린다.

슥.

천천히 자리에서 일어선 추소산이 육지견에게 정중하게 허리를 숙여 보였다.

"육 노형의 그동안 노고에 감사드립니다."

"지금 바로 떠나려는가?"

"그렇습니다."

"어디로 가야 찾을 수 있는지는 알고?"

"하남성 방향이라고 들었습니다."

"하남성이 뒷산 크기쯤 되는가 보지?"

"뒷산보다는 크겠지요."

육지견의 연속적인 비꼼을 추소산은 의연하게 받아넘겼다. 그가 걸어온 말싸움을 받아치는 건 꽤나 즐거운 일이지만, 지금은 때가 아니란 판단을 내린 것이다.

'허허, 고집 하나는 무림 전체를 찜쪄먹을 만하다니까.'

잠시 추소산의 얼굴을 확인하듯 바라본 육지견이 내심 고개를 가로 젓곤 말했다.

"무림맹이야."

"낙양성이 아니라 무림맹인 것입니까?"

"그런 생각은 어찌한 것이지?"

"청룡등천도에 걸린 주술이 한조를 멸망시키고 황제에 오른 조조라면 당연히 낙양성을 떠올릴 수밖에 없지 않겠습니까? 한조의 수도는 낙양이었으니까요."

"징그럽게 머리 좋기는……."

흡사 토라진 여인네처럼 입술을 살짝 내밀어 보인 육지견이 부연 설명하듯 말했다.

"내가 대충 조사한 비론 청룡등천도에 길린 주술은 도가 쪽 일맥에 은밀히 전해지는 지기(地氣)를 이용한 일종의 저주 같아. 믿기 힘들지만, 이 같은 주술이 발동하면 저주에 걸려든 자는 지기의 흐름을 따라 특정한 지역으로 이동하게 되는데… 혈문이 멸망한 걸로 봐선 지기를 따라 이동하던 중 저주에 걸려든 자는 강력한 기운을 발하는 자들에게 반발하듯 살기를 느끼게 된다고 생각되네."

"그건… 조조가 대단한 무인이었기 때문이겠군요. 하지만 그 시대엔 낙양 주변에 조조를 제외한 무인들도 상당히 많았을 터인데, 태평도의 그 같은 저주는 참으로 무책임하군요."

"멸망해 가는 종파의 교주로서 그런 극단적인 수단이 아니고선 한 시대를 풍미하고 스스로 왕이 된 자를 상대할 만한 방도가 없었던 게지."

"그래서 무림맹이군요."

"낙양 근처에 무림맹만큼 강력한 기운을 지닌 인간들이 득시글거리는 곳이 또 어딨겠나?"

"……."

추소산은 육지견의 의견이 타당하다고 느꼈다.

어느새 스승에게 가르침을 받는 공손한 제자와 같은 자세로 육지견과 추소산 간의 대화를 경청하던 나머지 사람들 역시 마찬가지의 생각을 했다.

처음만 해도 반신반의하는 마음이 대부분이었는데, 지금 와서는 전혀 그런 생각이 들지 않았다. 육지견이 이 같은 사실을 털어놓기 위해 얼마나 많은 조사를 하고 다녔을지 대충 짐작이 갔기 때문이다.

그리고 공감이 모든 사람들의 뇌리 속으로 퍼져 나간 순간, 문득 다른 생각이 떠올랐다.

'가만, 그럼 지금 마교의 신녀가 단신으로 무림맹에 쳐들어가고 있다는 뜻이잖아!'

'무림맹에서 신성천교의 신녀가 죽는다면, 광천존 우 교주는 결코 이번 일을 좌시하지 않을 것이다. 은밀히 알아낸 바론 그녀는 우 교주의 숨겨진 딸이니까… 그렇게 되면 설마……'

'…설마 제이차 정마대전이 벌어지는 것……?

팍!

파팍!

추소산과 육지견을 중심으로 좌우로 나뉘어 앉아 있던 세 사람이 거의 동시에 자리를 박차고 일어섰다. 육지견이 한 말의 의미가 단순한 전대의 고사로 그치지 않을뿐더러, 현 무림에 대단히 위험한 상황을 야기시킬 수 있음을 깨달았기 때문이다.

그러나 이 같은 상황의 단초를 제공한 원흉이라 할 수 있는 육지견은 태연했다. 그는 모두 신형을 일으켜 세운 상황 속에서도 꿋꿋하게 자리에 엉덩이를 붙인 채 중얼거렸다.

"여태까지 남의 일처럼 바라보던 사람들이 갑자기 급해졌구만."

"이번 일은 그리 대수롭게 넘길 일이 아닌 것 같소만."

"아무렴! 전날 정마대전을 벌이며 정파에서 쏟은 피가 얼마고, 당시 문을 닫은 문파가 몇인데 또다시 전쟁을 벌인단 말이냐! 이번 일은 어떻게 됐든 막아야 한다!"

말투와 표정의 차이가 있긴 했으나 거의 동시에 육지견에게 말한 백상준과 지화자의 의견은 동일했다.

청룡등천도를 들고 무림맹으로 향하는 신녀 우약연을 막아야 한다는 것!

과거 정마대전이 남긴 상처를 기억하는 사람이라면 결코 이견이 있을 수 없는 일이었다.

그러나 육지견은 천천히 고개를 가로저었다.

"하긴 지난날 벌어졌던 신성천교 중심의 마도와 무림맹 중심의 정파 간의 대결전으로 중원의 온 산야가 시체로 뒤덮이고, 핏물은 강을 이뤘긴 하지. 단지 누가 천하제일인이냐를 가리기 위해 그같이 어처구니없는 싸움을 벌였어. 하지만 이번에는 당시 천하제일인을 가리는 싸움에 끼어들지 못했던 패도존 여 문주가 끼어들었으니, 어찌 다시 그런 멍청한 짓이 되풀이될까? 둘이 전력을 다해 싸우게 되면 남은 하나가 어부지리(漁父之利)를 차지하게 되는 법인 것을.”

“지금 무림맹으로 향하고 있는 신성천교의 신녀는 광천존 우 교주의 숨겨진 딸이라는 정보가 있소이다. 신성천교의 교리상 두 아내를 얻을 수 없기에 자신의 딸이라 밝히진 않지만, 신녀로 만들어 곁에 둔 것을 보면 꽤나 정리가 두텁다고 할 수 있을 것이오. 그런데도 단지 여 문주의 존재 때문에 우 교주가 이 같은 때조차 움직이지 않으리라곤 볼 수 없지 않겠소?”

“그렇다. 늙은 도둑아! 네가 일개 도둑 주제에 꽤나 많은 조사를 한 것은 사실이다만, 이번 일은 그리 쉽게 무마되지 않을 게 분명하다. 광천존 그 노마는 그야말로 천하에 무서운 게 없는 자로 놀랍게도 단신으로 소림으로 쳐들어간 전력까지 있는데 어찌 마교의 상징인 신녀이자 친혈육의 죽음을 좌시하겠느냐! 그놈은 따로 후계자조차 없는 가련한 처지란 말이다!”

백상준과 지화자는 언제 서로 견제를 했냐는 듯 공동전선을 펴고 육지견을 공격했다. 오늘 그에게 톡톡히 망신을 당한 셈인지라 꽤나 마음속에 맺힌 게 많았던 것이다.

그러나 육지견은 태연했다.

애초에 그는 천하무림의 운명 따윈 전혀 신경 쓰지 않고 있었다. 사실 도둑인 그가 어찌 정마 간의 오랜 싸움에 그리 큰 관심을 두겠는가.

애초 그가 이처럼 귀찮은 일을 마다치 않았던 건 어디까지나 의제이자 과거 생명의 빚을 진 일이 있는 추소산을 위해서였다. 당연히 두 정보 전문가의 공격이 계속되는 와중에도 그의 시선은 눈앞의 추소산을 향하고 있었다.

'대답을 원하시는가.'

추소산은 육지견이 어떤 걸 궁금해하는지 잘 알고 있었다. 그리고 그가 어째서 이렇게 우약연에 관한 정보를 빙빙 돌려서 전했는지 역시 짐작이 갔다.

선택!

육지견은 추소산에게 정파와 마도, 더해서 강남제일세인 패천도문까지 적으로 돌리고서라도 우약연을 선택하겠냐는 것에 대한 질문을 던진 것이었다.

꾸욱!

주먹을 한차례 쥐어 보인 추소산이 육지견에게 빙긋 웃어 보였다.

"육 노형, 후일 제가 무림공적(武林公敵)이 되더라도 우리는 형제인 것이겠지요?"

"남들 앞에선 형제가 아닌 척할 걸세."

"그거야말로 육 노형다운 일이지요."

"정말 결정을 내린 것이군."

"예."

짧은 한마디.

추소산의 마음이었다.

그런 추소산의 얼굴을 잠시 바라보던 육지견이 천천히 고개를 끄덕여 보였다.

"천하무림 전체와도 맞짱을 뜰 각오라……! 하긴 그 정도는 되어야 내 동생이지."

"어린 동생이 고집을 부려 죄송합니다."

"헛소리 그만 하고 다녀오도록 해."

"예."

다시 정중하게 육지건에게 머리를 숙여 보인 추소산이 곧바로 신형을 돌려 세웠다.

부상으로 인한 한 달의 뒤처짐.

그럼에도 무슨 이유에선지 아직 우약연은 낙양의 무림맹에 도착하지 못했다. 그녀의 뒤를 쫓아간 패도존 여신유와 마찬가지로 말이다.

그렇다면 아직 기회는 있었다.

얼마 전 완성한 추뢰보를 전력으로 펼쳐 우약연보다 먼저 낙양의 무림맹에 도착하는 것.

그래서 그녀를 중간에 붙잡을 수 있다면, 비극은 사전에 막을 수도 있었다. 그게 지금 추소산이 할 수 있는 최선이었고, 유일한 선택이었다.

그러자면 시간이 없었다.

추소산은 곧바로 신형을 날리려 했다. 평소 어떤 일이 닥치던 느긋함을 유지했던 그가 이번만큼은 그리할 수 없었다. 마음이 바빠지고 있었다.

한데, 그때 문득 들어온 한 사람의 얼굴.

'수빈 누님……'

그렇다.

한시가 급한 이때 추소산의 시선이 자연스레 찾은 건, 그의 대답이 떨어진 순간부터 침묵을 고수하고 있던 백수빈의 얼굴이었다.

부담.

자신에게 무조건적으로 부딪쳐 왔던 한 여인의 변함없는 마음이 추소산의 심중에 무거운 돌덩이 하나를 매단다. 그의 생각보다 백수빈은 훨씬 깊숙한 곳에 자리 잡고 있었던 게 분명하다.

그래도 이대로 걸음을 멈출 순 없다.

뚜벅!

추소산이 결국 애절한 백수빈의 시선을 외면한 채 첫 번째 걸음을 떼어냈을 때였다.

바들!

평생 단 한 번도 울어본 적이 없을 것 같던 여인, 백수빈의 두 눈에 얼핏 맑은 눈물이 고였다.

참고 참았지만 그녀로선 두 뺨을 눈물로 흠뻑 적시지 않는 것만이 최선이었으리라.

"가니?"

추소산은 대답하지 않았고, 고개 역시 돌리지 않았다.

어렵게 떼어낸 일보.

지금 걸음을 멈춘다면 다시는 앞으로 나아갈 수 없는 것이다.

'미안…….'

결국 입 밖에 내지 못한 한마디와 함께 추소산의 신형이 얼마 전 지화자의 강룡상이 뚫어놓은 커다란 구멍을 통해 밖으로 빠져나갔다.

그 속도는 뇌전.

그 순간 결국 한 방울 눈물이 백수빈의 한쪽 볼 위로 또르륵 굴러 떨어졌다. 차마 정인의 발길을 붙잡지 못한 여인의 마음을 대변하는 눈물이었다.

그러나 철의 여인이라 불리는 백수빈이었다.

스윽!

소매로 얼른 눈가의 물기를 닦아낸 백수빈이 백상준에게 말했다.

"문주님, 곧 천하무림 전체가 커다란 지진 속에 휘말려들 거예요. 우리 하오문이 취할 이득과 실에 대한 판단을 한시라도 늦출 순 없어요."

"이미 생각해 놓은 것이 있을 테지?"

"물론이에요."

백수빈의 대답보다는 그녀의 얼굴을 더욱 주목하던 백상준이 천천히 고개를 끄덕여 보였다. 자신의 염려가 기우에 불과했음을 깨달은 것이다.

백상준과 백수빈.

하오문을 이끄는 두 수뇌의 정중한 부탁을 듣고 청연장을 빠져나온 육지견과 지화자는 잠시 동안 주변을 배회하다 걸음을 멈췄다.

아무것도 보이는 것이 없는 평원.

한줄기 무심한 바람에 흙먼지가 여기저기 흩날린다.

그 모습을 잠시 바라보고 있던 두 사람 중 먼저 입을 연 건 육지견이었다.

"허허, 지독하다, 지독해! 그사이 병석에 누워서 내상을 회복하는 것만도 힘들었을 터인데, 어느새 또 다른 무공까지 창안해 내다니……."

"무공을 창안해? 그렇다면 추 소협이 스스로 무공을 창안하는 대종사의 경지에 이르렀다는 말이냐?"

"대종사라… 그런 건 내 잘 모르겠고, 소산 현제가 익힌 무공이 본래 삼류의 평범한 초식을 연계시켜서 새롭게 독창해 낸 것이란 건 사실이야."

"어찌 그럴 수가……."

지화자는 자신도 모르게 입을 크게 벌렸다.

경공에 있어 절대적인 경지를 자랑하는 육지견만큼이나 지화자의 경공 조예는 비범했다. 처음으로 목도한 추뢰보의 대단함을 한눈에 알아볼 수 있었다.

한데, 그것을 홀로 독창했을뿐더러, 과거 본 적이 있던 지존검법 역시 그와 같다고 한다. 놀라서 입을 다물지 못하게 된 것도 무리는 아니었다.

결코 과장된 모습이라곤 볼 수 없었다.

그러나 이를 지켜보는 육지견의 시선은 냉정했다. 그는 얼이 빠진 얼간이 같은 표정을 짓고 있는 지화자에게 갑자기 목소리를 낮춰 말했다.

"그러니 소산 현제는 결코 너희 개방이 의심하는 것과는 전혀 관계가 없는 거야. 늙은 거지가 이미 조사해 봐서 알겠지만, 소산 현제의 검은 본래 내가 선물한 것이니까."

"그때부터 추 소협은 지금과 같은 무위를 지니고 있었다는 거냐?"

"지금보다야 못했지만, 그때 이미 현재의 무공 기본은 완성된 상태였지. 청연장을 떠날 때 펼쳐 보인 성공이야 당연히 내가 기초를 닦아준 것이고 말씀이야."

"방금 전의 그 경공은 늙은 도둑보다 훨씬 뛰어난 것 같던데?"

"착각이겠지."

"과연 그럴까?"

지화자가 나직이 코웃음 치곤 대화를 전음으로 바꿨다.

"그래서 묵검신마의 절세묵검을 계속 이대로 추 소협의 손에 쥐어놓으려느냐?"

"이미 선물한 걸 훔치란 거냐?"

"추 소협에게 절세묵검이 있는 이상 반드시 혈천마교의 잔당들이 준동할 것이다. 그렇게 되면 그렇지 않아도 마교 신녀와의 관계로 천하무림 전체에 공분을 산 추 소협이 무림공적이 되는 건 시간문제일 것이야. 그런데도 너 늙은 도둑은 팔짱 끼고 지켜보기만 하겠다는 것이냐?"

"어쩐지 죽기 살기로 내 뒤를 쫓아오더라니, 그 같은 꿍꿍이를 속에 품고 있었구만?"

"추 소협에겐 은혜가 있으니까."

"꼭 그런 것만은 아닌 것 같은데? 내가 이번에 이곳저곳을 들썩이며 조사를 해보니, 놀랍게도 혈천마교의 잔당들은 이미 준동을 시작했더구나. 여러 곳에서 그 같은 징후가 보였어. 내가 안 사실을 늙은 거지가 몰랐을 리 만무하니, 당연히 그에 따른 대응책 역시 고심을 했을 테지."

"무슨 의미냐?"

"지금 늙은 거지의 심중에서는 소산 현제를 이용해서 혈천마교를 상대할 방도를 찾고 있다는 뜻이지. 절세묵검을 가진 소산 현제는 묵검신마와 같은 위엄을 혈천마교에 행사할 수 있을 테니까."

부들!

지화자가 자신도 모르게 노구를 떨고는 육지견을 질린 표정으로 바라봤다.

"늙은 도둑아, 그런 것까지 다 조사를 한 것이더냐?"

"그런 걸 조사까지 할 필요가 뭐 있나? 바보가 아니라면 조금만 머리를 굴려도 알 수 있는 일인 것을. 다만 내가 지금 그 같은 사실에 대해 언급하는 건, 머리 나쁜 늙은 거지가 지 머리가 좋은 줄 알고 멍청한 짓거릴 할까 봐 경고를 해두려는 것뿐이다."

"멍청한 짓거리?"

"오늘 내게 얻은 신성천교의 신녀에 대한 정보를 혈천마교 쪽에 흘릴 생각일랑 아예 말라는 뜻이다. 내 보기에 그쪽에는 꽤나 머리 좋은 모사가 있는 것 같으니까 말야."

"……."

지화자는 육지견의 당최 의중을 읽기 힘든 얼굴을 바라보다 내심 고개를 가로저었다. 투왕 육지견에 대한 평가를 다시 내려야 한다는 이성과 결코 그를 인정하고 싶지 않다는 감정상의 괴리 때문이었다.

'흥, 하긴 이 냉정한 늙은 도둑이 일월신검 같은 무가지보를 훔치면서 그 뒷배경 같은 걸 조사하지 않았을 린 없을 테지. 이 녀석이 얻은 정보는 그야말로 제 본업인 도둑질을 하던 중에 우연찮게 주운 보물이나 다름없단 말씀이야. 한마디로 소가 뒷걸음치다가 쥐를 잡은 격이지.'

내심 다분히 감정이 섞인 결론을 내린 지화자가 갑자기 표정을 싹 바꿨다.

"그런데 늙은 도둑아, 왜 내게 반말을 지껄이는 것이냐?"

"응?"

"이 늙은 거지의 나이가 올해로 팔십을 넘었는데, 존장에 대한 도리도 모르고 반말을 지껄여서야 되겠냐는 말이다."

"존… 장……?"

"그래. 이 늙은 거지가 네 녀석보다 적어도 십 년은 먼저 세상의 광명을 봤으니, 존장이나 선배 대접을 받는 게 당연한 게 아니겠느냐!"

"허!"

육지견이 잠시 어이없다는 표정으로 지화자를 바라봤다.

그럴 수밖에 없다.

처음부터 말을 놓았던 것도 그가 먼저였고, 여태까지 전혀 그에 대한 언급이 없었다. 그런데 갑작스레 가장 치사한 나이 차이를 걸고 시비를 걸어오자 그 쪤쪤함에 황당함을 금치 못하게 된 것이었다.

한데 그때였다.

꼬르륵!

육지견에게 삿대질을 하고 있던 지화자의 배에서 밥 달라는 아우성이 터져 나왔다. 거의 쫓겨나듯 청연장에서 빠져나오느라 밥 때를 한참이나 넘긴 까닭에 벌어진 일이다.

'호오?'

육지견은 자신의 턱에 손가락을 가져다 대고 눈을 빛냈다. 갑자기 억지를 부리는 지화자를 골려먹을 방도가 떠올랐기 때문이다.

"배가 그리 아우성을 부리니 이제부터 동냥 밥이라도 얻어먹고 와야 할 것 같은데… 이 부근엔 인가도 별로 없으니 어찌 배를 채울지 모르겠구만."

"엥? 설마 이 늙은 거지를 이런 황량한 벌판에 혼자 놔둔 채 달아나려는 건 아닐 테지?"

"난 본래 선배나 존장 따윈 키우지 않는 성격이라서……."

"그, 그런……."

"그럼 슬슬 어디 괜찮은 주점이라도 찾아서 오리 구이에 낮술이라도 마셔볼까나?"

육지견은 속이 뻔히 보이는 중얼거림과 함께 천천히 신형을 돌렸다. 그러자 얼른 지화자가 그의 앞을 막고 나섰다.

슥!

"헤헤, 이 늙은 거지도 오리 구이와 낮술은 꽤나 좋아하는 편이라네."

"내게 같은 말을 두 번 하는 취미는 없는데⋯⋯."

"이미 서로 말을 놓았으니, 나이 따윈 그냥 넘어가도록 하세. 어차피 강호에서 나이 따위로 선후배를 나누는 것도 오래된 구습이 아니겠는가?"

"구습이라⋯ 뭐, 그렇게까지 말한다면야."

육지견이 피식 웃고는 천천히 걸음을 내딛기 시작했다.

도둑의 천성.

그가 지화자를 만난 후 가장 먼저 한 일은 주머니를 터는 것이었다. 돈이 탐나서가 아니라 그냥 습관적으로 그리했다. 그리고 알아낸 사실 하나.

지화자의 고린내나는 주머니에는 땡전 한 푼이 들어 있지 않다는 것이었다. 개방의 대장로답게 구걸이라도 하면서 천하를 떠돌려 했던 것일까?

그런 것까지 육지견이 챙길 까닭은 없었다. 그는 단지 자신이 알고 있는 사실을 이용해서 가장 치사하고 더러운 방법으로 꼬장을 부리는 지화자의 말문을 막았을 뿐이었다.

'이렇게 대충 늙은 거지와 개방의 입이 정파무림맹에 쓸데없는 정보를 전하는 건 막았고⋯ 이제 남은 건 혈천마교의 숨은 모사 녀석이 진정으로 획책하고 있는 일이 무언지를 알아내면 급한 불은 끈 셈인

가? 어차피 신성천교와 패천도문의 움직임은 조금 여유가 있으니까……'

염두를 굴리는 동안 육지견의 발걸음이 조금 빨라지자 지화자가 화들짝 놀라 얼른 그의 뒤를 따라붙었다. 그가 갑작스레 경공이라도 펼친다면 꼼짝없이 오늘 배를 곯아야 할 판임을 알고 있었기 때문이다.

*　　　*　　　*

여연경은 자신이 평소 경공 수련을 등한시했던 걸 뼈저리게 후회했다.

추소산을 쫓아 청연장을 벗어난 지 십수 일째.

단숨에 그녀를 떼어놓고 사라진 추소산의 자취를 더듬으며 달리던 그녀의 앞에 두 개로 갈라진 관도가 모습을 드러냈다. 전문적인 추종술을 익힌 바 없는 그녀로선 전혀 어찌할 수 없게 된 상황에 이른 셈이었다.

선택의 순간.

여연경은 잠시의 고민 끝에 두 갈래 길의 한복판에 털썩 주저앉았다.

한 번이라도 좋으니 돌아봐 달라는 간절한 마음속 외침을 무시하고 단숨에 시야에서 사라져 버린 추소산이었다.

한 번도 본 적이 없을 정도의 경공.

아마 지금쯤이면, 적어도 수백 리 밖을 달리고 있을 터였다. 이제 와서 조금 일찍 따라잡겠다고 어리석은 판단을 내리느니 사람을 기다려 정확한 길을 알아내는 편이 나았다. 그렇게 생각되었다.

그렇게 한나절가량의 시간이 지났을 때였다.

문득 그녀가 앉아 있던 방향, 저편에 그림같이 어울리는 일남일녀가 모습을 드러냈다.

훤칠한 키에 준수한 얼굴을 한 백의청년과 청아한 미모를 지닌 이십 대 초반의 여도사.

그들은 지화자와 육지견을 만난 후 추소산을 찾기를 포기하고 산서성을 떠나고 있던 화무겸과 영경이었다.

그리고 그들의 뒤에는 이젠 아예 대놓고 모습을 드러낸 강성연이 크게 지친 표정으로 따르고 있었다.

여전히 화무겸 등과 거리를 유지하고 있는 걸 보면, 아직 마지막 자존심은 남은 것 같으나 의미없는 몸부림 같기도 하다. 이미 화무겸은 옆에 있는 영경에게 신경을 쓸 뿐 자신의 철없는 사매에겐 전혀 관심이 없어 보인다.

'저 사람들은…….'

여연경은 한나절 만에 나타난 사람들의 모습에 기쁜 표정을 짓다가 눈에 이채를 만들어냈다. 놀랍게도 자신이 익히 아는 얼굴들이었기 때문이다.

슥!

여연경이 재빨리 주저앉아 있던 곳에서 신형을 일으켜 세웠을 때였다.

노골적으로 모습을 드러낸 자신을 완전히 무시하고 있는 화무겸의 태도에 화가 날 대로 난 강성연이 갑자기 걸음을 멈췄다. 그리고 지축을 찍듯이 차고 날아오른 신형.

휘리릭!

바람결에 강성연의 옷자락이 가볍게 나부낀 순간, 그녀의 섬세한 교각이 영경이 머리에 쓰고 있던 도관을 노렸다.

표미각(豹尾脚)!

화산파 비전의 각법이 현란한 변화와 함께 영경의 머리 전체를 에워쌌다.

그 모습이 흡사 표범의 꼬리털이 흩날리는 모양.

그러나 막 그녀의 발끝이 영경의 도관을 건드리려는 찰나, 부근에 서 있던 화무겸의 수장이 번개가 무색할 속도로 움직였다.

파파팍!

표범의 꼬리털을 막아낸 건 대나무 잎의 나부낌이었다. 실제 그랬다는 게 아니었다. 각과 수장의 격돌이 그 같은 어우러짐이 이루어지는 듯한 착각을 일으켰다.

"죽엽수(竹葉手)! 화산파의 무공으로 날 공격하다니……!"

강성연이 공중에서 커다란 반원을 그리며 바닥에 떨어져 내린 후 이를 갈 듯 소리쳤다. 성질 같아선 당장 화무겸에게 달려들어 얼굴이라도 할퀴고 싶은데, 죽엽수에 얻어맞은 발목이 시큰거려 제대로 서 있는 것조차 힘겨웠다. 다시 무공으로 시위를 벌이는 건 무리였다.

그런 강성연에게 한차례 냉엄한 시선을 던진 화무겸이 영경에게 정중하게 사과했다.

"영경 도장, 소생의 사매가 범한 무례를 용서해 주시오!"

"별말씀을. 본래 무당과 화산은 검학과 내가공부에 있어 항상 선의의 경쟁을 벌이던 사이니, 오늘의 일은 그리 큰 무례는 되지 않습니다."

"그리 말해주시니, 소생의 마음이 편해지는군요."

화무겸이 다시 영경에게 고개를 숙여 보였다, 여전히 사매 강성연을 깨끗이 무시하고서.

그러자 강성연이 얼굴을 한차례 붉으락푸르락하더니, 갑자기 마구 소리를 질러댔다.

"대사형, 어찌 무당의 요사스런 도사한테 넘어가서 사문을 배신하려는 건가요!"

"내가 사문을 배신하다니, 그게 무슨 소리더냐?"

"흥, 대사형이 젊어서 천하에 명성을 날린 것은 모두 화산파에 입문해서 천하제일의 무학을 연마했기 때문이에요. 그리고 무당파는 같은 구파일방에 속하긴 하지만 화산파와는 오래전부터 견원지간이었던 사이. 어찌 무당파 사람을 위하고 사매인 날 이렇게 능멸하는 건가요! 이야말로 사문을 배신할 마음이 있는 것이 아니고 뭐겠어요?"

"소사매, 나는 널 능멸한 적이 없다. 그리고 무당과 화산이 견원지간이란 말 또한 금시초문이다."

"그럼 어째서 날 공격한 건가요!"

"난 널 공격한 게 아니라 네가 큰 잘못을 저지르려는 걸 막았을 뿐이다. 만약 네가 이를 곡해하여 사문을 배신한 중죄를 덮어씌우려 한다면 결쿠 좌시하지 않을 것이다."

"이……."

화무겸의 냉정한 말에 온몸을 부들거리며 떨던 강성연이 갑자기 바닥에 털썩 주저앉아 대성통곡하기 시작했다. 그녀 평생에 이처럼 심한 꾸지람을 들은 일은 없었기 때문이다.

"으흐흐흐흑… 으흐흐흐흑……."

"……."

화무겸의 얼굴에 곤혹스런 기색이 떠올랐다.

그에게 있어 소사매 강성연은 귀찮은 혹과 같지만 결코 함부로 할 수 없는 존재였다. 아무리 성격적으로 큰 결함이 있다곤 하나 장문인의 손녀란 지위는 그리 함부로 할 수 없는 것이기 때문이다.

잠시 강성연의 울부짖는 모습을 물끄러미 바라보고 있던 화무겸이 황당한 기색이 얼굴에 가득한 연경에게 한숨 어린 시선을 던졌다.

"아무래도 소생은 이곳에서 영경 도장과 헤어져야 할 것 같소이다."

"화산으로 돌아가실 건가요?"

"소생의 생각에 소사매는 적절한 허락 없이 사문을 떠나왔을 것입니다. 이미 너무 오랫동안 사문을 떠나 있었으니, 무림맹에 들르지 않고 바로 돌아가는 편이 나을 듯합니다."

"그렇군요."

영경이 아쉬움 가득한 표정으로 천천히 고개를 끄덕여 보였다.

지난 두 달여 동안의 동행.

애초 그녀의 가슴 한 켠에 깃들어져 있던 추소산의 그림자는 흔적만이 남은 채 사라져 버렸다. 대신 그 자리를 채운 건 그동안 함께해 온 화무겸의 늠연한 모습이었다.

그런 그가 이제 작별을 말하고 있었다.

여심의 깊은 곳에서 찌르르한 고통이 없을 리 만무했다.

한데, 바로 그때였다.

막 바닥에 주저앉아 울고 있는 강성연에게 다가가려는 화무겸의 발걸음을 붙잡는 목소리가 있었다.

"멍청한 사람!"

'멍청한 사람이라……'

화무겸은 잠시 걸음을 멈춘 채 고개를 돌려 어느새 부근까지 다가온 한 명의 남장 미녀를 바라봤다. 여태까지 세 남녀의 사랑싸움을 흥미진진하게 지켜보고 있던 여연경이 갑작스레 끼어든 것이다.

제56장

마존(魔尊)에게도 부성은 있다

청아한 영경이나 봄꽃 같은 화사함이 있는 강성연, 두 여인 모두 어디 내놔도 빠지지 않을 듯한 미인이었다.

그러나 눈앞의 남장 미인 여연경의 미모란 그런 두 여인과는 비교를 불허할 정도였다. 그 정도의 미모라고 화무겸은 잠시 동안 생각했다.

게다가 이는 화무겸 혼자만의 생각은 아닌 것 같았다.

"무량수불!"

"아……."

느닷없이 끼어든 여연경 쪽으로 시선을 던진 영경과 강성연이 각자 깊은 뜻을 담은 도호성과 넋을 잃은 표정을 연출해 보였다. 두 사람이 눈에도 여연경의 모습은 그야말로 세상에 보기 드문 미태를 자랑하고 있었던 것이다.

그런데 화무겸은 자신의 생각과는 조금 다른 두 여인의 반응에 곧 어처구니없는 표정이 되었다.

뭔가 친근한 사람을 만난 듯한 영경의 태도와 달리 사매 강성연은 얼굴을 발갛게 물들이곤 몸을 배배 꼬아 보이고 있었다. 철이 없기로 천하에 둘째가라면 서러울 그녀는 눈앞의 여연경을 진짜 사내로 착각하고 있음이 분명했다.

'아무리 사내 경험이 없기로 어찌…….'

화무겸은 내심 고개를 가볍게 흔들어 보였다. 방금 전까지 자신에게 악다구니를 쓰고 있던 강성연의 갑자기 달라진 모습에 한심한 기분이 들었기 때문이다.

그때 여연경이 안면이 있었던 영경에게 슬쩍 눈인사를 던진 후 화무겸에게 슬쩍 포권해 보였다.

"강남에서 온 여 모라 하오. 귀하는 이번 정파비무대회에서 우승한 화산검룡 화무겸 소협이 아니시오?"

"본인은 화 모가 맞소이다만……."

"과연 그렇구려. 방금 전에는 실례했소이다. 그러나 귀하가 여인을 다루는 방도가 지나치게 어리석어 보여 한마디 끼어들지 않을 수 없었으니 양해해 주시오."

'여인을 다루는 방도가 지나치게 어리석다라…….'

화무겸은 여연경의 얼굴을 지그시 바라보다 내심 쓰게 웃음 지었다. 과연 그녀의 말이 틀리지 않다는 생각이 들었기 때문이다.

"본인은 본래 어려서부터 무예밖엔 연마한 것이 없는 무인이올시다. 귀하에게 여인을 모른다는 말을 들으면 그저 고개를 주억일 밖엔 다른 도리가 없구려."

"하하, 깨끗한 승복! 과연 천하에 이름 높은 화산검룡이올시다!"

“……”

여연경은 흡사 사내처럼 대소를 터뜨리곤 화무겸을 스쳐 지나쳤다.

그런 그녀의 발길이 머문 곳.

강성연이 울부짖기 시작했을 때부터 청아한 얼굴에 복잡한 기색을 숨기지 못하게 된 영경 앞이었다.

“영경 도장, 그동안 평안하셨겠지요?”

“여, 여 소……”

“본인 여 모 역시 그동안 무탈하게 지냈소이다.”

자신을 알아보는 영경의 말을 재빨리 가로채서 닫게 만든 여연경이 살짝 한쪽 눈을 감아 보였다. 오직 영경에게만 보이는 신호를 보낸 것이다. 그리고 움직인 입술.

“영경 도장, 한동안 내게 보조를 맞춰주세요. 이유는 후일 설명해 줄 테니까.”

“그건 어째서……?”

“그냥요.”

여연경이 슬쩍 익살스런 얼굴을 만들어 보이자 영경은 결국 입을 다물 수밖에 없었다. 왠지 그래야만 할 것 같은 기분이 들었기 때문이다.

그것을 무언의 응답으로 받아들인 여연경이 내심 픽 하고 웃어 보였다.

사랑에 빠진 여인의 시선은 집요하다.

특히 자신이 사랑하는 사람 주변으로 접근하는 여인에 관해선 더욱 그러하다.

당연히 여연경은 은근히 추소산에게 관심을 표명하던 영경의 얼굴을 또렷하게 기억하고 있었다. 후일 언제가 될진 모르겠지만, 호적수가 될 수도 있는 대상으로 마음속 한 켠에 새겨놓고 있었던 것이다.

그런데 오늘 우연찮게 조우한 영경의 시선은 다른 사내를 향하고 있었다.

여연경이 보기에도 꽤나 괜찮아 보이는 남자.

현 무림의 후기지수 중 당당히 첫 번째의 위치에 올라 있는 화산검룡 화무겸이었다.

그렇다면 이번 기회에 한 명의 경쟁자를 제거하는 것도 바람직한 일이었다. 괜스레 어영부영하다가 영경마저 추소산에게 붙는다면 곤란했다.

'그러니 화 소협과 영경 도장의 사랑의 장애물인 저 떼쟁이 소사매를 제거해야 하겠는데, 어떤 방법을 써야 좋을까나?'

잠시 잠깐만이었다. 오랫동안 규방 침실의 친숙한 친구였던 적서(赤書:빨간 책)에 적혀 있던 꽤나 다채롭고 그럴듯한 남녀 관계에 관한 상황을 떠올려 본 여연경이 힐끔 강성연 쪽을 바라봤다.

그러자 그녀의 시야 속으로 언제 울며불며 소리를 질러댔냐는 듯 발개진 얼굴을 한 채 온갖 얌전을 다 떨고 있는 여인의 모습이 들어온다. 이곳에 있는 사람들 중 그녀만이 여연경이 여장 남자인지 못 알아보고 있는 것 같다.

순간 여연경의 뇌리를 스치는 생각 하나.

'이거다!'

내심 한차례 손가락을 튕겨 보인 여연경이 자연스레 몸에 밴 명가의 기태를 드러내며 우아한 걸음으로 강성연 쪽으로 걸어갔다.

사뿐사뿐.

흡사 구름 위를 노니는 듯한 여유로운 걸음.

무공상의 보신경과는 또 다른 풍취를 느끼게 하는 여연경의 걸음걸이에 강성연은 더욱 낯을 붉혔다. 여연경이 다가올수록 호흡이 무한정으로 가빠오는 것이 당장이라도 숨이 넘어갈 것만 같았다.

일종의 도취 상태랄까?

단숨에 강성연의 앞에 이른 여연경이 주사빛 입술에 작은 미소를 만들고서 정중하게 포권해 보였다.

"강남의 패천도문에 속한 여연함이란 우인이 천하의 미인을 만나 방명을 묻기를 청하니 이를 허락해 주시기 바라오!"

"아, 아이……."

강성연의 몸이 방금 전보다 두 배쯤 더 외로 꼬여졌다.

더할 수 없을 정도.

그와 함께 비음이 살짝 가미된 코맹맹이 소리가 그녀의 입술을 통해 흘러나왔다.

"소, 소녀는 화산파의 제자인 강성연이라 합니다."

"오! 화산에 한 떨기 꽃과 같은 귀인이 있다고 들었거늘, 혹시 소저가 옥검 강 여협이 맞는지요?"

"아이, 꽃과 같은 귀인이라니… 소녀가 옥검이 맞긴 하지만……."

"히히, 역시 그렇군요. 이런 곳에서 천하제일의 미인을 만나게 되다니, 소생 금생의 영광이올시다."

"별말씀을… 천하제일의 미인이란 말은 지나친 칭찬이십니다."

짐짓 겸양을 보이는 듯하면서도 강성연의 두 눈은 초롱초롱 빛을 발했다.

득의양양함이 하늘을 치솟을 것 같다.

하긴 화산을 내려온 후 그녀는 계속 화무겸의 냉대를 받아왔다. 그는 아예 그녀와 눈조차 마주치려 하지 않았을뿐더러, 무당파의 영경을 만난 후론 아예 노골적으로 외면했다.

이는 강성연 평생에 처음으로 겪어본 좌절로 결국 길바닥에 주저앉아 대성통곡하는 망신스런 모습까지 연출하게끔 만들었다.

한데, 여기 한 명의 절세의 미청년―누가 보더라도 남장 미녀임이 분명한데, 오로지 강성연만이 이를 까맣게 모르고 있었다―이 그녀의 미모를 찬양하고 있었다. 어찌 득의양양하지 않을 것이고, 기쁨에 가슴이 터져 나가지 않을 수 있으랴.

으쓱!

강성연은 어이없음에 할 말을 잃은 화무겸과 영경 쪽을 한차례 곁눈질하곤 어깨를 추어 보였다.

여태까지 세상이 뒤집어진다 해도 반드시 자신의 것으로 만들리라 다짐하고 있던 화무겸이었으나 지금은 좀 마음이 달라졌다. 그에 대한 흥미가 급격히 사라지고 있었다.

그러나 강성연은 곧 정파비무대회에서 보았던 화무겸의 늠름한 기태와 위세를 떠올렸다.

천하무림이 인정한 천하제일의 기재!

비록 눈앞에 있는 사내가 절세의 용모를 지니고 있다곤 하나 화무겸이 얻은 대명과 성망을 무시할 순 없었다. 무림의 사내란 얼굴이 아니라 실력으로 인정받게 마련이었기 때문이다.

그러니 최소한 눈앞의 사내가 어느 정도의 배경과 위치, 무공을 지녔는지 정도는 알아봐야만 했다. 천하제일미녀란 한마디에 마냥 혹하고만 있을 순 없었다.

"그런데 강남의 패천도문에 속했다면 혹시……."

"조부님께서 문주를 맡고 계십니다."

"아……!"

강성연의 입에서 터져 나온 탄성의 강도는 방금 전과는 비교가 되지 않을 정도였다.

강남제일세 패천도문의 문주!

조부이자 화산파 장문인인 정파제일인 검신존 강구량과 어깨를 나란히 하는 패도존 여신유를 말함이다.

비록 한쪽은 정파에 속해 있고, 다른 한쪽은 정사 중간이라곤 하나 그 위세와 성망은 가히 대단했고 세력 또한 결코 화산파에 못하지 않았다.

아니, 솔직히 말해서 세력만으로만 따진다면 강남무림 전체에 위세를 떨치고 있는 패천도문 쪽이 더 낫다고 할 수 있을 정도였다. 무림의 사정에 대해 그다지 많이 알지 못하는 강성연조차 그 같은 사실은 너무나 잘 알고 있었다.

그런데 그 대문파의 후계자—이미 그녀의 마음속에서 여연경은 자신과 혼인을 올린 후 화산파의 압도적인 지원 속에 패천도문의 문주에 올라 있었다—가 눈앞에 있었다.

더구나 자신이 절세 미모에 완진 만해서 기꺼이 영혼의 노예가 되려 했다. 아니, 이미 그리되어 있다고 봄이 옳았다. 이런 상황에서 망설임이란 게 있을 리 만무하다.

생긋!

다시금 시선을 화무겸과 영경에게 던진 강성연이 여연경을 향해 살짝 미소 지어 보였다.

"어쩐지 기태가 범상치 않다고 생각했더니, 강남제일 명문의 후예셨

군요. 그런데 어쩌다가 이런 벽지까지 오게 되셨는지 궁금하군요?”

“거기엔 몇 가지 연유가 있지요. 하지만 오늘 강 소저를 만나는 행운을 얻었으니, 그것만으로 이번 산서행은 의미가 있었던 것 같습니다.”

“그런……”

강성연이 입가를 손으로 가린 채 미소 지었다. 천하제일의 신랑감을 만난 만큼 이제부턴 철저하게 요조숙녀 행세를 하기로 마음먹었음에 분명하다.

*　　　　*　　　　*

신성천교 총단 존마전(尊魔殿).

신성천교의 교주가 거하는 거대 전각 안은 팽팽한 긴장감으로 가득했다.

존마전의 가장 윗자리.

교주 우대승이 좌정해 있는 태사의의 좌우로 도열해 있는 삼대광명사자 전체가 발산해 낸 살기에 십대호원의 원주와 팔대단주 모두가 식은땀을 쏟아내고 있었다.

‘이, 이런……’

‘당장이라도 우릴 모조리 죽일 듯한 기세가 아닌가.’

‘하지만 광명사자들의 살기보단 교주께서 침묵하시는 것이 더 두렵다!’

십대호원의 원주들과 팔대단주들은 서로 눈치를 보며 침을 꿀꺽꿀꺽 삼켰다.

사실 광명사자보다 위치가 떨어진다곤 하나 십대호원의 원주와 팔대단주라면 그 직위가 천교에서 결코 낮지 않다고 할 수 있다. 천교의 실질적인 실무를 보는 자들이 바로 그들이었기 때문이다.

그러나 사안이 사안이었다.

천교의 상징이나 다름없는 신녀가 모습을 감췄을뿐더러, 갑작스레 백포혈마 헌원무진이 보신전(寶神殿)을 털어 달아나는 사건이 발생했다. 그가 사라진 직후, 보신전 안에 모셔놨던 다섯 개의 성화령과 몇 가지 천교절예가 사라졌음이 밝혀진 것이었다.

이는 신성천교 역사상 단 한 번도 없는 치욕적인 일이었다.

당연히 헌원무진에게 천교의 전권을 맡겨놨던 교주 우대승의 잘못 이전에 십대호원의 원주와 팔대단주의 책임론이 대두되지 않을 수 없었다.

교주와 신녀는 신성천교의 상징, 그 자체였다. 어떤 일이 있어도 그 신성이 훼손되어선 안 되었다. 책임이라던가 잘못 같은 말을 언급할 수 없을뿐더러, 해서도 안 되었다.

그러니 이번 일에 대한 모든 책임은 헌원무진과 함께 총단에 있었으면서도 일의 발생을 막지 못한 십대호원주와 팔대단주에게 돌아갈 수밖에 없었다.

그게 천교의 방식이고 역사였다. 다른 식은 용납되지 않았다. 지금 교주 우대승의 좌우에 선 세 명의 광명사자가 진한 살기를 쏟아내고 있는 까닭이기도 했다.

죽음이냐 삶이냐!

십대호원주와 팔대단주들은 죄를 청하는 자세로 부복한 채 그냥 죽여주십사 머리를 앞으로 빼고 있었다. 그것만이 지금 그들이 취할 수 있는 유일한 행동이었다.

문득 눈을 반개하고 있던 우대승이 천천히 입술을 떼어냈다.

"신풍단주, 어째서 신녀가 총단을 떠나갔다는 사실을 본좌에게 알리지 않았더냐?"

천교에서 대외 정보를 총괄하고 있는 신풍단(神風團) 단주 천변마객(千變魔客) 구양수의 어깨가 가볍게 떨렸다. 처음 존마전으로 향할 때부터 그는 자신의 목을 몇 번이나 만지고 또 만졌다. 교주 우대승으로부터 필시 지금과 같은 질문을 받을 것임을 알고 있었기 때문이다.

주륵!

등줄기로 흘러내리는 땀방울의 선뜻함을 느끼며 구양수가 고개를 살짝 들어올렸다.

"신풍단의 눈과 귀는 그동안 계속 신녀님의 뒤를 따르고 있었습니다. 다만, 교주님께 신녀님의 총단 출타를 빨리 알리지 않았던 것은……."

"빨리 알리지 않은 것이 아니라 숨긴 것이 아니더냐? 구양 단주, 자네는 신녀가 어렸을 때부터 꽤나 귀여워했으니까 말야."

"어, 어찌 미천한 이놈이 신녀님에게 인간적인 마음을 품을 수가 있겠습니까? 교주님께서는 속하에게 죄를 물으실지언정 신녀님의 청명에 누가 될 말씀은 하지 말아주십시오."

"인간적인 정이라기보다는 인지상정이겠지. 자신이 젖동냥을 해가며 키운 어린아이에게 마음이 가는 것은. 하지만 그런 인간적인 정이 신녀를 위험에 빠지게 만들었다. 천교 역시 위태롭게 만들었고."

"부디 엄한 처벌을!"

구양수가 머리를 대전 바닥에 강하게 박았다. 자신의 죄를 완전히 인정한 것이었다.

슉!

우대승의 손이 가볍게 올라간 순간, 그의 옆에 시립해 있던 적포혈마 안원기가 신형을 날렸다.

퍼퍽!

짤막한 격타음과 함께 구양수의 신형이 대전 바닥을 나뒹굴었다. 이미 안원기의 특기인 살명마장(殺明魔掌)에 격중당한 것이다.

그야말로 전광석화!

안원기는 나아갈 때와 마찬가지의 속도로 다시 자신의 자리로 돌아왔다. 그러자 구양수의 입에서 꾸역꾸역 밀려 나오기 시작한 검은색 핏덩이를 보라.

"쿨럭! 쿨럭!"

"멍청한 사람. 본좌 앞에서 독단을 삼키려 하다니!"

우대승이 눈살을 가볍게 찌푸려 보이곤 무상혈마 연자구에게 말했다.

"연 대사자, 자네가 구양 단주를 치료해 주도록 하게. 안 사자의 살명마장이 독기를 대부분 토해내게 만들었지만, 저 정도 지독한 독이라면 조금만 제내에 남아 있어도 후일 화가 무궁무진할 수 있어."

"존명!"

연자구가 가볍게 목례를 해 보인 후 한걸음에 구양수에게 다가가 바닥에 연신 검은 피를 쏟아내고 있는 그를 일으켜 세웠다. 가부좌를 틀게 한 연후 자신의 무상반야공을 쏟아 부어 독기를 모조리 체외로 배출하게 할 작정이었다.

그런데 막 연자구가 구양수의 명문혈과 기해혈 쪽에 양손을 갖다 대려 할 때였다.

퍼퍽!

거의 탈진한 듯 보이던 구양수가 어깨로 연자구의 가슴을 들이받았다.

존마전에 모여 있던 군마 중 누구도 예상치 못했던 광경.

일시 연자구가 구양수로부터 반보가량 떨어져 나왔다. 광명사자 중 으뜸인 무공을 지닌 그였으나 느닷없이 구양수로부터 받은 공격을 완전히 무시할 순 없었다.

"구양 단주, 이 무슨!"

연자구의 노성을 외면한 구양수가 비틀거리며 자리에서 일어섰다. 그리고 우대승을 향한 열기 어린 시선.

"위대한 천교의 교주시여! 속하 구양수가 저지른 잘못은 죽음으로밖엔 사죄할 길이 없으니, 은총을 내리실 필요는 없습니다!"

"그런데도 그냥 죽음을 맞지는 않았구나. 뭔가 본좌에게 할 말이 있는 것이겠지?"

"그렇습니다."

"허락하마."

우대승이 한차례 고개를 끄덕여 보이자 구양수의 얼굴에 가벼운 희색이 떠올랐다. 그가 목숨을 걸고 행한 모험이 결국 성공한 것이다.

"그동안 신풍단 전 인원을 풀어서 알아본 결과 신녀님은 지금 낙양의 무림맹을 향해 이동하고 있습니다. 그리고 그 뒤를 따르는 건 패천도문의 문주, 여신유였습니다."

"패도존이 어째서 신녀의 뒤를 따르는 것이더냐?"

“패천도문의 지보인 청룡등천도가 신녀님의 손에 있기 때문입니다.”

“청룡등천도?”

우대승의 반개되어 있던 눈이 처음으로 짙은 광채를 뿜어냈다.

신광이라기보다는 마광(魔光)!

우대승을 바라보고 있던 군마들 전체가 가벼운 전율을 느끼며 휘청거렸다. 극마지경을 일찌감치 초월한 마제의 진정한 기운은 가히 폭발하기 직전의 대화산이나 다름없는 기운을 품고 있었기 때문이다.

그러나 우대승이 일으킨 마광은 금세 자취를 감춰 버렸다.

흔적도 없이.

군마들 사이에서 소리 죽인 한숨 소리가 여기저기서 흘러나왔다.

구양수가 다시 입술을 떼어냈다.

“최선을 다했으나 어째서 신녀님의 손에 청룡등천도가 들어갔는지까지는 알아내지 못했습니다. 다만 신녀님은 청룡등천도를 수중에 넣은 후 혈문을 멸문시켰고, 지금 패도존 여신유에게 쫓기고 있습니다. 그러니 일의 전후 사정이야 어찌 됐든 우리 천교의 교도들은…….”

“신녀와 청룡등천도를 회수한 후 패천도문과 전면전이라도 벌여야 한다는 뜻이더냐? 네가 독약까지 먹고 본좌 앞에 나선 건 모두 그 같은 이유 때문이었구나?”

“…그렇습니다.”

구양수는 무거운 대답과 함께 무너지듯 바닥에 주저앉았다. 방금 전 연자구의 무상반야공을 밀어내느라 내력을 방출시킨 탓에 아직 체내에 남아 있던 독기가 피를 따라 돌기 시작했다. 심장이 멎는 건 시간문제라 할 수 있었다.

“연 대사자!”

우대승의 호령이 떨어진 순간, 연자구가 다시 구양수에게 다가들었다.

지난번의 경험 때문에 꽤나 신중해진 움직임.

그러나 구양수는 이미 절반쯤 기절한 상태였다. 다시 연자구의 무상반야공을 거부하거나 밀어낼 만한 기력이 남아 있을 리 만무했다.

연자구가 구양수를 치료하고 있는 동안 존마전 안은 잠시 침묵에 빠져들었다. 바늘 하나 떨어지는 소리까지 들릴 정도의 정막 속에 젖어든 것이었다.

강남제일세 패천도문과의 전면전이 일어날 수도 있는 상황.

이 같은 때에 입을 연다는 건 미친 짓이나 다름없었다. 불똥이 어떤 식으로 튈지 알 수 없기 때문이다.

결국 대전의 모든 시선은 일제히 교주 우대승에게로 향했다.

'마정대전이 끝난 지 수십 년. 아직도 본 교는 당시 정파무림맹과의 싸움에서 얻은 상처를 모두 치유하지 못했다. 하물며 화산파에 아직 검신존 늙은이가 건재한 이때에 패천도문과 전면전을 벌인다는 건 말도 안 되는 일이다. 게다가 충직했던 혁련 사자가 교를 배신하고 사라진 것이라던가, 때마침 음산파가 멸문을 건 대공세를 펼친 일 등을 생각하면, 이번 일에는 너무나 많은 의문점이 있다고 할 수 있다.'

끈적거리는 음모의 느낌.

평생을 도산검림이라 할 수 있는 무림의 전장에서 보낸 절대고수의 뇌리 속엔 뭔가 알 수 없는 찜찜함이 자리 잡고 있었다. 이 같은 직감은 특급 간자 수백이 보내온 치밀하고 완벽한 정보보다 더욱 우월한 위치를 차지한다. 여태까지의 결과가 이를 증명하고 있었다.

하지만 우대승은 태어난 직후 존성전으로 보낼 수밖에 없었던 우약연의 얼굴을 떠올리곤 눈살을 가볍게 떨어 보였다. 그녀를 다정하게 한 번 안아줘 본 적도 없음을 떠올리자 가슴 한 켠이 미어지는 듯한 고통이 일었다.

그 느낌은… 흡사 극마지경을 뛰어넘기 직전 경험했던 주화입마와 같달까? 아니, 심중의 고통은 오히려 그때보다 더욱 극심했다.

부성애.

천하를 떨게 만드는 대마제, 광마존 우대승에게도 평범한 사람과 같은 부성애는 존재했다. 애써 외면한 만큼 더욱 진하고 강렬하게 말이다.

우직!

우대승은 손으로 태사의의 팔걸이 부분을 부순 채 자리에서 일어섰다.

"강남의 패자라 불리는 패도존과는 언젠가 한 번 그 실력을 확인해 보려 했다. 그가 천교의 신녀를 쫓고 있다니, 얼마나 대단한 실력을 지녔는지 본좌가 확인해 보고 돌아오리라!"

"교주님, 설마……."

놀라 자신을 돌아보는 연자구와 시선을 마주한 우대승이 담담한 마광을 일으키며 말했다.

"연 대사자, 자네에게 본좌가 없는 동안 총단 수호의 임무를 맡기겠다."

"아무리 신녀님과 관련된 일이라곤 하나 교주님 혼자 중원으로 간다는 건 너무 위험한 일입니다! 천교의 성화령조차 도둑맞은 이때에 어찌……."

"그렇기에 신녀의 존재가 더욱 필요하다! 성화령이 없고 또한 신녀마저 없다면 어찌 천교가 존속할 수 있겠느냐!"

"그렇긴 합니다만······."

"괜찮다. 감히 누가 있어 내 앞길을 가로막을 수 있겠느냐!"

"······."

그것으로 끝이었다.

우대승은 그 후 몇 가지 명령을 삼대광명사자와 십대호원주, 팔대단주 등에게 내린 후 홀로 총단을 빠져나갔다. 마정대전 이후 거의 삼십여 년 만에 중원으로 향하는 용단을 내린 것이다, 자신의 어린 딸을 되찾아오기 위하여.

'설마 했거늘··· 진짜 광천존이 신녀를 찾기 위해 혼자 움직일 줄이야······.'

어둠 속으로 전서구를 날리는 구양수의 얼굴에는 기묘한 흥분이 자리 잡고 있었다. 낮에 존마전에서 벌였던 일단의 연극이 최대의 성공을 거뒀기 때문이다.

게다가 이 같은 결과를 정확히 예측했던 사람이 있었으니, 그야말로 구양수의 진정한 주인이었다. 그에게 계획대로 모든 것이 완료되었음을 알리는 기쁨이란 어떤 것에도 비교하기 힘든 것이었다.

푸드덕!

구양수의 손을 떠난 전서구가 서쪽 하늘을 향해 날아올랐다. 진득한 음모로 빛나는 구양수의 핏빛 미소를 뒤로하고서.

＊　　　＊　　　＊

여연경을 만난 후 화무겸은 길현(吉縣)을 거쳐 바로 섬서성으로 넘어가려던 애초의 계획을 포기해야만 했다. 강성연이 굳이 무림맹에 먼저 들러야겠다고 주장했기 때문이다. 여태까지 영경을 떼어놓기 위해 줄기차게 바로 화산으로 갈 것을 종용했던 종전의 주장을 완전히 뒤엎고서 말이다.

이는 남장을 한 여연경이 자신에게 홀딱 넘어간 강성연을 꼬득인 결과로, 십여 일 후 화무겸 일행은 하남성의 맹진(孟津)에 도착했다. 목표로 한 낙양으로부터 삼십여 리밖엔 떨어지지 않은 엎어지면 코 닿을 데에까지 이른 것이다.

늦은 밤.

객점에 들어 여장을 푼 화무겸 일행에게 커다란 문제가 생겼다. 마침 객점에 남은 방이 두 개밖에 없어서 꼼짝없이 화무겸과 여연경이 한 방을 쓰게 된 것이었다.

탁!

방문이 닫히는 소리와 함께 여연경은 재빨리 화무겸으로부터 떨어졌다.

슉!

여연경이 이동한 곳은 객실의 창가, 바로 앞이었다. 언제든지 밖으로 신형을 날릴 수 있는 자리를 차지한 것이다.

"……."

어쩌다 보니 분위기에 휩쓸린다고 했던가.

영경과 마찬가지로 강성연 몰래 여연경에게 설복당해 화산으로 돌아가는 걸 포기한 화무겸의 입가에 묘한 한숨이 매달렸다. 갑자기 자신이 지금 뭘 하고 있는지 한심한 기분이 들었기 때문이다.

여연경이 그런 화무겸에게 어색한 표정으로 웃어 보였다.

"전 원래 열이 많은 체질이라 창가 쪽을 좋아한답니다."

"그건 뜻밖이구려."

"예?"

"소생 역시 열이 많은 체질이란 뜻이오."

"……."

화무겸은 여연경의 다음 말을 기다리지 않고 소매 안쪽에 감아놨던 포승줄을 창가 쪽으로 집어 던졌다.

휘리리릭!

화무겸의 소매 속에서 튀어나온 포승줄이 공중에서 한차례 똬리를 틀더니, 방의 양쪽 벽을 꿰뚫고서 팽팽하게 고정되었다. 화산파의 절기인 죽엽수와 자하지(紫霞指)의 공력을 적절히 섞어서 선보인 일종의 신기!

여연경의 눈에 이채가 떠올랐다.

그녀 역시 무공이 낮진 않으나 화무겸 정도로 정교하게 내공을 다루는 세밀함은 터득하지 못하고 있었다. 이는 그냥 가르쳐 주는 대로 무공을 익혀서는 터득할 수 없는 일종의 임기응변에 가까운 기술이었기 때문이다.

그때 순간적으로 화무겸이 사뿐히 신형을 날려 팽팽하게 고정된 줄 위에 몸을 뉘었다. 간단해 보이는 동작 속에 본신 내공의 정순함과 경신의 절묘함을 은연중에 드러낸 것이었다.

'호오!'

여연경의 눈이 동그래졌다.

눈앞에서 펼쳐진 신기한 동작도 동작이지만, 화무겸의 행동 하나하나는 그야말로 이야기 속 협객의 모습, 그 자체였다. 관심이 크게 동하는 것도 무리는 아니었다.

그러자 놀랍게도 줄 위에서 모로 눕는 또 하나의 신기를 선보인 화무겸이 여연경과 시선을 마주했다.

"여 소저, 역시 열이 많이 나서 침상을 쓰기는 힘이 드는 것이오?"

"그, 그건… 그러니까……."

"그래도 역시 남녀 간에 유별함이 있으니, 같은 잠자리를 다투는 건 도리가 아니지 않겠소? 이번만은 여 소저가 너그럽게 양보해 주시기 바라오."

"……."

이쯤에서 여연경은 당황해하길 그만두었다. 화무겸이 진짜 이야기 속의 협객 그 자체임을 인정하기로 한 것이다.

"별말씀을."

짤막하게 화무겸에게 웃어 보인 여연경이 침상으로 걸어갔다.

'생각보다 솔직한 소저로군. 마음에 들어.'

화무겸이 눈으로 그녀의 뒷모습을 배웅한 후 다시 누운 자세를 바꿨다.

곧 낙양이었다.

무림맹에서 활동하고 있는 화산파의 장로들이나 선배들에게 갑자기 모습을 감췄던 이유에 대해 설명하려면 숙면을 취해두는 편이 나았다. 때론 그런 일들이 무공을 연마하거나 생사대적과 싸우는 것보다 훨씬 힘이 들기 때문이다.

한데, 막 화무겸이 잠에 들려 할 때였다.

갑자기 침상 쪽에 누워 뒤척이고 있던 여연경이 나직한 목소리로 말을 걸어왔다.

"화 소협, 뭐 한 가지 물어봐도 되나요?"

"짧게 대답할 수 있는 걸로 부탁드리겠소."

"짧은 걸로 하죠. 도대체 영경 도장과는 어찌하실 건가요?"

"그건……."

"왜요? 짧게 대답할 수 없는 성질의 질문인가요? 그럼 제가 조금 편하게 해드리죠. 그녀는 화 소협을 꽤나 좋아하고 있어요. 그동안 제가 은근슬쩍 마음을 떠봤는데……."

"하지만 영경 도장은 도문에 이름을 올린 사람이오. 어찌 남녀 간의 관계를 논할 수 있겠소?"

"도사들 중에서도 혼인을 하는 사람들이 제법 되잖아요? 만약 두 분이 서로 마음속 깊이 사랑한다면, 어찌 그런 것이 장애물이 되겠어요?"

"……."

화무겸은 잠시 침묵을 지켰다. 여연경의 단도직입적인 질문과 논조에 크게 마음이 흔들리는 걸 느꼈기 때문이다.

'분명 나는 영경 도장에게 크게 끌리고 있다. 이 마음은 어쩌면 사랑일 수도 있을 것이다. 하지만 과연 화산파와 무당파의 어르신들에게 허락을 받을 수 있을 것인가?

화산과 무당.

구파일방 중에서도 항시 천하제일검을 다투던 검술의 대종이자 양대산맥이었다.

그만큼 서로에 대한 경쟁심 역시 대단하여 수없이 많은 비무와 비검의 역사가 두 문파 사이에는 존재해 왔다. 가까우면서도 가장 먼 사이란 바로 화산과 무당을 이름에 다름 아니었다.

하물며 양 문파 간에 혼사가 이뤄진다는 건 그야말로 대사건이라 할 수 있었다. 어쩌면 파문조차 각오해야만 할 용단인 것이다.

화무겸이 계속 말이 없자 여연경이 스륵 신형을 옆으로 돌리며 나직이 중얼거렸다.

"하아, 화산의 검룡은 제법 멋있는 사람인 줄 알았는데, 자신의 마음이나 사랑에서조차 주저할 줄이야!"

"여 소저, 그건……."

"우리 그만 자죠?"

단 한마디로 화무겸의 입을 봉해 버린 여연경이 진짜 눈을 내리 감았다, 화무겸의 가슴속에 거센 파문만을 남겨놓고서.

제57장

광한현공과 자하신공

탁탁탁!

멀리서 삼경의 끝을 알리는 야경꾼의 소리가 들려올 무렵이었다.

창가에 누운 화무겸을 신경 쓰느라 깊은 잠을 이루지 못하고 있던 여연경은 자신도 모르게 자리에서 벌떡 일어섰다.

무엇 때문에?

여연경은 잠시 자기 자신에게 무언의 질문을 던진 후 바로 시선을 창가 쪽으로 던졌다. 거의 무의식적인 행동이었다.

그러자 화무겸은 그곳에 없었다.

그가 누워 있던 밧줄 위로 은색의 달빛만이 교교한 그림자를 던지고 있을 따름이었다.

'역시 모든 일은 밤에 일어나는가……?

찰싹!

여연경은 손바닥으로 자신의 뺨을 한 대 때렸다. 아직 완전히 깨어나지 않은 무인의 감각을 애써 되살리려 한 것이었다.

그러나 바로 그때였다.

스스스슥!

예민하게 되살아난 그녀의 귓전으로 옷자락이 바람에 휘날리며 내는 소음이 연달아 몰아쳐 왔다. 어째서 잠에서 깨어났는지가 명확해지는 순간이었다.

슥!

여연경은 달빛을 피해 신형을 밑으로 낮췄다. 지나치게 밝은 달빛에 자신의 움직임이 드러날 것을 저어한 행동.

그렇게 잠시의 시간이 흘러갔다.

이젠 귓전을 때려댔던 소음들 역시 자취를 서서히 감추어가고 있었다.

그렇다면 이제야말로 움직일 때다.

여연경은 재빨리 창가 쪽으로 신형을 날리곤 소리의 잔재가 남은 방향 쪽으로 안력을 집중시켰다.

빙긋.

입가에 번져 나온 미소.

이후 여연경의 신형이 자신이 만들어낸 미소의 잔재가 사라지기도 전에 객점의 창문 밖으로 사라졌다.

화무겸이 잠에서 깬 건 여연경이 떠올린 무인의 본능 따위완 전혀 관계없는 일이었다.

요의.

저녁때 조금 많이 마신 찻물 탓인지 아래쪽이 묵직해 왔다. 새벽까지 기다릴 수 없는 느낌이었다.

그래서 줄에서 뛰어내린 화무겸은 창문을 통해 밖으로 나왔다. 침상에 누워 간신히 잠든 여연경을 깨우지 않기 위한 배려였다.

그런데 그가 시원스레 요의를 해결했을 무렵이었다.

움찔.

갑자기 뒷골이 선뜩한 느낌이 일었다.

이때야말로 무인의 본능이 깨어난 때로, 어둠 속에 잠들어 있던 맹진의 밤거리를 가로지르는 한 명의 야행인이 화무겸의 시야 속으로 파고들어 왔다.

화무겸은 일단 자세를 낮췄다.

정체불명의 야행인이 마음먹고 밤의 맹진 거리를 질주하고 있었다. 조금쯤 의식을 해주고 조심스러움을 보여주는 것이 도리란 생각이 들었다.

그리고 뇌리 속을 빠르게 스쳐 지나간 생각 하나.

'이곳은 무림맹으로부터 삼십여 리밖엔 떨어지지 않은 곳이다. 그렇다면 이런 곳에서 은밀하게 움직이는 야행인에겐 뭔가 특별한 구석이 있을 것이다.'

화무겸은 자신도 모르게 자신의 허리춤을 손으로 건드렸다.

묵직함과 차가움.

밤의 대기를 빨아먹은 철검의 느낌은 시릴 정도로 차면서도 가슴 한켠에 무거운 안정감을 주었다. 그리고 가슴속 가득 차 오른 호연지기.

잠시 여연경 등이 잠들어 있을 객점 이층을 눈으로 살핀 화무겸이 쏜살같이 시야 저편으로 사라져 간 야행인을 쫓아 신형을 날렸다. 일단 자신의 검과 가슴이 가리킨 방향대로 똑바로 걸어가기로 마음먹은 것이다.

그렇게 한참을 달렸을 때였다.

연신 귓전을 스쳐 가는 바람의 숨결과 가슴속을 뛰노는 혈류의 적당한 흐름 속에 침잠되어 있던 화무겸의 눈에 이채가 빠르게 스쳐 지나갔다.

바람의 숨결 속에 담겨 있는 미약한 내음.

일정하게 자신 쪽으로 흘러들던 흐름이 미세하게나마 변했다.

'설마 하니 내가 따르는 걸 눈치 챈 것인가?'

스슥.

화무겸의 신형이 갑자기 공중에서 작은 호선을 그렸다. 그러자 연신 발끝으로 박차고 뛰어오르던 지붕들 중 하나의 그림자가 시야 속으로 빠르게 확대되어 들어왔다.

탁!

화무겸은 한 치의 망설임도 없이 자신의 신형을 그림자 속에 숨겼다.

뒤를 쫓는 처지.

그것도 야밤의 추격이었다.

상대가 움직임을 중간에 조금이라도 멈추거나 다른 징후를 보였다면 신형을 숨기는 것이 당연했다. 이는 굳이 전문적인 추격술 따윌 배우지 않았더라도 알 수 있는 일이었다.

그러자 잠시 고개를 돌려 화무겸 쪽을 돌아봤던 야행인이 잠시 더 주변을 둘러보곤 다시 빠르게 신형을 날려갔다. 주변을 살피기에 부실한 것이 왠지 시간에 쫓기고 있는 듯한 모습이다.

‘그렇게 소홀하게 대해준다면 고마울 따름이지.’

화무겸은 눈을 가볍게 빛내곤 천천히 그림자 속에서 빠져나왔다.

빠르지 않지만, 그렇다고 늦지도 않은 움직임.

그렇게 한차례 어둠 속을 가늠해 본 화무겸의 신형이 앞서 간 야행인의 뒤를 다시 따랐다. 한밤의 추격이 다시 시작된 것이었다.

‘제기랄, 이번에 무림맹에 도착하면 한동안 술로 목욕이라도 해야 할까 보다. 그런 더러운 광경을 봤으니…….’

무림맹 비영단(飛影團) 소속 무사인 남억당은 신형을 날리며 연신 고개를 가로저었다.

마교와의 정마대전 이후 구파일방과 칠대세가, 오악검파의 고수들이 대부분 해산한 무림맹에서 비영단은 현재까지 제 기능을 발휘하는 유일무이한 맹주 직속 단체였다.

이는 비록 마교의 발호가 무위로 그치긴 하였으나 앞으로도 다시 세력을 일으킬 수 있다는 점을 들어 정보 조직만은 존속시켜야 한다는 일각의 주장이 받아들여진 결과였다.

당연히 비영단은 오로지 맹주인 대자비수 고엽신승의 명만 듣는 특수 조직으로 그동안 암중에서 무림 전체를 감찰하고 있었다. 명목은 마교의 재발호에 대한 경계였으나 실제론 천하 각 문, 각파의 움직임과 동향을 하나 빠짐없이 고엽신승에게 전달하고 있었다.

고엽신승을 비롯한 무림맹 장로원 소속 전대 고수들의 의중.

그것은 마교로 일컬어지는 신성천교 외에도 무림의 평화에 중대한 위해를 끼칠 암중의 위험 세력이 더 있을 수 있다는 것 때문이었다. 그런 세력이 전혀 없다면 무림맹의 존재 의의가 없을뿐더러, 무림에서 거

의 손을 씻다시피 한 장로원 소속 고수들의 소일거리가 없어지기 때문
이었다.

그러나 지난 삼십여 년간 이렇다 할 무림의 평화에 위해를 끼칠 중
대 위기는 오지 않았다. 강남에서 패천도문이 욱일승천 성장을 보이긴
했으나 특별히 무림정복 같은 헛된 욕망을 품지 않았고, 북방의 마교
역시 잠잠했다.

무림은 평화로웠다.

그러던 것이 근래 들어 엄청난 격변이 일었다.

형산에서 보검쟁탈전이 일더니, 나름대로 세력을 유지하고 있던 사
파이세가 비슷한 시기에 모조리 멸망당했다.

한동안 생업에 종사하며 활동을 중단했던 비영단이 움직이기엔 충
분하고도 남음이 있는 대사건.

남억당 역시 낙양 외곽에 차렸던 표구점을 잠정 휴업한 후 두 달 전
비영단으로 복귀했다. 그리고 곧바로 투입된 산서성 방면의 자료 수집
임무.

십 년 가까이 실전에서 떠나 있긴 했으나 여전히 남억당의 경공과
은잠술은 비영단 최고였다. 최근 들어 일어난 무림 격변의 중심이라
할 수 있는 산서성 방면에 투입된 건 매우 당연한 결정이었다.

그러나 두 달 만에 무림맹으로 돌아가고 있는 남억당의 마음은 꽤나
어두웠다.

질풍노도와 같던 지난 두 달간 얻은 믿기지 않는 정보를 상관인 비
영단주와 맹주 고엽신승에게 전달할 생각을 하니, 벌써부터 눈앞이 캄
캄해져 왔다.

직접 두 눈으로 목도한 자신조차 믿기 힘든 광경이었다.

아무리 전문적으로 본 광경을 객관적으로 설명하는 교육을 받았다 하나 쉽게 풀어낼 수 있을 것인가. 아무래도 자신없는 일이란 생각이 들었다.

한데, 그가 막 맹진 외곽을 벗어나 낙양으로 향하는 관도 쪽으로 접어들었을 때였다.

꿈틀!

복면과 야행복으로 전신을 검게 감싼 남억당의 미간이 크게 좁혀들었다. 그가 이동하고 있던 길목을 턱하니 가로막고 서 있는 한 명의 자의미청년이 원인이었다.

'나이는 젊어 보이나 기태가 범상치 않다. 강호에서 말하길 노인과 여인, 젊은이, 아이를 조심하라 했던가?

한마디로 말해 모든 사람을 다 조심하란 뜻.

남억당은 가볍게 신형을 공중에서 한 바퀴 반을 회전시키곤 자의미청년 앞에 떨어져 내렸다. 일부러 일신의 무공을 드러내어 상대방의 의중을 떠본 것이다.

그러자 과연 무림 중에 꽤나 유명한 남억당의 신법을 알아본 자의미청년의 입가에 가는 웃음이 떠올랐다.

"곤륜파(崑崙派)의 운룡대팔식(雲龍大八式)인가? 생각 밖의 대어가 잡혔다고 봐야겠군."

'곤륜의 이름과 운룡대팔식을 알아보면서도 자신만만하다. 그렇다는 건 역시 대적이란 뜻이겠지?

내심 냉정한 판단을 내리면서도 남억당은 가슴 한 켠이 부글부글 끓어오르는 걸 느꼈다.

곤륜파.

자랑스런 남억당의 사문이며, 당당한 구파일방에 속하는 신비지문이었다. 비록 중원으로부터 멀리 떨어진 곤륜산에 위치한 탓에 자신 같은 속가제자밖엔 활동하지 않지만, 한 번도 무시를 당해본 기억은 없었다. 도가검학의 대종 중 하나인 태허도룡검(太虛屠龍劍)과 곤륜의 험한 산세가 준 선물인 천하무쌍의 신법, 운룡대팔식 덕분이었다.

한데, 방금 운룡대팔식이 무시를 당했다.

그렇게 생각이 되었다.

곤륜산에서 내려온 지 이십 년.

낙양의 한 켠에서 표구점을 생업으로 삼으면서도 한시도 사문 곤륜파를 잊어본 적이 없었던 남억당의 가슴이 불타오르는 건 결코 무리가 아니었다.

스슥.

발끝을 살짝 모아 자의미청년으로부터 단숨에 세 걸음이나 떨어져 나온 남억당의 눈빛이 차가워졌다.

"이곳은 무림맹에서 그리 떨어지지 않은 장소. 감히 곤륜의 제자인 걸 알면서도 앞을 가로막는 건 마교에서 나온 자이기 때문인가?"

"마교라? 만약 내가 마교에서 나온 자라면 어찌할 텐가?"

"죽여야겠지."

"하!"

자의미청년이 고개를 살짝 옆으로 기울이며 재밌다는 표정을 지어 보였다.

오만함이 자연스레 밴 듯한 모습.

'평상시 남을 눈 아래로 깔아보는 것이 버릇이 된 자다. 그렇다면 마교는 아니다.'

오랫동안 마교를 상대로 정보전을 벌였던 자답게 남억당은 신성천교에 대해 잘 알고 있었다. 자의미청년같이 젊은 나이에 남을 턱짓으로 부리는 데 익숙해질 만한 위치에 오른 자는 그의 기억에 없었다.

슥!

남억당은 다시 일보 움직여서 자의미청년과의 거리를 넓혔다. 장기인 운룡대팔식을 펼치기 용이한 거리를 확보하기 위함이었다.

그러나 자의미청년은 더 이상 간격이 벌어지는 걸 용납지 않았다.

슥!

남억당이 움직인 일보만큼 앞으로 나선 그의 손에서 갑자기 백색의 기광이 형성되었다.

'손에서 빛이 난다? 그렇다면 설마 광한현공……'

지난 두 달간 남억당이 경험했던 일들 중 하나는 경세적인 무공의 격돌을 구경하는 것이었고, 그중 하나가 패천도문의 삼대절학 중 하나인 광한현공이었다. 갑자기 마교도라 생각했던 자의미청년에게서 광세무공의 전조를 보게 되자 마음속의 당황감이란 이루 말할 수 없을 정도였다.

그리고 그 순간, 남억당을 향해 자의미청년의 빛덩이에 휩싸인 쌍수가 벼락같이 파고들어 왔다.

번쩍!

다행히 남억당은 결코 자기 자신의 무위를 과신하지 않는 성격이었다.

스슥.

발끝을 재빨리 교차시킨 남억당의 신형이 한 마리 비조처럼 공중으로 날아올랐다. 애초에 광한현공을 맨손으로 받을 생각 따윈 완전 포기한 채 오로지 피하는 데 주력한 것이다.

그러나 자의미청년 역시 자신의 광한현공을 남억당이 맞받으리란 기대를 하진 않았던 것 같다.

슉!

남억당이 한 마리 비룡처럼 꿈틀거리는 신법으로 공중으로 뛰어오르자 자의미청년은 재빨리 자신의 쌍수를 회전시켰다. 그러자 격하게 굴절을 일으키며 야천을 향해 뻗어나간 광한현공의 광채!

"큭!"

처음부터 운룡대팔식의 최후 초식인 천룡두린(天龍逗鱗)을 펼치며 날아오르던 남억당의 입에서 짤막한 신음이 터져 나왔다. 흡사 한 마리 비룡이 구름을 희롱하는 듯한 멋진 신법에도 불구하고 방향을 바꾼 광한현공을 완벽하게 피하는 데 실패한 까닭이다.

그래도 남억당은 포기하지 않았다.

스슥.

공중에서 또다시 신형을 회전시킨 남억당은 무려 이십여 장을 한 번에 이동했다. 광한현공을 확인했을 때부터 마음먹었던 도주를 위해 최선의 노력을 경주한 셈이다.

'이제 다시 한차례만 도약을 하면…….'

남억당은 광한현공이 스치고 지나간 엉덩이 부위에서 이는 지독한 고통을 참고서 발끝에 다시 힘을 가했다. 어떻게든 고통을 이긴 채 다시 운룡대팔식을 펼쳐 달아나기 위함이었다.

한데, 그가 막 신형을 공중으로 띄우려 할 때였다.

움찔!

갑자기 그가 디뎠던 땅바닥에서 한줄기 강력한 흡력이 일어난 듯 몸이 무거워졌다. 천근추를 펼치기라도 한 것 같다. 그렇게 생각되었다.

'이게 도대체 무슨……?'

남억당은 눈살을 찌푸린 채 자신의 발 쪽을 바라보다 흠칫 놀란 표정이 되었다. 어느새 그의 한쪽 발목을 검은색 채찍이 휘감고 있었다.

땅에서 일어난 흡력의 정체였다.

휘릭!

발목을 감은 채찍은 당연히 다음 동작을 예비하고 있었다. 밑으로 내리 끄는 재주를 발휘하더니, 이번엔 뒤쪽으로 강하게 잡아당기는 천근의 힘을 쏟아내었다.

"크억!"

남억당의 입에서 비명에 가까운 신음이 터져 나왔다.

그의 신형이 공중에 한일자로 부웅 떠오른 것과 동시에 벌어진 일이었다.

그 다음 변화는 발이 아니라 손.

남억당의 수장이 벼락같이 바닥을 향해 내력을 방출해 냈다. 곤륜파의 비전 장공인 육양수(六陽手)를 펼쳐 낸 것이다.

콰릉!

육양수의 양강지력이 강렬하게 지축을 울린 것과 동시에 남억당의 신형이 반대편으로 크게 공중제비를 돌았다. 육양수의 반진력을 이용해 또다시 특기인 운룡대팔식을 펼치려는 의도였다.

신룡선무(神龍旋舞).

남억당의 신형이 일순 천공의 달빛을 가렸다.

그리고 발검.

남억당의 허리춤에서 은빛 광채가 번개같이 뻗어 나오더니, 다리를 휘어 감고 있던 채찍의 허리를 갈라갔다. 조금이라도 곤륜파의 무공을 아는 자가 본다면 찬탄을 토하고 말 정도의 경공과 검법의 연계!

그러나 남억당이 쏟아낸 검기는 허무하게 허공을 갈랐을 뿐, 어떤 특별한 변화를 일으키진 못했다. 흡사 채찍이 생명을 가진 것처럼 감고 있던 발목을 포기한 채 반대편으로 크게 휘어졌기 때문이다.

게다가 채찍이 일으킨 변화는 그뿐만이 아니었다.

쉬악!

여전히 공중에 몸을 띄우고 있던 남억당을 향해 채찍의 끝이 유성처럼 파고들었다, 일반적인 채찍술과는 크게 궤를 달리하는 날카로움을 한껏 담고서.

'이런!'

남억당은 또다시 운룡대팔식을 펼치려다 황급히 수중의 검을 앞으로 내뻗었다.

그의 무공이 곤륜파 속가제자들 중 첫째, 둘째를 다투긴 하나 연속적으로 무리하게 힘을 쏟은 탓에 내력이 달렸다. 더 이상 운룡대팔식을 펼치는 건 무리였다.

카캉!

채찍과 백련정강으로 된 검의 조우완 어울리지 않는 쇳소리!

남억당의 신형이 급격히 바닥으로 하강했다. 채찍답지 않은 날카로움이 실린 일격을 감당치 못한 것이었다.

푸덕!

남억당은 최후의 순간에 가까스로 신형을 옆으로 비틀었다. 가장 살집이 좋은 엉덩이로 바닥과의 인사를 나눈 것이다. 당연히 뒤를 따른 건 거의 형언하기가 불가능할 정도의 고통이었다.

'제기랄, 최소한 금갔다!'

남억당은 엉덩이뼈로부터 치솟아오른 통증을 이를 악물고 참고서 신형을 옆으로 굴렀다.

그러자 곧바로 그가 떨어져 내린 자리를 꿰뚫어 버린 채찍의 끝!

남억당은 그제야 자신이 채찍이라고 생각했던 것의 정체를 명확하게 볼 수 있었다.

'설마… 저 기다란 것이 도(刀)였단 말인… 가……?'

그렇다.

남억당의 발목을 잡아끌고 연속적으로 공격한 채찍을 닮은 병기는 다름 아닌 종잇장처럼 얇은 면도(緬刀)였다. 그것도 웬만한 채찍의 길이를 훨씬 상회하는 족히 일 장 길이의 장도였다.

그렇다면 방금 전의 쇳소리도 충분히 납득할 만하다. 검과 도가 맞부딪쳤으니 쇳소리가 나는 건 당연한 일이었다. 그리 특이할 만한 일은 아니었다.

하지만 남억당은 여전히 기가 막힌 상태였다.

세상에 어떤 미친 자가 이런 괴병을 사용할 수 있는지, 또 그 같은 괴병에 꼼짝없이 제압당해 버린 자신의 어처구니없음에 잠시 넋이 나가 버린 것이다.

그때 그의 바로 코앞에 방금 전 떨쳐 버렸던 자의미청년이 떨어져 내렸다.

그가 눈앞의 기형면도의 주인이란 점은 불문가지의 일.

물끄러미.

태연하게 일 장 길이의 면도를 거둬들이고 있는 자의미청년을 올려다본 남억당이 입가에 한숨을 매달았다.

"하아, 내 광한현공을 보고도 설마설마 했는데, 패천도문이 이렇게 노골적으로 무림맹에 적대시하고 나설 줄이야……."

"패천도문?"

"자의에 계집깨나 홀릴 듯한 준수한 용모, 광한현공과 일 장 길이의 면도를 자유자재로 사용할 수 있는 고절한 무공. 패천도문에 속한 자 중 이 같은 요건을 모두 갖춘 자는 패도존 여신유의 둘째 손자인 여문진, 여 공자가 아니겠소?"

"……."

남억당의 목소리에는 확신이 깃들어 있었다. 비록 오랫동안 현직을 떠나 있었다곤 하나 무림맹의 핵심이라 불리는 비영단의 특급 요원이었다. 마음속 깊이 확신이 없다면 이 같은 말을 내뱉지는 않는다.

픽!

자의미청년의 입가에 흐릿한 미소가 떠올랐다. 남억당이 한 말에 대한 완곡한 대답.

그때 취리릭 하는 소리와 함께 그의 손에 휘감겨 들어갔던 면도가 남억당을 향해 검은 독아를 들어냈다.

'살인멸구(殺人滅口)!'

남억당은 어떻게든 몸을 날려야 한다고 생각했다. 그렇지 않으면 어느새 눈앞까지 파고든 검은 독아가 자신의 목젖을 콱 깨물 것임을 직감적으로 알고 있었기 때문이다.

그러나 생각과 몸이 따로 놀았다.

순식간에 검은 독아가 인후혈 앞에 이르렀고, 남억당은 두 눈을 꽈악 내리 감았다.

'응?

남억당은 죽음을 기다리고 있다가 갑자기 크게 지루해져서 눈을 뜰 수밖에 없었다.

어찌 그렇지 않겠는가?

찰나 만에 다가올 줄 알았던 죽음은 한 호흡이 지나 두 호흡이 가까워져 올 때까지 오지 않았다. 이는 어쩌면 절대 피할 수 없을 줄 알았던 죽음이 살짝 비껴갔을지도 모른다는 기대를 남억당으로 하여금 품게 만들었다.

스륵!

남억당은 눈을 떴다. 그리고 교교하게 떨어져 내리고 있는 달빛 아래 벌어지고 있는 환상적인 검과 도의 격투의 목격자가 되는 행운아가 되었다.

'패천도문이 무림맹의 무사를 암습했다? 설마 패천도문이 제이의 마교가 되려는 것인가!'

야행인의 뒤를 몰래 밟다가 천하가 깜짝 놀랄 만한 대화를 듣게 된 화무겸은 눈살을 가볍게 찌푸렸다.

야행인이 펼쳐 보인 놀라운 경공과 수공, 검법의 형태.

그것은 현 정파제일검파인 화산파가 키워낸 검재가 보기에 분명 구파일방 중 하나인 곤륜파의 것이 분명했다. 이는 화산검법을 익히는 한편, 같은 구대문파와 오악검파의 비전무공의 특징 역시 공부한 결과 알게 된 사실이었다.

그러니 야행인이 자신의 앞을 가로막아 선 나이에 비해 놀랄 만큼 고강한 무공을 지닌 자의미청년을 패천도문의 문도로 칭했다면 이건 문제가 심각했다.

예전부터 화산파를 중심으로 한 정파에서 우려해 왔던 강남의 패자 패천도문이 드디어 무림제패의 야욕을 드러낸 것이라 볼 수 있었기 때문이다.

하지만 화무겸은 계속 무림의 평화와 안녕이란 주제에 집중할 수 없었다.

야행인이 어느새 자의미청년이 빼 든 기괴할 정도로 기다란 면도에 목숨을 잃기 일보 직전까지 몰리고 있었던 것이다. 야행인의 정체가 무림맹 소속의 곤륜 제자인 만큼 그가 나서지 않을 수 없었다.

매화 열여덟 송이.

화무겸이 남억당의 목숨을 구하기 위해 펼쳐야 했던 매화검의 숫자였다.

그의 검이 월광 아래 희디희어 감히 정면으로 볼 수 없을 정도의 매화를 꽃피워 내자 여문진은 재빨리 자신의 애도, 만리도(萬里刀)를 거둬들였다.

남억당의 목숨을 거두는 것보다 느닷없이 등장한 화무겸의 정체를 파악하는 걸 더 중요시 여긴 행동.

화무겸은 그에 대한 대우를 충분히 해줬다.

서른여섯으로 변한 매화 송이.

각기 빠르고, 느리고, 화려하며, 수수한 각기의 매화 송이들이 환상처럼 여문진의 전신을 노렸다.

매화중중(梅花衆中).

매화검법의 삼대절초 중 하나에 당당히 이름을 올려놓은 검초.

절세의 무공을 연마한 여문진이라곤 하나 여태까지 이만한 검초를 경험해 본 바 있을 리 만무하다.

그는 깜짝 놀란 나머지 수중의 만리도를 둥그렇게 말아서 자신의 전신을 에워싸게 만들었다. 검초의 허를 찔러 반격을 가할 생각 따윈 엄두도 내지 못한 것이다.

그러자 화무겸이 또다시 검초를 변환시켰다.

매화이개(梅花二開).

연속적으로 피어오르고 있던 매화 송이들 중 두 개가 급격히 속도를 높이며 만리도의 방어벽을 파고들었다. 여문진으로선 흡사 시간차 공격이라도 당한 형국.

"큭!"

여문진이 발끝을 움직여 신형을 재빨리 옆으로 이동시켰다. 그렇게밖엔 할 수 없었다.

평범한 매화이개의 검초가 매화중중과 어우러지자 형언할 수 없을 정도로 매서운 절초로 변모했다. 피하는 데 급급해짐은 어쩌면 당연한 일이었다.

'빼어난 신법!'

화무겸은 또다시 검초를 펼쳐 여문진을 공격하지 않았다. 이미 그와 남악당 간의 거리를 충분할 정도로 떨어뜨려 놨다는 판단이었다. 딱히 여문진과 원한을 맺은 사이도 아닌데 그에게 살초를 펼칠 까닭은 없었다.

그러나 그건 어디까지나 화무겸 혼자만의 생각이었다. 일단 화무겸의 파상적인 공세가 늦춰지자 위기에서 빠져나온 여문진의 얼굴은 분노로 크게 물들었다.

"화산검법! 너는 화산파 녀석이냐?"

“그렇소. 본인은 화산파의 화무겸이라 하오.”

“화산검룡?”

“사람들이 붙여준 허명에 불과하오.”

“내 그 허명이 사실인지 확인해 봐야겠다!”

이를 부득거리며 갈아붙인 여문진이 재빨리 수중의 만리도에 진기를 주입시켰다.

그러자 언제 낭창거리며 늘어져 있었냐는 듯 팽팽해진 만리도의 도첨.

섬뜩한 살기가 어린 도첨이 단숨에 화무겸을 노리며 찔러왔다. 처음부터 살기 어린 살초를 펼쳐 온 것이다.

‘역시… 패천도문은 화산파를 비롯한 정파 전체와 척을 지려 함인가?’

자신이 화산파 사람임을 이미 밝혔다.

화산파의 이름으로 여문진을 강박하려 했던 건 아니나 최소한 싸움을 멈추고 자초지종을 들을 수는 있다고 생각했다. 당금 무림, 화산파의 이름엔 그 정도의 힘이 충분히 깃들어 있었다.

한데, 살초로 대답을 대신한다.

이는 달리 생각할 수 없는 명백한 정파 전체에 대한 도전이었다. 화무겸은 여문진의 살초를 그런 의미로 받아들였다.

그렇다면 더 이상 망설일 필요 따윈 없다.

슛!

순간적으로 눈앞까지 짓쳐들어온 만리도의 도첨이 자신의 천돌혈과 인후혈을 노리며 분영을 일으키자 화무겸은 발끝을 모아 뒤로 신형을 날렸다.

이 보 전진을 위한 일보의 후퇴.

만리도의 도첨이 흡사 뱀과 같은 흔들림과 함께 화무겸을 쫓는다. 처음에 자신이 당했던 굴욕을 그대로 돌려주려는 의도를 지녔음에 분명한 공격이다.

그러나 화무겸은 뒤로 신형을 날릴 때 이미 반격을 염두해 두고 있었다.

그대로 당하고 있을 리 만무하다.

치링!

자신의 꼬리뼈 쪽으로부터 척추를 훑듯이 갈라오는 만리도의 도첨을 화무겸은 검갑으로 막아냈다. 신형을 날리는 것과 동시에 허리에 차고 있던 검갑을 왼손으로 빼낸 것이다.

그렇다면 오른손의 검은?

만리도의 도첨이 검갑에 막힌 것과 동시에 신형을 오른쪽으로 회전한 화무겸이 번개같이 앞으로 검을 뻗어냈다.

매화개화(梅花開花).

매화검법 중 가장 빠른 속도를 자랑하는 검초를 뒷받침한 건 거의 일 장이 넘는 길이의 검기!

만리도의 길이만큼 길게 뻗어 나온 화무겸의 검기가 한 송이 매화를 화려하게 개화시키며 여문진의 어깻죽지를 꿰뚫었다. 아니, 그렇게 보였다.

지잉!

쏜살같이 여문진의 어깻죽지에 도달한 한 송이 매화가 마치 철벽에라도 부딪친 듯 귀 울리는 소리와 함께 산산조각났다. 자취를 감추어 버렸다.

"호신강기?"

화무겸의 눈에 이채가 떠올랐다.

아직 삼십대 중반도 넘어 보이지 않는 여문진이 초절정고수나 사용한다는 호신강기를 익혔으리라곤 상상치 못했다. 놀라움을 느끼는 것 역시 어쩌면 당연했다.

그러자 여문진이 자신의 어깻죽지에서 떨어져 내리는 매화 문양을 힐끔 바라보곤 이를 부드득 갈았다. 설마 하니 화무겸에게 초식이 밀려서 옷까지 상할 줄은 몰랐기 때문이다.

그때 거의 넋을 잃은 채 두 젊은 영웅의 격투를 지켜보고 있던 남억당이 목소리를 높여 소리쳤다.

"화 소협, 그자는 패천도문의 광한현공을 익혔소이다! 만약 화산파의 자하신공(紫霞神功)을 연마하지 않았다면, 지금 당장 물러서는 게 옳을 것이오!"

'광한현공? 패천도문에 본 파의 자하신공에 비견되는 절대의 기공이 있다고 하더니, 오늘 크게 견식을 높이게 되었구나!'

화무겸은 남억당의 살뜰한 권고에도 불구하고 바로 신형을 돌려 달아나지 않았다. 단지 그러지 않았을뿐더러 오히려 눈빛을 차게 가라앉힌 채 앞으로 나서기까지 했다.

이는 여문진의 얼굴에 썩소(뭔가 썩어들어 가는 듯한 미소)를 만들어냈다.

"하긴 정파비무대회에서 우승한 화산검룡이라면 화산파에서 자하신공을 전수했을 수도 있겠지. 내 그동안 정파의 무공을 접할 기회가 없었는데, 크게 회포를 풀게 되었구나."

'회포를 푼다라……'

화무겸은 자신에게 일검을 당한 주제에 열심히 자신만만해하고 있는 여문진을 물끄러미 바라본 후 나직이 말했다.

"본래 자신없는 개가 짖는 법."

"뭐?"

"만약 자신이 있는 개라면 짖지 말고 직접 실력을 보이는 것이 옳은 일일 것이오."

"……."

여문진은 입을 굳게 다문 채 전신 가득 광한현공을 끌어올렸다. 그리고 만리도로 전신을 휘감았다. 입을 다물었다 해도 개가 되었음에는 여전히 변함이 없다는 데까진 생각이 미치지 못했던 것이다.

'광한현공을 도에다가 둘렀다?'

순식간에 광한현공의 휘황한 광채 속에 에워싸인 여문진을 바라보며 화무겸은 천천히 화산파의 지보라 불리는 자하신공을 운기했다.

매일같이 화산 전체를 물들이는 노을의 숨결.

수백 년간의 역사가 만들어낸 자하의 물결 속에 잠겨든 화무겸의 검이 노을과 같은 검기를 만들어냈다.

그리고 야천을 향해 울려 퍼진 검명(劍鳴)!

광한현공의 백색 광휘에 휩싸인 여문진이 움직인 순간, 화무겸 역시 자하의 숨결을 검에 담고서 신형을 이동시켰다. 본격적인 싸움이 시작된 것이었다.

객점을 빠져나온 여연경은 밤중의 맹진을 질주하고 있는 일단의 현의복면인들의 뒤를 쫓고 있었다.

대충 십여 명쯤 되어 보이는 인원.

얼굴에 뒤덮어쓴 복면.

여연경에게 그들은 충분히 수상했다. 밤잠을 포기하고 추적에 나설 만한 충분한 가치가 있었다.

한데, 가슴을 두근거리며 현의복면인들을 쫓던 여연경의 아미가 미미하게 찌푸려졌다.

느닷없이 멀리서 울려 퍼진 검명음.

덕분에 조심스레 움직이고 있던 현의무사들 사이에서 자잘한 소란이 일더니, 움직임이 급격히 빨라졌다. 여태까지처럼 느긋하게 숨까지 참고서 뒤를 밟는 사치 따윈 부리지 못하게 된 것이었다.

'쳇! 남은 거의 초긴장한 상태에서 야간에 움직이고 있는 일단의 매우 수상한 자들의 뒤를 따르고 있는데… 사람들 다 잠자고 있을 이 오밤중에 검명음을 쏟아내는 만행을 저지르다니! 이 정도 검명음을 낼 만한 사람이라면 분명 화 소협일 텐데, 사람이 그렇게 안 봤는데 꽤나 경솔하네.'

여연경은 내심 투덜거리면서도 신법의 속도를 높이는 것을 잊지 않았다. 그녀가 뒤를 밟던 현의복면인들이 향하는 장소가 바로 검명음이 터져 나온 방면이었기 때문이다.

휘익.

신법의 속도를 올린 만큼 귓전을 스쳐 가는 바람 소리 또한 두 배로 늘어났다. 대지를 홀로 달리는 야생마 위에 올라탄 것 같다.

그만큼 빨랐다.

하지만 그 빠른 신법이 여연경에게 뒤를 쫓기고 있던 현의복면인들을 긴장시켰다. 그들의 우두머리가 여연경이 신법의 속도를 높인 순간 추적자가 따라붙었다는 걸 눈치 챈 것이다.

‘설마…….’

현의복면인들의 우두머리는 시선을 뒤로 돌려 달빛 아래 핀 한 떨기 배꽃과 같이 어여쁜 여연경의 얼굴을 살핀 후 눈빛을 흩뜨렸다.

여연경의 절세적인 미모에 혹했음인가?

그렇진 않았다.

그는 여연경이 어렸을 때부터 쭈욱 그 절세적인 미모를 대해왔고 앞으로도 그럴 작정을 하고 있는 사람이었다. 이제 와서 미모에 혹하거나 하진 않는 게 당연하다.

그래도 이대로 무시할 수도 없는 입장.

스윽.

천천히 손을 들어 앞으로 질주하고 있던 무리를 멈추게 만든 우두머리가 쉿소리가 깃든 목소리로 중얼거렸다.

“이공자님은 강하신 분이다. 이곳이 비록 무림맹 부근이라곤 하나 이공자님에게 위해를 끼칠 만한 자가 있으리란 생각은 들지 않는다.”

“그럼 어떻게?”

질문하는 수하에게 시선을 잠시 던진 우두머리가 눈을 빛내며 말했다.

“우린 이곳에서 이공자님께 드릴 선물을 마련하도록 한다.”

“선… 물……?”

“이공자님께서 패천도문을 장악하는 데 밑거름이 될 수도 있는 선물 말이다.”

“…….”

수하들의 침묵 속에 말을 마친 우두머리가 갑자기 신형을 돌려 세우곤 멀찍이 떨어진 곳에 걸음을 멈춘 여연경을 향해 크게 소리 질렀다.

“아가씨, 여기까집니다!”

‘이 목소린…….’

여연경은 자신이 여태까지 열심히 쫓고 있던 무척이나 수상한 현의 복면인들 중 한 명의 목소리가 매우 귀에 익다는 걸 깨닫고 눈살을 찌 푸렸다.

그녀의 예상이 맞다면 이 목소리의 주인공은 결코 이런 곳에서 얼굴 을 복면으로 뒤집어쓰고 움직이는 일 따윈 벌여서는 안 되었다.

그게 옳았다.

그런데 그렇지 못하다는 건?

게다가 자신을 향해 이리 자신만만하고 오만무례한 말을 내뱉는다 는 건?

여연경은 여전히 눈살을 찌푸린 채 목소리를 높였다.

“설마 둘째 오라버니와 함께 반역이라도 꾸미려는 건가요, 전룡대 주?”

“…….”

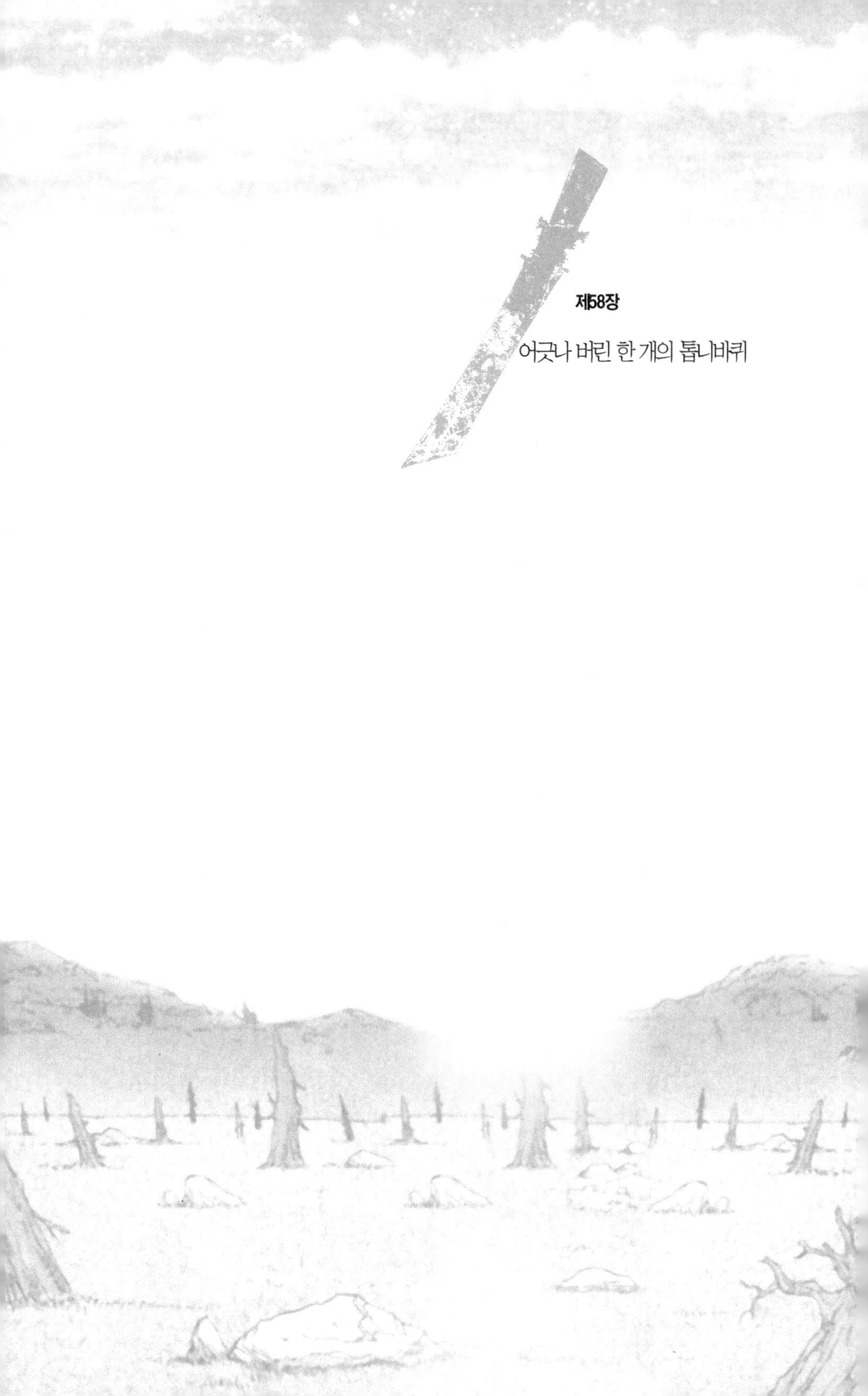

제58장

어긋나 버린 한 개의 톱니바퀴

전룡대.

여연경의 호위 무사인 파도 현극빈이 과거 맡은 바 있었던 패천도문 최강의 무투 집단이다.

현 전룡대주는 과거 현극빈을 따르던 부대주인 섬전육도(閃電六刀) 상철룡인데, 무위는 오히려 전임자를 능가한다고 문 내에 소문이 파다한 실력자였다.

현극빈이 전룡대주에서 물러나 여연경의 호위 무사 따윌 할 수 있었던 건 상철룡이란 걸출한 인재가 있었기에 가능하단 말이 있을 정도였다.

그러니 여연경이 상철룡이나 전룡대에 대해 가지고 있는 감정이란 건 보통일 수 없었다. 다른 패천도문 내의 무투 집단과 달리 가장 감정적으로 친근한 곳이 바로 전룡대라 할 수 있었다.

하지만 그건 어디까지나 여연경 혼자만의 생각이었다.

그녀는 고작해야 세 번째 후계권자였고, 첫 번째인 여신성은 폐관에 든 지 십 년이 넘어가고 있었다.

하도 폐관수련장에서 나오지 않아서 이젠 수련 중에 죽었겠거니 하는 체념론이 문 내 여기저기에서 흘러나오는 일이 다반사였다.

두 번째 후계권자이자 야심만만한 여문진에게 문 내의 모든 인심이 쏠리는 것도 무리는 아니었다.

상철룡은 현살대 대주 풍혼쾌절도 장흔과 더불어 대표적인 여문진 지지파의 선봉이었다. 여문진이 아직 확실하게 기반을 잡지 않았을 때부터 충성을 맹세한 순혈의 맹종자이며 동맹자들이라 할 수 있는 것이었다.

그러니 여연경이 느닷없는 상철룡의 등장에 긴장을 느낀 건 절대 과민한 반응을 보인 것이 아니었다. 오히려 현극빈을 능가하는 상철룡의 무위와 그의 주변에 도열한 전룡대를 감안하면, 지금 당장 신형을 돌려 달아나지 않은 것만도 호기등등한 일이라 할 수 있었다.

이는 상철룡에게도 의외의 일이었다.

꿈틀.

복면으로 가려진 눈살을 한차례 찌푸려 보인 상철룡이 잠시간의 침묵을 끝마쳤다.

"어째서 이런 곳에 아가씨가 계시나 했더니, 본래 이공자님을 감시하고 있었던 것입니까?"

"흐응, 과연 둘째 오라버니뿐일까요?"

"그 뜻은……."

상철룡이 말을 잇던 중 입을 닫았다. 뭔가 자신이 여연경에게 끌려

간다는 생각이 들었기 때문이다.

이는 상철룡이 결코 바라지 않는 바였고, 전룡대의 방법 역시 아니었다.

압도적인 위세로 단숨에 적을 제압한다!

전룡대가 적을 상대할 때 항시 취하는 방법이었고, 그건 현 대주인 상철룡이 정한 원칙이었다. 이제 와서 그 같은 원칙을 바꿀 까닭은 없었다.

슥!

상철룡은 무어라 말을 내뱉는 대신 여연경 쪽으로 다가섰다.

단숨에 삼 장의 거리를 좁히는 신법.

'여전히 상 대주의 일보삼장(一步三丈)은 대단하네. 숨 막힐 듯한 예기 역시 그대로고.'

여연경은 상철룡의 비전 신법인 일보삼장에 눈살을 찌푸리며 입술을 가볍게 앞으로 내밀어 보였다.

"대뜸 상대의 목을 칼로 날려 버릴 때나 사용하는 일보삼장을 펼쳐 보이다니… 설마 상 대주는 내 목이라도 원하는 건가요?"

"어찌 감히!"

가볍게 손사래를 친 상철룡이 눈빛을 차갑게 물들였다.

"단지 이 상 모가 바라는 건 아가씨를 우리 전룡대가 모시는 것입니다."

"납치하겠다?"

"납치라기보다는 그냥 잠시 신변을 억류하는 것이란 좋은 말이 있습니다."

"납치 맞잖아요!"

여연경이 입술을 더욱 앞으로 내밀고는 허리에 매달린 패도의 도파에 약지 하나를 살짝 올려놓았다.

대파천도법의 기수식!

이를 모를 상철룡이 아니다.

슥!

일보삼장의 소유자답지 않게 고양이 같은 걸음으로 뒤로 물러선 상철룡이 침중한 목소리로 말했다.

"아가씨, 설마 하니 본 문의 삼대절학을 같은 문도에게 펼치시려는 건 아닐 테지요?"

"그러는 상 대주야말로 동문의 정이나 파도와의 관계 따윈 싹 무시한 채 날 억압해서 납치하려 했잖아요?"

"억압이라니, 그건 이 상 모를 너무 무시하시는 겁니다. 억압이란……."

잠시 말끝을 흐린 상철룡이 갑자기 자신의 애도를 빼 들었다. 말하는 도중에 바로 발도에 들어간 것이었다.

쩌릉!

굉음에 가까운 소리와 함께 일어난 찬연한 광채!

그것은 상철룡의 성명절학인 풍화뇌전도법(風火雷電刀法) 중 최절초인 뇌화분광(雷火分光)이었다. 필생의 대적이었던 전 전룡대주 현극빈에게만 펼친 바 있었던 회심의 절초.

그것을 말하는 도중에 기습적으로 펼쳐 냈다.

평소 가지고 있던 드높은 무인의 자존심조차 저버리고서.

이는 여연경이 대파천도법을 펼치면 상처를 입히지 않고 제압할 수 없다는 판단에 의한 기습이었다.

"아!"

여연경은 눈앞이 캄캄해진 순간 반사적으로 상반신을 옆으로 뒤틀어 보였다. 생사간극의 때에 여인만이 이해할 수 있는 두려움을 느꼈음이다.

그러나 애초에 상철룡이 노린 건 여연경의 무력화였다. 그녀의 생명을 앗을 생각은커녕 어떠한 성적인 접촉 또한 전혀 마음에 두지 않고 있었다.

치링!

여연경의 허리에 매달려 있던 철제 사슬로 된 요대가 맑은 소리와 함께 잘려 나갔다. 그리고 힘을 잃고 땅에 떨어지는 패도의 울부짖음.

투웅!

그제야 여연경은 상철룡의 진짜 속셈을 깨닫고는 아랫입술을 깨물었다.

'멍청한 년! 눈앞에서 펼친 암습에 이리 속수무책으로 당하다니!'

여연경은 자신을 자책하며 쌍수를 가슴 쪽으로 모아 강하게 앞으로 내쳤다.

십자혈룡수!

대파천도법보다 훨씬 실전에서 많이 사용해 본 그녀의 비전 수공이 어느새 지척까지 다가서 있던 상철룡의 가슴을 쪼개갔다. 설사 가슴팍에 강철 덮개가 있다 해도 쪼개질 만큼 강렬한 위력의 일격!

그러나 상철룡은 여연경에 대해 꽤나 자세히 알고 있었다. 그녀의 십자혈룡수 역시 그는 똑똑하게 기억하고 있었다.

스으.

단지 상반신을 옆으로 이동시키는 것만으로 십자혈룡수의 일격을 피해낸 상철룡이 수중의 도를 거꾸로 한 채 여연경의 견정혈을 찍어갔다.

팍! 파파팍!

당연한 일이겠지만, 상철룡은 여연경의 견정혈만을 노리진 않았다. 그의 도파는 견정혈 다음엔 마혈을 점혈했고, 마지막으로 아혈 역시 봉맥해 버렸다.

완벽한 제압.

전룡대 대주다운 실력을 상철룡은 유감없이 발휘해서 여연경을 완벽하게 무력화시켰다. 그리고 미소.

"아가씨, 잠시만 쉬고 계시면 이 상 모가 이공자님께 모셔다 드리겠소이다."

"……."

여연경은 분노 어린 시선으로 자신의 눈앞에서 재수없는 눈웃음을 치고 있는 복면인의 시커먼 면상을 뚫어져라 노려봤다. 그게 그녀가 할 수 있는 유일한 저항이었다.

그 점이 상철룡을 더욱 만족스럽게 만들었다.

"아가씨, 예쁜 얼굴에 그런 표정은 어울리지 않소이다. 흐흐, 하긴 안면이 굳어서 표정을 바꾸는 것도 무리긴 하겠습니다만……."

"……."

"그럼 잠시 실례하겠소이다."

상철룡은 살짝 여연경에게 고개를 숙여 보이곤, 그녀의 가냘픈 허리에 손을 둘렀다. 마혈이 짚인 그녀를 어깨에 떠메고서 여문진에게 데려갈 작정이었다.

한데 바로 그때였다.

푸슝! 푸슝!

흡사 모기나 벌이 귓전에서 날갯짓을 하는 듯한 소음. 그와 함께 여연경의 가는 허리에 손을 두르고 있던 상철룡의 장대한 신형이 휘청거렸다.

느닷없는 암습.

바로 그것이었다.

그러나 상철룡은 과연 오랫동안 실전으로 다져진 사람답게 느닷없이 벌어진 이해할 수 없는 상황 속에서도 크게 당황하지 않았다. 적절한 판단을 내렸다.

휘릭!

그의 갈고리 모양을 한 좌수가 바로 코앞에 늘어져 있는 여연경을 잡아채 갔다. 그녀로 하여금 자신의 방벽이 되게 할 요량이었다. 생명이 위험해지면 일단 무엇이든 다 사용하는 버릇을 발동시킨 것이었다.

물론 거기에는 또 다른 판단도 숨겨져 있었다.

이번 사태를 야기시킨 까닭.

그것을 상철룡은 여연경의 신분에 크게 비중을 둬서 생각했다. 그리고 그것은 어느 정도 사실이었다

푸슝! 푸슝!

흡사 그가 어찌 움직일 줄 알았다는 듯 또다시 예의 기묘한 소음이 귓전으로 파고들었다. 그 소음의 정체를 이미 몸으로 맛본 결과 반신이 마비되는 지경에 이른 상철룡으로선 신경이 가지 않을 수 없는 일.

'교활한 놈! 내가 이대로 아가씨를 품에 넣게 되면, 이번 독침의 공격으로 완전히 온몸이 마비되고 말 것이다!'

생각은 길고 행동은 빨랐다.

사실 생각을 하고 자시고도 없는 문제였다.

상철룡은 결국 여연경의 얼굴을 절반쯤 덮었던 좌수를 거둬들이고서 신형을 뒤로 크게 굴신시켰다.

비룡번신(飛龍翻身).

그의 장대한 신형이 반원을 그리며 뒤로 날아올랐다. 그리고 그때를 노려 한 명의 현의복면인이 휘청이며 쓰러져 내리는 여연경에게 파고들었다.

스슥.

'누구?'

여연경은 자신의 몸을 안아 든 현의복면인을 억지로 노려봤다. 몸에 힘이 하나도 느껴지지 않는 와중에도 뭔가 정신을 집중해야 할 만한 무언가가 필요했기 때문이다.

그러자 또 다른 익숙한 목소리가 귓전을 때려왔다.

"아가씨, 노부 백염귀수 손창범이 왔으니 안심하시오!"

'청… 빈 장주?'

여연경은 자신이 파도 현극빈을 떼어놓고 나온 청빈장의 장주이자 패천도문의 호남 분타주인 손창범을 어렵지 않게 떠올릴 수 있었다. 그리고 그가 둘째 오라비인 여문진과 꽤나 친근한 사이임도 같이 떠올렸다.

그런 그가 어째서?

의문은 끊이지 않았다.

그러나 일단 여연경을 상철룡으로부터 빼앗는 데 성공한 손창범은 그녀의 의문을 풀어줄 만한 여력이 없었다. 곧바로 내력을 움직여 체내에 침투한 독침의 독기를 제어한 상철룡의 반격이 이뤄졌기 때문이다.

쉬악!

맹렬한 도명이 귓전을 울린다.

그런 기척을 느낀 순간, 손창범은 신형을 급박하게 회전시키며 필생의 절학인 청마수공을 펼쳐 냈다.

쩌릉!

청마수공은 능히 한 자가량의 강철을 두부처럼 으깨놓을 수 있다. 그 정도의 위력이라면 강철을 백 번이나 담금질해 만든 상철룡의 도 역시 막아낼 수 있는 게 당연하다.

그러나 상철룡은 평범하게 힘만을 앞세우는 멍청한 사람이 아니었다. 철저하게 실전으로 다져진 패천도문 전룡대의 현 대주였다.

독기의 침투를 막느라 본신 내공을 절반밖엔 사용할 수 없게 된 상황을 충분히 인지한 그의 도는 손창범의 청마수공을 곧바로 맞받지 않았다.

빙글.

백광을 일으키며 일직선으로 파고들던 도첨이 일순 미묘한 회전을 일으켰다. 손창범의 청마수공과의 단순무식한 맞대결을 피한 것이었다.

그 결과는 곧바로 드러났다.

푸확!

손창범이 자랑하던 청마수의 팔뚝 부근에서 피가 튀어 올랐다. 도첨이 만들어낸 변화와 한 점 틀림이 없었다.

"크으!"

손창범의 입에서 침음에 가까운 신음이 흘러나왔다.

상철룡이 비록 내력을 절반밖엔 사용할 수 없었다곤 하나 그의 도에 실린 기운은 범상치 않았다.

한 치 두께의 철판을 종잇장처럼 잘라 버릴 만했다.

겉가죽만 베어냈을 리 없다.

투욱!

청마수공이 잔뜩 운집되어 있던 손창범의 좌수가 힘없이 바닥으로 떨어져 내렸다.

단 일 도 만에 좌수를 잃어버린 것이다.

그러나 손창범의 얼굴은 복면 안쪽에서 웃고 있었다. 좌수를 잃는 것과 동시에 여연경의 마혈을 푸는 데 성공했다. 소기의 목적은 달성했다는 판단이었다.

'내 한목숨으로 아가씨만 이곳에서 도망칠 수 있다면 추 소협과 문주님의 은혜는 갚는 셈이 된다.'

손창범은 내심 중얼거리며 하나 남은 손에 청마수공을 극한까지 운집시키곤 상철룡에게 쏟아내었다. 잘려 나간 좌수의 지혈 따윈 전혀 아랑곳없는 동귀어진의 수법.

'이놈의 늙은이가 날 어떻게든 붙들고 늘어져서 아가씨를 도망치게 할 작정이구나!'

대번에 손창범의 의도를 눈치 챈 상철룡의 눈에서 시퍼런 기운이 흘러나왔다. 이런 식으로 여연경을 놓친다면 후환이 무궁할 것임을 알고 있었기 때문이다.

슥!

상철룡은 손창범이 전력으로 쏟아낸 청마수공을 피해 뒤로 신형을 물렸다. 다시 한차례 도를 휘둘러 그의 목을 자르는 걸 포기하고서.

그리고 하늘로 치켜 올려진 손이 만들어낸 몇 종류의 신호.

여태까지 차분하게 도열한 채 미동조차 하지 않고 있던 전룡대 조장들이 일제히 움직임을 보였다. 전룡대에서만 통하는 수신호로 상철룡이 천라지망의 명을 내린 까닭이었다.

스스스스슥!

전룡대의 일반 대원들이 아닌 조장급들답게 현의복면인들의 움직임은 체계 있고 빨랐다. 단숨에 그들은 여연경을 중심으로 포진을 펼쳤다. 그녀의 도주로를 완벽하게 봉쇄한 것이다.

문제는 여연경이 애초에 도주할 의사가 전혀 없었다는 것이었다.

슥!

상철룡이 동귀어진을 각오한 손창범의 일격을 피해 뒤로 물러선 것과 거의 동시였다.

손창범에 의해 마혈이 풀리자마자 스스로 나머지 혈도를 풀어버린 여연경이 발끝으로 팅겨 올린 도를 손에 쥐고서 흡사 한 폭의 선녀도처럼 날아올랐다.

물론 진짜 하늘로 등천한 건 아니었다. 단지 그렇게 보였다는 뜻이다.

그녀는 손창범의 어깨를 발끝으로 밟고서 공중에서 두 바퀴 반 정도 회전했다. 그리고 일으킨 반월형의 도기!

번쩍!

상철룡은 일시 눈앞이 캄캄해지는 걸 느꼈다.

사실 그의 눈이 시력을 잃은 건 아니었다. 오히려 지나칠 정도로 또렷하게 여연경이 만들어낸 반월형의 도기를 볼 수 있었다.

그렇다면 어째서 눈앞이 캄캄해진 것인가?

상철룡은 반월형 도기의 정체를 알았기에 정신적인 충격을 받았다. 패천도문의 삼대절학 중 하나인 대파천도법을 내력을 절반밖에 사용하지 못하는 상황에서 받을 순 없었던 것이다.

'아가씨가 이렇게 나올 줄이야!'

상철룡은 감히 반월형의 도기에 대항할 엄두를 내지 못하고 재빨리 바닥을 굴렀다. 나려타곤에 가까운 동작으로 목숨만을 구하기를 바란 행동이었다.

물론 대파천도법의 도기가 그리 호락호락할 리 없다.

반투명한 형태의 반월형 도기는 바닥을 향해 허리를 굽힌 상철룡의 척추를 스치고서 바닥에 기다란 흔적을 만들었다. 연이어 터져 나온 상철룡의 숨죽인 신음성.

척추가 두 동강나는 것만 간신히 피한 그의 신형이 바닥을 힘겹게 굴렀다.

적어도 중상을 당한 게 분명한 모습.

여연경이 모두의 예상을 깨고 도주를 선택하지 않은 탓에 이룩한 쾌거였다. 그러나 상철룡은 정신까지 잃어버린 건 아니었다.

그의 손이 다시 수신호를 만들어내자 이미 천라지망을 구축하고 있던 조장들이 일제히 신도합일을 한 채 여연경과 손창범을 노리고서 하늘로 날아올랐다.

슈슈슈슈슉!

삽시간에 야천을 물들인 시퍼런 도광의 물결.

손창범이 울부짖듯 소리치며 하나 남은 청마수를 휘두르고, 여연경은 자신도 모르게 눈을 감았다.

실전을 제대로 경험해 보지 못한 자의 실수.

그녀는 상철룡을 제압하면 모든 게 끝날 줄 알았던 자신의 어리석음을 자책할 수밖에 없었다.

한데 그때 터져 나온 벽력과 같은 노성!

"이 녀석들아! 언제부터 전룡대가 이런 거지발싸개가 된 것이더냐!"

'아, 이 목소린!'

여연경은 자신도 모르게 감았던 눈을 재빨리 떴다. 그리고 밤하늘을 물들이고 있는 별빛과 같은 시선을 노성이 터져 나온 쪽으로 던졌다.

그러자 드러난 광경을 보라!

전신을 휘감은 흑적색 전포에 머리를 뇌운과 노니는 노룡이 수놓인 영웅건으로 동여맨 당당한 한 사내와 오십여 명의 도객들.

그것은 패천도문의 선봉 무투 부대인 전룡대 본대와 전 대주이자 여연경의 호위 무사인 파도 현극빈의 등장을 의미했다. 극적인 반전이라 하지 않을 수 없는 변화이다.

반전은 그것만으로 끝이 아니었다.

전룡대의 진정한 힘이라 할 수 있는 본대의 도객들은 현극빈의 명을 받들어 삽시간에 신도합일에 들어갔던 조장들을 포위했다.

이미 전룡대가 현극빈에게 장악되었다는 의미.

천라지망을 펼치고 있다가 되레 전룡대 본대에 포위된 조장들 사이에서 당황한 목소리들이 흘러나왔다. 대주 상철룡을 따라 비밀 작전을 수행하던 중 이 같은 꼴이 되리라곤 전혀 생각지 못한 일이었다.

그러나 복면을 쉬이 벗어던질 수도 없었다. 작전에 들어가기 전 상철룡과 나눴던 비밀 엄수에 관한 약속이 있었기 때문이다.

어쨌든 덕분에 천라지망이 무의미해진 것도 사실.

"파도!"

여연경이 느슨해진 천라지망을 뚫고 현극빈에게 신형을 날렸다. 이 순간 그의 얼굴이 족히 십 년은 떨어져 있다 돌아온 낭군처럼 반가웠다.

*　　　　*　　　　*

맹진과 낙양의 중심쯤에 위치한 언사(偃師), 그중에서도 이름 모를 산중에 위치한 고색창연한 장원.

주변에 엄청나게 깔아놨던 수하들 중 맹진 쪽 방면을 맡은 자에게서 날아온 전서구를 받아 든 혈유의 안색은 가히 좋지 못하다.

"쯧! 이리 공교로운 일이 있는가! 하필이면 전룡대 본대가 낙양 부근에 모습을 드러낼 줄이야!"

여전히 중년 수사 모습을 한 혈유는 나직이 혀를 차곤 내심 고개를 가볍게 흔들어 보였다. 왠지 맛있는 먹을 것을 놓친 듯한 어린애와 같이 상처받은 표정이 얼굴에 완연하다.

그도 그럴 것이 그는 몇 년 전부터 꽤나 꾸준하게 패천도문의 이공자인 여문진을 남몰래 지원하고 있었다.

대공자 여유성의 폐관수련이 길어지는 틈을 타서 여문진이 패천도문을 장악하게끔 물심양면으로 도움을 주었다.

이는 강남의 패자인 패천도문에 미리 분쟁의 씨앗을 뿌려놓으려는 것이 첫 번째 의도였고, 두 번째는 후일 한차례 크게 써먹기 위함이었다.

그리고 그 기회가 바로 이번이었다.

그는 자신이 가진 신성천교와 우약연에 관한 정보를 적당히 윤색해서 여문진으로 하여금 패천도문 내에서 난을 일으키게끔 부추겼다.

패도존 여신유가 청룡등천도로 인해 폭주한 우약연을 쫓던 중 신성천교의 고수들에게 합공을 당해 생사불명의 지경에 빠졌다는 류의 거짓 정보를 준 것이다.

이는 스스로는 절대 싹을 틔워 발아할 수 없었던 여문진의 야망에 불을 붙였고, 그 대가로 무림맹으로 향하는 모든 정보의 차단을 맡게 만들었다.

그야말로 일사천리에 만사형통.

혈유의 계획은 단숨에 강남의 패자 패천도문을 혼돈 속으로 몰아넣었다. 분명 그리되는 게 지극히 옳아 보였다. 한데, 이리 초장부터 문제가 발생할 줄이야…….

느닷없는 전룡대 본대의 직접적인 투입은 혈유의 예상을 상당하리만치 뛰어넘는 것이었다. 스스로 무림혼돈지계(武林混沌之計)라 명명한 원대한 혈천마교의 무림 정복 계획의 첫 보에 심대한 타격을 입게 된 건 자명한 사실.

만약 이 같은 일을 가능케 할 만한 자가 있다면, 그건 바로 패천도문의 절대자인 패도존 여신유밖엔 없었다. 그렇게 생각할 수밖에 없었다.

'신성천교 신녀의 뒤를 쫓는 데 주력하고 있던 패도존이다. 그런데 느닷없이 패천도문 내부에 신경을 쓰고, 직접 환부에 칼을 대 도려내기로 마음먹었다? 분명 패도존이란 걸물은 그 정도의 일을 아무렇지도 않게 행할 수 있는 그릇이다.'

내심 고개를 끄덕이면서도 혈유는 현 상황이 조금 생뚱맞다고 생각했다.

그가 계획한 무림 정복 계획 중 가장 중요한 부분을 차지하는 건 어디까지나 현 무림 최강자들인 삼존이었다.

당연히 그들 개개인의 성향이나 특기점에 대해선 하나도 빠짐없이 파악하려 노력해 왔다. 심혈을 기울여 왔다.

그 결과 패도존 여신유에 대해서 손바닥 보듯 훤하게 꿰뚫게 되었고, 그가 한마디로 말해 자신감의 덩어리란 사실 역시 알게 되었다. 그만큼 철저하게 조사해 왔다는 뜻이다.

그라면… 패천도문 내의 반란 따윈 설혹 미리 안다 해도 이리 빨리 대처에 나서진 않을 터였다. 손자가 중심이 된 반란 따윈 지금 집중하고 있는 일을 여유있게 끝낸 후 언제라도 수습할 수 있다고 생각할 게 뻔했기 때문이다.

그렇다면 이번의 지나칠 정도로 빠른 상황 대처에는 다른 무언가, 혹은 누군가가 영향을 끼쳤다고 보는 게 옳았다. 그렇지 않고선 이런 일은 결코 일어날 수 없었다. 그게 혈유가 잠시의 고뇌 끝에 내린 결론이었다.

"흠, 무언가보다는 누군가에 왠지 초점이 맞춰지는 기분이군. 그리고 누군가란 역시 그일 것 같고 말야……."

혈유의 뇌까림에는 무언가 중요한 게 빠져 있었다.

천재적인 모사의 두뇌가 십 수년에 걸쳐 만들어낸 장대한 계획의 촘촘한 톱니바퀴 중 하나를 망가뜨린 자, 바로 '그'란 존재였다.

꿈틀!

혈유는 최초 자신의 시야 속에 뛰어든 이래 계속해서 묘한 좌절을 경험케 한 그에 대해 염두를 굴리던 도중 미간 사이에 실핏줄을 도드라지게 만들었다.

편두통.

근래 들어 종종 머리를 쓰는 데 심대한 방해를 주고 있는 마물의 이름이었다.

날카로운 바늘로 콕콕 찌르는 듯한 느낌.

이 더럽고 짜증나는 통증은 절세묵검의 소유자로 추정되는 추소산의 등장 이후 시작되어 지금은 완전히 만성질병으로 자리 잡았다.

연속적으로 자신이 만든 톱니바퀴를 멈추고 되돌리게 만드는 밉살맞은 존재를 처리하는 것에 실패를 거듭하는 동안 겪게 된 일종의 부산물인 것이었다.

꾸욱!

혈유는 결국 참지 못하고 엄지손가락을 미간 사이에 가져다 댔다.

그 정도로 심각한 편두통의 고통.

혈유의 한 번도 쉬어본 적이 없는 머릿속이 일시 텅 비어버렸다. 아예 생각 자체를 할 수 없을 정도였다.

그러나 혈유에겐 지금 시간이 그리 많지 않았다. 어그러진 한 개의 톱니바퀴를 어떻게 해서든 복구해야만 했다.

"으유, 역시 이번 일은 그 녀석한테 맡기는 편이 낫겠지? 성공하든 실패하든 나로선 손해 볼 게 없을 테니까."

나직이 신음과 함께 비어졌던 머리를 다시 가동시킨 혈유의 눈 깊은 곳에서 작은 이채가 스쳐 지나갔다. 그가 뭔가 음모를 꾸밀 때 보이곤 하는 모습이었다.

푸드득!

언사의 산중으로부터 한 마리의 전서구가 야천을 향해 날아올랐다.

목표는 낙양의 심처.

혹시나 하는 노파심으로 혈유가 이번 작전의 제이 모사 격으로 데려온 일보백계 추자량이 소요하고 있는 곳이었다.

*   *   *

여문진은 싸우면 싸울수록 놀랐다.

처음으로 접해본 화무겸의 화산검법과 자하신공.

그것은 평소 비슷한 또래에선 절대 자신의 적수가 없다고 자부하고 있던 여문진의 자부심을 철저하게 무너뜨렸다. 어떤 수법을 써서도 도저히 이길 수 없었기 때문이다.

'내 광한현공이 깃든 만리도의 맹격을 이리 자유자재로 막아내다니! 분명 내공은 나보다 약한 놈인데…….'

광한현공을 비롯한 패천도문의 수많은 절학들.

젊은 나이에 임독이맥을 타통하여 화경에 이른 내공.

덕분에 여문진은 여태까지 또래들을 훨씬 웃도는 무력을 자랑해 왔다. 무적의 지위를 결코 놓쳐 본 적이 없었다. 그게 당연하다고 생각해 왔다.

한데 눈앞의 화무겸을 그는 전력을 다 펼쳤음에도 이길 수가 없었다.

압도적으로 강한 내력으로 열심히 몰아붙였지만, 자하신공의 바탕 하에 화무겸은 매화검법을 비롯한 몇 가지 화산검법을 연환시켜 적절한 방어를 취했다. 결코 무너지지 않을 듯한 강대한 방벽을 구축해 낸 것이다.

게다가 화무겸은 계속 방어에만 전력을 기울이지 않았다.

광한현공을 바탕으로 한 만리도의 기괴무쌍한 도초에 대한 적응을 끝내자마자 그는 서서히 반격에 나섰다. 진짜 자신의 진재실학을 펼쳐 내기 시작했다는 뜻이다.

그 결과 여문진의 몸을 감싸고 있던 자색 장포에는 여기저기 매화 문양의 생채기들이 생겨나기 시작했다. 점차 승부의 추가 화무겸 쪽으로 기울기 시작한 것이다.

이는 여문진을 미칠 지경으로 밀어 넣었다.

평생 우러르면서도 내심 언젠가 넘겠다고 생각해 왔던 조부 여신유.

그의 생사가 불투명하단 정보만을 믿고 패천도문 전체를 장악했다. 물론 대공자 여신성을 따르는 자들과의 다소 과격한 일전이 있었지만, 그건 쉽사리 제압할 수 있었다.

어차피 여신성의 오랜 폐관수련으로 인해 문 내의 인심이 여문진에게 기울었을뿐더러, 혈유에게서 받은 조력도 있었다. 조금 머리를 쓰고 힘을 기울이자 자연스레 문의 중론은 여문진 쪽으로 기울어졌다.

문주 여신유의 행방불명과 신성천교의 움직임.

그것만으로도 여문진은 문 내의 세력을 등에 업을 수 있었고, 임의대로 최강의 무투 조직인 전룡대를 사용할 수 있었다. 차후의 후계권을 명확하게 확보하게 된 것이었다.

당연한 귀결.

그렇게 생각했었다.

한데, 애초에 혈유와 나눴던 밀약대로 온 이번 낙양행에서 이런 좌절을 경험하게 될 줄이야!

여문진은 점차 괴물처럼 변해가고 있는 화무겸의 검을 억지로 막아내며 가쁜 숨을 몰아쉬었다.

화경에 이른 내력을 가진 자의 숨결이 가빠진다니 전대미문의 일이라 할 수 있었으나, 지금의 여문진으로선 그 같은 사실을 느낄 새조차 없었다.

종횡무진 파고드는 화무겸의 검.

그것이 또다시 기상천외한 변초를 일으키며 파고들어 오고 있었다.

푸슉!

기어이 광한현공으로 철통같이 방어되고 있던 여문진의 몸에 생채기가 생겨났다.

사실 생채기라 치부하기엔 꽤나 커다란 상처였다. 어느새 여문진의 왼쪽 반신이 핏물로 뒤범벅되고 있었다. 요혈에 상처를 입은 것이다.

"……."

여문진은 수중의 만리도를 만월처럼 둥그렇게 말아서 화무겸의 전신을 쓸어갔다.

원월만도(元月滿刀).

여문진이 알고 있는 도초 중 최강의 초식이었다.

그러나 이미 화무겸은 원월만도를 처음으로 경험한 게 아니었다. 여태까지 여문진이 두 차례나 방금 전과 같은 도초를 이용해서 자신의 검격에서 벗어났음을 알고 있었다.

'똑같은 수법이 몇 번이나 통하리라 생각한 것인가?'

화무겸의 얼굴에 일순 옅은 자색의 기운이 스쳐 지나갔다.

자하신공의 운기.

동시에 둥그렇게 말려진 채 찬연한 백색 광채로 휩싸인 도파(刀破)

를 향해 화무겸이 검과 하나가 되어 뛰어들었다.

홍엽만리(紅葉萬里).

낙영검법(落英劍法) 십육 초식 중 하나에 불과한 평범한 검초. 그러나 거기에 자하신공이 가미된다면 그 위력은 상상을 불허할 정도로 뛰어오른다.

지잉!

화무겸의 검이 용음과 같은 검명을 토해냈다. 그리고 순식간에 곁들여진 신행백변(神行百變)의 신법.

만리도의 도신을 따라 일어난 원월만도의 둥그스름한 도기를 단숨에 뚫은 화무겸의 검이 여문진의 하복부 쪽에 도달한 채 멈춰 섰다.

단숨에 결정난 승부!

순식간에 세 개나 되는 완전히 다른 무공을 연이어 연환시킨 화무겸의 기상천외한 수법에 여문진의 입이 가볍게 벌어졌다. 여태까지 몇 가지의 신공절학에 매달려 왔던 그로선 상상조차 해본 적이 없는 무공의 또 다른 면이었기 때문이다.

"어, 어찌 이런 일이……."

"……."

화무겸은 대답 대신 여문진의 단전을 제압하고 있던 수중의 검을 가볍게 이동시켰다.

치릉!

여문진의 손에서 만리도가 떨어져 내렸다. 꽤나 길었던 야밤의 혈투가 종막을 고한 것이다. 그 후 흘러나온 한마디.

"몇 년 전 단지 몇 가지 신공절학만으로 강해지는 게 아니란 걸 알려 준 친우가 있었소. 극히 평범한 검초를 연환시켜서 사람을 제압하는 모습은 그야말로 발군. 오늘 내가 여 공자 당신한테 일초식 득수할 수 있었던 건 그때의 친우를 만났었던 까닭이오.”

“화산검룡을 그처럼 감탄시킨 자는 누구지?”

“추소산.”

“일검경혼 백검비천?”

“그렇소.”

화무겸의 짤막한 대답을 들은 여문진의 입가로 가벼운 떨림이 번져 나왔다.

“크크크큭, 천하가 이렇게 넓을 줄이야! 이렇게 많은 인재들이 있을 줄이야… 이 못난 놈이 이제야 형님이 그토록 오랫동안 폐관을 한 채 두문불출하길 선택한 까닭을 알겠구나…….”

‘패천도문의 대공자 강남진룡 여신성을 말함인가?

화무겸은 자신보다 훨씬 먼저 용이 들어간 별호를 얻은 강남의 유일룡, 여신성을 떠올리며 눈에 이채를 발했다.

눈앞의 여문진조차 제압하는 데 대단히 힘들었다. 만약 오늘의 상대가 여신성이었다면 결코 승부를 장담치 못했으리란 생각이 들었다.

한데, 그때 두 젊은 영웅의 천번지복할 격전에 넋이 절반쯤 달아나 있던 남억당이 크게 놀란 목소리로 소리쳤다.

“화 소협, 조심하시오. 패천도문에는 일보경(一步境)이란 신법이 있는데…….”

“일보… 경……?”

화무겸이 남억당의 말에 경각심을 일으킨 순간, 여문진의 신형이 갑자기 새벽 햇빛에 스러지는 안개처럼 좌우로 흩어졌다. 흡사 환상과도 같은 광경.

스슥.

화무겸은 평생 처음 본 환상적인 신법에 눈을 빛냈다. 검을 무찌르며 일보경을 펼친 여문진을 쫓을 수도 있었으나 그냥 수수방관을 선택했다. 느닷없이 귓전을 울린 전음성에 기인한 행동이었다.

"오늘부로 강남의 패천도문은 강북의 정파무림맹과 몇몇 마도 세력 간의 분쟁에서 깨끗이 손을 뗄 것이다. 만약 오늘의 일에 유감이 있다면, 후일 패천도문으로 죄를 물으러 오도록."

좀 전 혈투의 패배자가 누구인지 자못 의구심을 품게 만드는 오만한 말투였다. 여문진은 자신과 패천도문의 패배를 결코 인정치 않은 것이었다.

그러나 화무겸은 잠시잠깐 만에 야천의 저편으로 사라져 간 여문진의 뒷모습을 살피며 내심 눈을 내리감았다. 괜스레 도망가는 여문진을 억지로 쫓아서 정파와 패천도문 간의 분쟁이 커지는 걸 원치 않았기 때문이다.

그는 대신 오늘 광한현공이나 일보경 같은 패천도문의 절학을 견식할 수 있었던 것만으로 충분히 운이 좋았다는 태평스런 결론을 내렸다.

여문진은 여태까지 그가 싸워본 자들 중 최강의 고수였고, 다시금 추소산에 대한 애잔한 향수를 일깨워 준 존재였다. 특별히 화를 내고픈 생각은 들지 않았다.

'일검경혼 백검비천이라? 내가 다시 그와 마음껏 비검할 수 있는 날이 오기는 올 것인가⋯⋯.'

내심 쓰디쓴 고소와 함께 고개를 가로저은 화무겸이 천천히 신형을 돌려 세웠다.

때마침 불어온 한줄기 바람.

어느새 도기에 절반가량 잘려 나간 영웅건 사이로 삐져 나온 머릿결
이 바람에 나부꼈고, 몇 개의 별빛이 화무겸의 머리 위로 떨어져 내리
고 있었다.

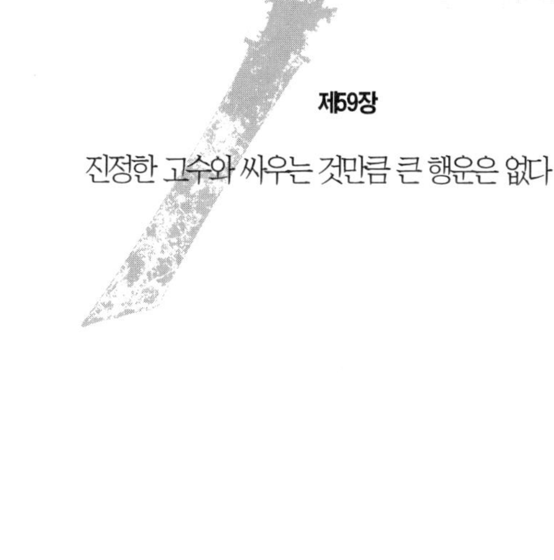

제59장

진정한 고수와 싸우는 것만큼 큰 행운은 없다

남억당은 일보경을 이용해 몸을 빼내곤 유유히 야천
을 향해 떠나가 버린 여문진을 바라보며 내심 혀를 찼다. 대어를 다 잡
았다가 놓쳤다는 아쉬움 때문이었다.

하지만 그는 정보계에 종사하고 있는 자답게 화무겸의 내심을 금세
꿰뚫어 봤다. 북방에 마교가 호시탐탐 중원을 노리고 있는 판국에 남
쪽의 패천도문과 분쟁을 벌일 순 없다는 걸 이해했다. 분한 마음만 계
속 갖고 있는 짓은 하지 않는다는 뜻이다.

물론 그렇다고 해서 현실적인 아쉬움이 완전히 가신 건 아니었지만,
어쨌든 그에겐 지금 당장 해야 할 일이 있었다. 빠른 걸음으로 남억당
이 화무겸에게 다가갔다.

얼마 전 여문진에게 당한 부상이 제법 클 텐데도 그 걸음은 꽤나 가
벼웠다. 경공일절이라 불리는 곤륜파의 속가고수다운 움직임이었다.

슥!

화무겸에게 재빨리 포권해 보인 남억당이 담담한 목소리로 말했다.

"화산검룡 화 소협의 명성이 지난 정파비무대회 이후 천하에 널리 떨어 울리는 건 익히 알았지만, 오늘 놀라운 무위를 보니 과연 명불허전이구려."

"과찬의 말씀입니다. 변변찮은 솜씨로 곤륜파 대협의 행사를 방해한 점 죄송하게 생각할 뿐입니다."

'무공만큼 보는 눈도 매섭군.'

내심 고개를 끄덕여 보인 남억당이 숨김없이 자신의 신분을 드러냈다.

"본인은 화 소협의 말대로 곤륜파의 속가제자이고, 현재 무림맹의 비영단에 속한 사람올시다."

"비영단이라면……."

"전 무림에 대한 감찰과 정보를 맡고 있는 단체올시다. 만약 오늘 화 소협을 만나지 못했다면 꼼짝없이 불귀의 객이 될 뻔했으니, 감사할 따름이오. 하지만 어찌 화 소협이 그리 시의적절하게 모습을 드러냈는지 궁금하구려?"

화무겸이 역시 숨김없이 대답했다.

"후배는 친구와 함께 낙양의 무림맹으로 향하던 중 오늘 밤 이곳에서 얼마 떨어지지 않은 객점에 들었는데, 밤중에 볼일을 보러 나왔다가 우연찮게 대협의 움직임을 발견하게 되었습니다. 본래 강호에서는 남의 행사에 나서지 않는 게 불문율이지만, 이곳이 낙양과 그리 멀지 않은 곳이기에 실례를 저질렀습니다."

"허허, 하긴 무림맹이 얼마 떨어지지 않은 곳에서 오밤중에 얼굴에 복면을 덮어쓴 자가 움직이는 모습을 봤으니, 정파의 협사로서 모른 체할 순 없었을 것이기도 하겠구려. 덕분에 오늘 내 한목숨도 건지게 되었고 말이오.”

“대협께서 그리 이해해 주시니 따로 변명은 하지 않겠습니다.”

“……”

남억당은 화무겸의 당당하면서도 대범한 모습에 잠시 눈을 빛냈다. 문득 눈앞의 화무겸의 모습 속에서 미래 화산파의 모습을 발견했기 때문이다.

‘다음 대에도 화산파는 정파제일문파의 지위를 공고히 할지도 모르겠구나. 물론 놀랍게도 패도존의 앞을 몇 번이나 가로막아 서던 청년과 같은 변수가 있을 테지만. 가만! 그리고 보니 그 청년의 성이 추라 했던 것 같은데, 혹시……’

내심 화무겸을 바라보며 얼마 전 임무를 수행하던 중 자신을 몇 번이나 탄복케 했던 청년 고수의 얼굴을 떠올린 남억당의 눈이 더욱 깊은 빛을 띠었다. 문득 뇌리를 스치는 생각 하나가 있어 반드시 화무겸에게 확인해 봐야겠다는 생각이 들었다.

“화 소협, 방금 전에 패천도문의 이공자와 했던 말 중에 근래 두각을 나타낸 일검경혼 백검비천 추소산이란 소협과 안면이 있다고 했지 않소이까?”

“삼 년여 전에 만나서 비검의 약속을 한 일이 있습니다. 아직 약속이 이행되진 않았지만.”

“흠, 삼 년 전이라… 그렇다면 그 추소산이란 소협의 용모파기에 대해서 설명 정도는 할 수 있겠구려?”

“그게 중요한 일입니까?”

"정파무림의 향후 안녕과 관계가 있을지도 모르겠구려."

"……."

화무겸의 이마 사이에 살짝 깊은 주름이 새겨졌다. 그가 추소산의 소식을 처음으로 들은 이후 계속되어 온 일이 다시 재현될 것 같다는 불안한 예감을 느낀 것이었다.

잠시 후.

파도 현극빈과 헤어진 여연경과 역시 남억당을 떠나보낸 화무겸은 객점 앞에서 다시 만나게 되었다.

야밤의 대혈전 이후.

모두 제각기의 사연 한 가지씩을 갖게 된 두 사람은 서로 근래 안부를 묻는 우를 범하지 않았다. 서로 간에 찜찜한 구석이 있었기 때문이다.

게다가 사실 그런 걸 범할 만한 여유도 없었다. 갑자기 객점에서 사라져 버린 두 사람 때문에 뜬눈으로 밤을 지새우고 있던 두 여인, 영경과 강성연이 한바탕 난리를 피우며 달려나온 까닭이다.

그리고 한바탕 커다란 소란이 끝나자 서서히 동이 터 오기 시작했다. 날이 밝기 시작한 것이다.

결국 화무겸 일행은 때 이른 조식을 취한 후 다시 낙양의 무림맹으로 향했다. 제각기의 사정과 이유는 모두 마음속 깊숙한 곳에 숨겨둔 채였다.

*　　　*　　　*

푸드득!

자신의 손에 내려앉은 전서구의 다리에 매달린 전통에서 익숙하게 암호문을 꺼내 든 추자량은 외눈을 한차례 찌푸려 보았다. 문득 암호문 전체가 한눈에 들어오지 않았기 때문이다.

'눈 하나를 잃는다는 건 꽤나 거슬리는 일이구만. 아직 의안에 완전히 적응되지 않은 까닭이기도 하지만 말야.'

추자량은 자연스레 얼마 전 박아 넣은 의안 쪽에 손을 대고 만지작거렸다. 정신을 완전히 잃은 가사 상태하에 잃어버린 눈알이라 크게 고통이 느껴지진 않으나 마음 한 켠이 공허해진다. 상실감이 그 원인이었다.

그러나 그는 곧 의안에서 손을 떼고 암호문에 집중하기 시작했다. 생각 이상으로 흥미로운 내용이 모사로서의 집중력을 크게 끌어올린 까닭이다.

"호오!"

암호문을 다 읽은 추자량의 입에서 가벼운 찬탄이 흘러나왔다.

이유는 간단명료.

모사로서의 자부심이 하늘을 찌를 정도인 혈유가 스스로 자신에게 도움을 요청한 것에 대한 반응이었다.

하지만 추자량은 곧 손가락을 이마에 가져다 대고 고개를 옆으로 기울여 보았다. 혈유가 이런 재밌는 일을 어째서 자신에게 일임했는지에 대한 궁리에 들어간 것이다.

톡! 톡!

상대가 혈유이기에 추자량의 고심은 조금 길었다. 적어도 평소의 세 배쯤은 될 듯싶다. 그 정도쯤은 시간을 끌어주는 것이 혈유에 대한 정당한 대접이었다. 그리고 내려진 결론 하나!

'내게 귀찮은 일을 맡겨놓고 자신은 뒷짐 지고서 결과만 빨아먹겠다는 의도로군. 내가 성공하면 사람을 정확하게 알아본 자신의 공이고, 실패하면 믿고 맡겼는데 무척 실망했다는 한마디 말로 모든 책임을 떠밀려는……'

입가에 의미심장한 미소를 매달아 보인 추자량이 품에서 휴대용으로 가지고 다니던 문방사보를 꺼내 들고는 단숨에 몇 개나 되는 명령서를 휘갈겨 썼다.

종이를 공중에 띄워놓은 채 초서체를 능가하는 복잡한 구조의 암호문을 완성하는 신기를 연달아 펼쳐 보였음이다. 그리고 흘러나온 한마디 중얼거림.

"하지만 혈유의 그런 내심을 알았다 해도 이런 재밌는 모략과 이간계의 중심에 선다는 건 그야말로 모사에겐 최고로 매력적인 일. 어찌나 추자량이 꼬리를 뒤로 빼고서 빠져나갈 수 있으랴! 혈유, 원한다면 시원스레 속아 넘어가 주도록 하마!"

잠시 후.

추자량이 거점으로 삼고 있던 낙양의 고택을 빠져나가는 몇 명의 사람들이 있었다. 낙양 전체에 퍼져 있는 혈천마교의 간자들이 제각기 움직임을 보이기 시작한 것이었다. 무림을 발칵 뒤집어놓는다는 궁극적인 목적을 달성하려고.

＊　　　＊　　　＊

찰나!

그리고 일각, 일 다경, 한 시진…….

점점 늘어나는 시간 속에 도대체 얼마나 머물러 있었던 것일까?

추소산은 수중의 묵암검이 갈수록 무거워진다고 생각했다. 실제로 정중동(靜中動)을 취하고 있는 그의 묵암검은 미미하게 흔들리고 있었다.

강대한 압력에 억지로 눌려지고 있는 형국.

그러나 묵암검이 발하고 있는 암흑의 검기는 갈수록 심해져만 가고 있을 뿐 위세를 늦출 기미를 전혀 보이지 않았다. 흡사 주인인 추소산이 모든 생기를 잃고 쓰러진다면 혼자서라도 싸우겠다는 의지를 내보이고 있는 것 같다.

이는 추소산 혼자만의 생각은 아니었다.

그로 하여금 아예 움직이는 것조차 할 수 없게 만든 인물.

지난 이십여 일간 무려 네 차례나 맞닥뜨렸던 패도존 여신유는 느긋하게 심어강을 집중시키고 있던 중 흥미롭다는 시선을 묵암검에 던졌다.

'여태까지 사람에게 가려 몰랐는데, 참으로 요사스런 검이로다! 청룡등천도를 평생 바라봐 왔던 내 눈을 흐릴 정도라니. 하지만 그래서 더욱 사람이 대단하지 않은가. 여태까지 저런 마검을 지니고서도 마음의 현혹됨이 전혀 없어 보였으니.'

여신유는 내심 추소산을 다시 쳐다본 후 마음이 크게 동하는 걸 느꼈다. 진짜 자신의 예상이 맞는지 확인하고 싶어진 것이었다.

그리고 그는 자신의 마음속에 인 생각을 결코 뒤로 미루는 종류의 인간이 아니었다.

스으.

당장이라도 추소산과 묵암검을 동시에 짓눌러서 박살 낼 듯하던 여신유의 심어강이 순식간에 사라졌다. 종적을 완전히 감춰 버렸다.

휘청!

당연히 결과는 거의 젖 먹던 힘까지 모조리 쏟아내고 있던 추소산이 일시 균형을 잃어버리는 것이었다. 여신유가 원했던 그대로의 결과.

지이이이이잉!

묵암검이 분한 듯 평소 잘 내지도 않던 검명을 토해냈다. 뭔가를 미친 듯 갈구하는 울부짖음.

하지만 추소산은 이에 귀를 기울일 수 없었다.

스슥.

어느새 코앞까지 다가든 여신유의 소름 끼칠 정도로 침착하고 오만한 미소.

그 미소가 의미하는 바를 생각할 여유도 없이 추소산은 크게 흐트러진 신형을 팽이처럼 회전시켰다. 물론 수중의 묵암검과 함께.

스아아!

생각할 것도 없이 펼쳐진 추뢰보와 합일한 묵암검이 바람조차 사과 껍질처럼 잘라 버릴 암흑 검기를 쏟아냈다.

풍백!

검기에 검기를 더해 검강 이상의 위력을 내는 풍림화산이 처음으로 추뢰보와 합일된 채 작렬했다. 상대의 허를 찌른 회심의 일격!

그러나 추뢰보의 변화를 따라 횡으로 원을 그린 풍백의 살인적인 검기의 폭풍을 여신유는 단지 신형을 한차례 공중으로 띄워 올리는 것만으로 피해냈다.

너무 간단해서 기가 막히고 어이없을 듯한 파훼법.

특별한 점이 있다면 기껏해야 무릎조차 구부리지 않고 거의 보통 사람 키의 두 배 높이를 뛰어올랐다는 점 정도랄까?

순간 잠시 공중에 멈춘 듯 보이던 여신유의 발끝이 흡사 축국이라도 하듯 추소산의 머리를 노렸다. 특별히 어떤 각법이나 초식을 펼친 게 아니라 그냥 되는대로라는 느낌의 일격이었다. 분명 그렇게 보였다.

그런데 추소산은 일시 머리가 하얗게 변하는 걸 느꼈다. 눈앞에서 펼쳐진 여신유의 평범한 일각을 어찌 피해야 할지 방도를 찾을 수 없었다. 아예 피해선 안 될 것만 같은 생각까지 들 정도였다.

'큭!'

추소산은 본능에 자신을 맡겼다. 머리로 안 된다면 그 밖엔 도리가 없다는 판단을 순간적으로 내린 것이다.

빙글.

축을 이루고 있던 왼발을 강하게 박찬 추소산의 신형이 앞으로 코를 박듯 주저앉았다. 그리고 앞으로 곧게 뻗어나간 묵암검의 암흑 검기.

종상벽하.

추소산은 익숙한 지당권의 한 동작과 추뢰보를 섞고서 가장 간단하면서도 빠른 종상벽하로 반격!

여태까지처럼 검초만을 연환시킨 것이 아니었다. 그것만으론 부족하다고 계속해서 생각해 왔기 때문이다.

그래서 각자 다른 무공인 지당권과 추뢰보까지 하나의 동작 속에 포함시키는 모험을 감행했다. 완벽하지 않은 무공의 연계로 감히 무학의 대종사를 상대하려 한 것이었다.

그리고 그 모험은 나름 성공을 거두었다.

느닷없이 자신의 사타구니 사이를 노리며 파고든 종상벽하의 검초에 여신유는 흠칫 놀란 표정이 되었다. 아무리 나이가 여든에 달했다곤 하나 사내는 사내였다. 느닷없이 사내의 상징이자 생명이랄 수 있는 하초 쪽으로 검이 뻗쳐 오자 살짝 당황하지 않을 수 없었다.

'이런 고얀!'

여신유는 내심 끌탕을 치면서도 추소산을 덮쳐 가던 신형을 도로 공중으로 띄워 올리는 신기를 발휘했다.

스슥.

체내의 기를 체외로 빼낸 후 자유자재의 형태로 사용할 수 있는 심어강을 완성한 자만이 보일 수 있는 기상천외한 묘기.

여신유의 발끝을 살짝 스치며 종상벽하의 검기가 하늘 저 먼 곳을 향해 사라져 갔다. 추소산이 거의 죽을힘을 다해 펼친 반격이 허무하게 물거품으로 변해 버린 것이다. 그리 볼 수밖에 없었다.

그러나 이 같은 결과는 이미 추소산의 계산 속에 들어가 있었다.

그는 여신유의 일각에서 벗어난 순간, 재빨리 왼손을 앞으로 뻗어 그 힘을 바탕으로 단숨에 신형을 고정시켰다. 본래 시간차를 두었을 뿐 연환된 무공 초식은 세 가지가 아니라 네 가지였던 것이다.

그때 재차 공중으로 신형을 띄워 올렸던 여신유가 아무 일도 없었다는 표정으로 바닥에 떨어져 내렸다.

슥!

깃털 하나가 떨어져 내린 것과 같은 움직임.

문득 여신유와 자신의 추뢰보를 비교해 본 추소산의 입가에 담담한 미소가 떠올랐다. 여태까지 익혔던 모든 무공을 몽땅 합친다 해도 그의 심어강을 이길 수 없지만, 순수한 경공만으로 따지면 자신이 낫다는 걸 깨달았기 때문이다.

삐죽!

여신유의 검미가 슬그머니 치켜 올라갔다. 늙은 생강답게 추소산의
미소가 뜻하는 바를 충분히 짐작한 까닭.

"어디서 배웠는지 그사이 경공이 일취월장했다는 점은 내 인정해 주
마. 지난 네 차례의 만남 동안 본좌의 앞을 번번이 가로막아 서고도 목
숨을 부지할 수 있었던 것도 함께. 하지만 이제 그 알량한 밑천도 다
떨어진 것 같으니, 무슨 재간으로 본좌의 앞을 계속 가로막아 설지 궁
금하구나?"

"후배에게 무슨 재간이 있어 선배님의 행사를 네 차례나 가로막을
수 있었겠습니까? 후배는 그저 감사드릴 뿐입니다."

"본좌에게 감사하다?"

반문하는 여신유의 얼굴에 재밌다는 표정이 떠올랐다. 추소산의 대
답이 꽤나 생뚱맞으면서도 특이하단 생각이 들었다.

그래서 잠시 묵암검을 뺏아서 몇 가지 조사를 해보려 했던 애초의
계획조차 뒷전으로 미뤄놨다. 궁금한 건 반드시 확인하지 않고선 직성
이 풀리지 않는 평소 성정에 크게 반하는 행동을 한 셈이었다.

하지만 이를 아는지 모르는지 추소산은 미미하게 고개를 끄덕이곤
천연덕스런 대답을 늘어놓을 따름이다.

"본래 처음으로 여 선배님의 앞을 가로막아 섰을 때 후배는 죽음을
각오했습니다."

"그게 당연할 테지. 감히 본좌의 행사를 방해한 것이니."

"선배님의 말씀이 옳습니다. 하지만 선배님은 후배의 몇 차례 검초
를 그냥 바라보시기만 하곤 신형을 빼내셨습니다. 아마도 후배가 내상

을 완치하지 못한 상태인 걸 아셨기 때문일 테지요?"

"흥, 천하의 패도존 여신유가 어찌 부상당한 새카맣게 어린 후배를 공격해서 죽일 수 있을까? 전날 확인했던 네 녀석의 검은 그리 무디지 않았었다."

'역시, 그랬구나.'

추소산은 내심 또다시 고개를 끄덕여 보였다.

솔직히 반신반의했던 일이다.

이제 와서 여신유에게 확인을 받고 보니, 눈앞의 대종사가 가진 강직한 성품을 조금쯤 알 수 있을 것 같았다.

당시 여신유는 청룡등천도를 손에 든 우약연을 십 일째 심어강으로 꽁꽁 묶어두고 있었는데, 이는 꼬박 한 달간 고생한 끝에 얻은 결과였다. 그의 평생에 다시없을 대고생의 끝을 보기 직전이었다.

한데, 느닷없이 중간에 끼어든 추소산 때문에 다 잡았던 우약연을 최후의 최후인 순간에 놓치고 말았다.

여신유가 평소의 냉정함을 잃어버리고 미친 듯 화를 내며 길길이 날뛴 것도 크게 무리한 일은 아니었다. 사실 지극히 당연한 일이라 할 수 있었다.

하지만 그럼에도 불구하고 그는 추소산이 자신의 죽음을 내걸고 펼친 풍림화산의 검초를 살핀 후 곧 신형을 돌렸다. 부상을 확인하자마자 불같이 치밀어 올랐던 노화를 가슴속 깊숙이 삭여 버린 것이다.

이는 말처럼 쉬운 것이 아니었다.

자신에게 항시 당당한 사내대장부.

진정 명예를 아는 대종사만이 보일 수 있는 기개라 할 수 있었다. 필시 그럴 것이라고 추소산은 생각했다.

한데, 그때 여신유가 입가에 의뭉스런 미소를 담았다.

"하지만 네 녀석은 한 가지만 알았을 뿐 두 번째는 알지 못하는 것 같구나."

"두 번째라 하심은 제 눈을 뜻하시는 겁니까?"

"눈?"

"제가 본래 눈이 좀 좋습니다. 그래서 한 번 본 사람이나 사물, 지형은 절대 잊어버리지 않고, 흔적 같은 것도 잘 찾아내지요. 게다가……."

"게다가?"

사부 단양에게 배웠던 중요한 순간에 말끝 흐리기로 살짝 여신유의 애간장을 닳게 만든 추소산이 의미심장한 표정으로 말을 이었다.

"…게다가 저는 하남성의 낙양에서 산서성의 죽현까지 우 소저와 함께 비검을 계속하며 여행을 했습니다. 당연히 그녀의 버릇이나 무공의 특징 같은 것에 대해 소상하게 아는 편이지요."

"그런 까닭으로 본좌조차 추격하는 데 애를 먹었던 그 마교 여아의 행적을 그리 쉽사리 찾아낸 것이다?"

"그 외에 또 한 가지가 있지만, 선배님께 말씀드릴 사항은 아니 것 같습니다."

"그건 어째서지?"

"그 세 번째 이유를 제가 가르쳐 드리면 선배님의 즐거움 하나를 빼앗는 격이 되지 않겠습니까?"

"허어!"

가벼운 탄성과 함께 여신유의 입가에 머물러 있던 의뭉스런 미소가 종적을 감췄다. 설마 하니 추소산이 거기까지 이미 예측하고 있었을 줄은 몰랐는 데다 살짝 눙치는 그의 모습이 가히 강호의 늙은 호수(好手)를 연상시켰기 때문이다.

그러자 이번엔 추소산이 입가에 의뭉스런 미소를 만들어냈다.

"역시 제 예상이 맞았던 것 같군요."

"역시?"

"제가 선배님 뱃속의 회충도 아닐진대 어찌 모든 사실을 명확하게 알 수 있겠습니까?"

"그래서 넘겨짚었을 따름이다?"

"생각 밖으로 쉽게 선배님께서 넘어와 주셔서 다행이라 생각합니다."

"……."

여신유의 이마에 살짝 밭고랑과 같은 주름이 패었다. 나이에 비해 훨씬 젊어 보이는 얼굴이나 세월의 흔적을 완전히 없앨 수는 없었으리라.

추소산이 웃음을 멈추고 말했다.

"그런데 한 가지 궁금한 사실은 어떻게 선배님께서는 후배의 뒤를 그리 쉽사리 찾아내셨는지입니다."

"세 번째를 말해주면 내 가르쳐 주지."

"그리되면 선배님의 즐거움이 사라지지 않겠습니까? 제 생각에 선배님께서는 후배와의 첫 대면 때 독특하고 결코 지워지지 않는 향 같은 걸 뿌려두셨을 겁니다."

"본좌에게 그런 게 있었다면 어찌 그 마교의 어린 여아에겐 뿌리지 않았을까?"

"자신이 있으셨을 테니까요."

"자신?"

"선배님은 천하의 삼존 중 한 분으로서 여태까지 좌절이나 어려움을 겪어본 적이 없는 분이십니다. 어찌 한참이나 어린 후배인 우 소저를 잡는 데 오늘과 같은 어려움을 겪으리라 생각하셨겠습니까? 하지만 어렵게 붙잡아뒀던 우 소저를 또다시 놓치자 두 번에 걸친 실수는 하지 않기로 마음먹으신 것이지요."

"그건 또 어찌 알았지? 설마 하니 본좌 뱃속의 회충도 아닐 터인데?"

"꼭 선배님의 뱃속에 들어가 있어야만 그 같은 사실을 알 수 있는 건 아니지요."

"허면?"

"선배님께서 그 후 줄곧 후배의 뒤를 쫓아다니신 것으로 모든 건 확인된 셈이지요."

"그 또한 쉽사리 알 수는 없는 일일 터!"

"쉬웠습니다. 죽현에서 헤어진 후 한 달이 훨씬 넘었음에도 선배님께서 우 소저를 발견한 게 얼마 지나지 않았다는 걸 알고 있었으니까요."

"단지 그것만으로 그 뒤의 일을 모두 추론해 냈다고 말하려는 건가?"

"그 뒤 제가 우 소저를 찾아낸 장소마다 선배님께서 곧바로 등장하셨으니까요. 한 번이나 두 번이라면 우연이라 할 수 있겠지만, 그것이 세 번째가 되면 결코 그리 생각할 순 없는 법이지요."

"……."

여신유는 이쯤에서 추소산이 무공의 기재일뿐더러, 머리를 쓰는 데도 상당한 재능이 있다는 사실을 인정하지 않을 수 없었다. 사실 이 정도면 재능이 있다기보다는 천재의 범주라 할 수 있었지만, 딱히 거기까지 인정해 주고 싶진 않았다. 어차피 자신의 것이 되지 않을 사람이란 생각에서였다. 하지만 그는 곧 내심 고개를 가로저었다.

'아니, 그건 또 그렇게만 생각할 게 아니지. 이대로라면 저 무척이나 탐나는 어린 녀석은 필경 차대 신성천교의 교주가 되거나 젊은 나이에 요절하고 말 터이니… 이참에 내가 그냥 가로채 볼까? 본시 사람 한 명을 구하는 것이 천 개의 불탑을 쌓는 것보다 낫다는 석가 뭐시기의 말도 있고 하니……'

여신유는 갑자기 평생 언급하거나 머릿속에 잠깐이나마 떠올려 본 일조차 없는 석가모니의 가르침에 대해 진지하게 고찰했다. 느닷없이 불심(佛心)이 깃들어서가 아니라 단순히 눈앞의 추소산이 무척이나 탐이 난 까닭이었다.

인재를 아끼는 마음?

그딴 걸 평생 제멋대로 유아독존해 온 여신유가 생각할 리 만무하다.

그는 단순히 수전노가 돈 욕심을 내고, 문사가 책 욕심을 내며, 무림인이 무공기서와 절세기병을 욕심내듯이 눈앞의 추소산에게 욕심이 났다.

평생 가져 보지 못했던 게 없고, 이루지 못했던 일이 거의 없는 그에게 있어 추소산 같은 절세기재란 인간 보물이나 다름없었다. 능히 탐을 내고 또 탐을 낼 만한 가치가 충분했다.

그럼 이젠 어떻게 추소산을 얻을 것인지에 대해 생각해 볼 때였다.

이미 절세미녀인 손녀 여연경을 미끼로 꼬였던 건 실패로 돌아갔으니—당시엔 자신의 제안을 받아들이면 추소산을 일장에 때려죽이려 했으나, 그 같은 일은 이미 깨끗하게 잊어버렸다—다른 어떤 것이 필요했다.

'본시 늙은이는 돈이나 금은보화를 좋아하고, 젊은이는 여자와 술을 좋아한다고 했다. 하지만 무림인들은 늙은 것, 젊은것 할 것 없이 무공기서와 신병이기를 좋아하지.'

여신유의 시선이 또다시 추소산의 손에 들린 묵암검으로 향했다. 그리고 처음에 묵암검의 독특한 면 때문에 가졌던 호기심에 더해 추소산에 대한 탐심이 결합되어 갑자기 어처구니없는 행동을 야기했다.

스슥.

여신유는 일체의 어떤 기척이나 예비 동작도 없이 손을 뻗어 단숨에 추소산의 손에서 묵암검을 낚아챘다.

교수탈검(巧手奪劍).

단순하다면 단순할 수 있는 공수입백인의 수법이나 여신유는 거기에다 본신의 심어강을 실었다. 전혀 안 그런 척하면서 전력을 기울인 것이었다.

그 결과.

강호에 출도한 이래 처음으로 눈 뜨고 자신의 병기를 빼앗기고만 추소산의 안색이 가볍게 굳었다.

모욕.

무인에게 있어 자신의 병기를 타인에게 빼앗긴다는 건 굴욕이나 다름없었다. 특히 그것이 뜻밖의 기습에 의한 것이라면 더욱 그러했다.

'화내라! 화내라!'

수중의 묵암검을 붕붕 돌리며 여신유는 추소산을 내심 응원했다.

사실 이런 그의 모습은 응원이라기보단 성질을 돋우고 있다 함이 더욱 정확할 테지만, 이미 크게 흥분한 늙은이의 안중엔 전혀 그런 것이 들어오지 않았다. 자기 멋대로 추소산에게 기대하고 응원하게 된 까닭이었다.

한데, 추소산은 이번에도 여신유의 기대를 배반했다.

잠시 자신의 손을 떠난 묵암검과 여신유를 번갈아 바라본 추소산이 슬며시 웃어 보였다. 마치 아무 일도 없었다는 것 같은 표정이다.

"선배님, 제 묵암이 마음에 드셨다면 일찍이 말씀하셨으면 좋았을 텐데요."

"뭐?"

"선배님께는 이번에 참 많은 신세를 지고 도움을 받았습니다. 답례라고 할 것은 못 되지만, 묵암을 원하시면 드리겠습니다."

추소산은 시원스레 말을 마치고 슬쩍 포권까지 해 보였다. 완전히 주객이 전도된 듯한 상황.

그러자 잠시 어이없는 표정을 지어 보인 여신유가 버럭 노성을 터뜨렸다.

"이놈! 무사가 자신의 병기를 이리 함부로 다룰 수 있느냐!"

"어찌 후배가 감히 그럴 수 있겠습니까?"

"그럼 어째서 네 녀석은 자신의 검을 이리 쉽사리 포기하는 것이더냐!"

"전 묵암을 포기한 게 아니라 존경하는 선배님께 선물로 드린 것입니다. 그동안 선배님께 무척이나 큰 도움을 받았으니까요."

"도움은 무슨! 도대체 네놈이 본좌한테 뭘 그리 큰 도움을 받았다는 것이더냐?"

"본시 강호에는 진정한 고수와 싸우는 것만큼 큰 행운은 없다는 말이 있습니다. 제가 그동안 삼존에 속한 선배님과 마음껏 비검을 했으니, 어찌 큰 도움을 받았다고 하지 않을 수 있겠습니까?"

“그래서 선뜻 이 기물을 넘기겠다?”

“예.”

추소산은 천천히 고개를 끄덕여 보였다.

사심이 느껴지지 않는 모습.

여신유는 잠시 혼란을 느꼈다. 도무지 눈앞의 추소산이란 인간을 파악할 수 없었기 때문이다.

그때 추소산이 자신의 볼일은 모두 끝났다는 듯 신형을 돌려 세웠다. 진짜 빼앗긴 묵암검에 대해선 전혀 관심이 없는 것 같다.

“자, 잠깐만!”

여신유는 다급히 추소산을 불러 세웠다.

평소 같으면 일단 심어강을 거미줄처럼 확장시켰으리라. 그래서 감히 자신의 볼일이 끝나지도 않았는데 떠나려는 추소산을 기의 그물로 꽁꽁 묶어놓고, 대화를 나누려 했을 터였다. 그게 그의 방식이었다.

하지만 지금 그는 목소리만을 높였을 뿐, 어떤 행동도 취하질 못했다. 자신의 예상을 뛰어넘다 못해 아예 또 다른 영역까지 개척해 버린 추소산의 행동에 마음이 흔들리고 당황한 까닭이었다.

그야말로 팔십 평생 중 처음 있는 일.

그때 여신유의 부름에 걸음을 멈춘 추소산이 담담한 표정을 한 채 신형을 돌려 세웠다.

“후배에게 다른 명이라도 있으신지요?”

“이 녀석, 본좌가 명을 내리면 다 듣겠다는 얌전한 얼굴 따윈 치워 버려라!”

“알겠습니다.”

추소산은 진짜 여신유의 말을 잘 들었다. 그의 말이 떨어지자마자 여태까지의 담담한 표정을 버리고 무척이나 도전적인 얼굴에 검날처럼 날카로운 시선을 담았다.

아예 사람이 바뀐 것 같다.

정말 그렇다고 내심 중얼거리며 여신유가 퉁명스레 말했다.

"본좌는 도를 쓰는 사람임을 천하가 다 안다. 어찌 이런 마검 따위에 흥미가 있겠느냐. 본좌가 진정 흥미를 느끼고 있는 건 사실 네 녀석이다."

"지난번에도 말했다시피 여연경, 여 소저와 후배는 어떤 관계도 아닙니다."

"누가 본좌의 손녀 사위가 되라고 했더냐!"

"……."

추소산은 침묵을 고수했다. 지금으로선 굳이 자신이 입을 열지 않는다 해도 여신유가 모든 걸 말해줄 것임을 알고 있었기 때문이다.

과연 여신유가 눈에 형형한 안광까지 담아가며 말했다.

"본좌는 그동안 네 녀석이 가진 무재를 계속 가늠해 왔고, 오늘에 이르러선 또 다른 재능 역시 느낄 수 있었다. 그 같은 재능은 가히 천부적인 것으로 앞으로 누군가가 잘 이끌어주기만 한다면 실로 무림사에 엄청난 금자탑을 쌓을 수도 있을 것이다. 해서……."

'또!'

추소산은 여신유가 이제부터 무슨 얘기를 잔뜩 늘어놓을지 짐작하고 얼굴에 우울한 기색을 담았다. 이 같은 얘기가 나올 때마다 생각나는 사부 단양의 주름진 얼굴 때문이었다.

"…해서 본좌는 네 녀석을 패천도문의 제자로 받아들이고 싶은 것이다. 패천도문에 정식으로 입문한 후 본좌가 네 녀석을 집중적으로 가르친다면, 지금부터 검을 버리고 도를 택한다 해도 십 년 안에 소패도존(小覇刀尊)의 자리를 차지하는 데는 전혀 부족함이 없을 것이니라."

소패도존.

이는 패천도문의 정식 후계자를 일컫는 말로 여태까지 여신유의 큰손자인 강남진룡 여신성조차 얻지 못한 칭호였다. 여문진이 근래 들어 대권에 욕심을 품은 까닭이기도 했고 말이다.

그런데 지금 여신유는 피 한 방울 섞이지 않은 추소산에게 소패도존을 언급하고 있었다. 가히 강남무림 전체가 들썩일 만한 대사건이라 하지 않을 수 없는 일이 일어난 셈이었다. 분명 그러했다.

하지만 추소산은 여느 때와 마찬가지로 고개를 가로저었다.

"죄송합니다만, 선배님의 뜻은 이 후배 마음속으로만 받겠습니다."

"사문을 바꿀 순 없다는 뜻이더냐?"

"그렇습니다. 후배에게 사부님은 단 한 명! 그 외엔 다시 다른 사부님을 모실 생각이 없습니다."

"네 내공의 기초조차 제대로 잡아주지 않은 삼류를 말하는 것이더냐?"

"그건……."

"본좌를 속일 생각은 말아라. 내 보기에 네 녀석의 현 내공 수준은 간신히 화경에 도달하긴 했지만 어처구니없게도 삼층도리라 일컬어지는 내공 중 연정화기와 연기화신만을 이룬 상태이다. 이는 상승의 내공이 반드시 삼층도리 전체를 고루 이뤄서 점차 발전하는 것과는 상궤를 달리하는 것으로 이대로 조금만 더 방치할 경우 주화입마의 위험에 빠지고 말 것이다."

"선배님의 뜻은… 후배가 연정화기와 연기화신에 더해 연신환허 역시 이뤄야지만 내공 수련의 위험을 피할 수 있다는 것입니까?”

“그렇다. 사실 네 녀석이 어찌 삼층도리 전체를 동시에 수련하지 않고서 화경에까지 이르렀는지 의아스러울 정도이다. 본시 내공이란 연정화기하고 연기화신하며 연신환허하여야만 비로소 완전하다 할 것이다. 네 녀석처럼 하단전 따로, 중단전 따로, 상단전 따로 수련을 하게 되면 결국 몸 안의 선천지기에 큰 손상을 입고 만다. 순식간에 여태까지 수련했던 모든 무공을 잃어버릴 수도 있단 말이다. 그런데도 네 녀석은 본좌를 따르지 않으려느냐?”

“……”

추소산은 침묵 속에서 여신유가 설파한 상승내공의 큰 도리에 대해 천천히 생각했다.

문득 떠오른 생각 하나.

추소산은 그동안 자신 내공의 근간이 되어온 전진파의 귀원연기공과 검기연공의 방식이 결국 연정화기와 연기화신밖엔 수용치 못함을 깨달았다.

송대에 발흥했던 전진파의 내공은 당시 유행했던 하단전 위주의 연기법에 중점을 뒀었고, 스스로 독창한 검기연공 역시 엇비슷했다. 상단전을 열어 하늘의 기운을 받아들인다는 이치 같은 건 아예 공부해 본 적도 없었던 것이다.

‘그러니 내가 위험해진 건 귀원연기공이나 검기연공으로 쌓을 수 있는 내공의 범위를 벗어난 데 있다 할 것이다. 내 스스로 따로 길을 열어 새로운 내공을 개척한 줄 알았더니, 주화입마를 향해 질주하고 있던 것이었어.’

쓰디쓴 깨달음이었다. 여태까지 나름대로 자부심을 가졌던 모든 것들이 죄다 잘못된 방향을 향하고 있었음을 알았기 때문이다.

길어진 침묵.

여신유의 입가에 흐릿한 미소가 떠올랐다.

'녀석, 이 정도 했으니 이젠 내게 승복하고 고개를 숙일 테지. 제놈도 여태까지 이룬 공(功)을 모조리 무(無)로 돌리고 폐인이 되고 싶진 않을 테니까.'

평생 고련에 고련을 계속하여 무(武)의 탑(塔)을 쌓아 올린 무인에게 무공은 그 자체가 생명과 동일했다.

만약 무인이 한순간 무공 전체를 잃게 된다면, 그건 차라리 죽느니만 못한 일이었다. 무림 중에 무인의 내공을 폐하는 걸 차라리 죽이는 것보다 오히려 더 가혹하다 말하는 건 바로 이 때문이었다.

당연히 여신유는 자신있었다. 추소산이 결국 자신에게 머리를 조아리고 제자로 받아들여 줄 것을 청원하리란 것을 확신했다.

한데, 그의 앞에서 다시 가로저어지는 고갯짓은 무언가?

"이, 이 녀석……."

장대한 몸집을 노화로 부들거리는 여신유에게 추소산이 단호한 표정으로 말했다.

"선배님께는 죄송합니다만, 후배의 사부님은 오직 한 분뿐입니다. 만약 후배의 내공에 이상이 있다면, 그건 사부님의 잘못이 아니라 제대로 수련을 하지 못한 제 탓일 겁니다."

"단지 수련을 잘못했을 뿐이다?"

"예, 후배의 사부님은 만검조종에 검선지로를 걷는 분으로 범인으로선 결코 그분의 깊은 심중을 짐작할 수 없을 거라고 생각합니다."

"범인? 이 내가 범인이라고!"

여신유는 일시 너무나 격분한 나머지 심어강을 극한까지 끌어올렸다.

자연스레 일어난 평범한 변화.

그러나 그로 인해 벌어진 일은 결코 평범하지 않았다.

우우우우우!

여신유의 손에 쥐어져 있던 묵암검이 흡사 포효라도 하듯 울부짖더니, 거센 암흑의 기운을 천지사방으로 뿌려대기 시작했다. 여신유나 추소산조차 예상치 못했던 기변.

'이건……?

여신유는 자신도 모르게 추소산에게서 시선을 떼고 수중의 묵암검을 바라봤다. 여태까지 수없이 많은 기문이병을 다뤄봤지만, 자신의 심어강에 이 같은 변화를 일으키는 병기는 처음이었다. 새로운 기분이 들지 않을 수 없었다.

한데, 그가 막 안광을 끌어올려 묵암검이 일으키고 있는 암흑의 핵을 들여다보려 할 때였다.

흡사 묵암검이 일으킨 울부짖음과 암흑의 확장에 동조라도 하듯 거의 동시에 동쪽과 동남쪽의 끝에서 사람의 심혼을 뒤흔드는 휘파람 소리와 거창한 창룡음이 터져 나왔다.

느닷없이 생각지도 못했던 또 다른 기변이 일어난 것이다.

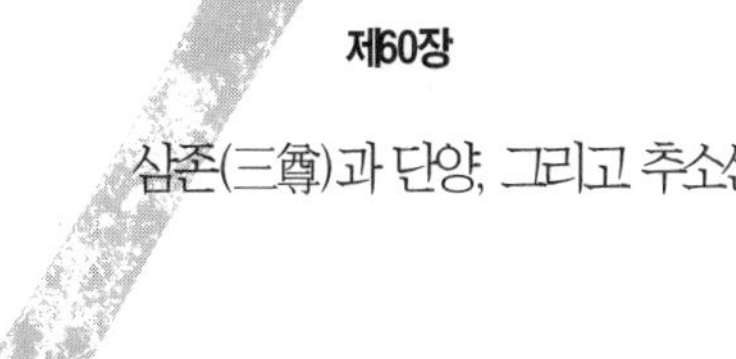

삼존(三尊)과 단양, 그리고 추소산

전설상의 검선 여동빈―이름만 똑같은 동명이인인지 아
닌지는 전혀 상관치 않기로 했다―을 만난 후 크게 깨달음을 얻은 단양은
고된 걸음을 연신 재게 움직였다.

목적지는 하남성의 낙양.

그곳에서 일검경혼 백건비천의 대영웅 추소산 대협과 화산검룡 화
무겸 영웅의 장쾌한 이야기를 풀어서 한몫 잡은 후 강남으로 낙향하는
게 단양의 목적이었다. 강북의 고되고 거친 길을 거쳐 장강을 넘을라
치면, 꽤나 많은 노잣돈이 필요했기 때문이다.

물론 낙양으로 향하는 동안 그의 연공은 끊임없었다.

여동빈에게 얻은 천하기본검법총론에서 과거 발췌했던 아홉 개의
검초를 다시 찾아 천지무상독존검법을 본격적으로 연공하기 시작한 것
이었다.

이는 자기 자신과의 싸움이었다.

본래 무학의 기본이 거의 없던 단양이고 보면, 다 늙은 나이에 검초식 하나를 제대로 펼쳐 내는 것만도 보통 힘든 게 아니었다.

하루에 열 번이나 스무 번 정도만 구초식의 천지무상독존검법을 펼치면 삭신이 쑤시고 기진맥진해서 몸살이 날 지경이었다. 그 정도로 힘들었다.

하지만 단양은 예전처럼 몇 차례 형만 취해 보이고 포기하는 짓을 되풀이하지 않았다.

어떻게 해서든 제자 추소산에게 자신의 천지무상독존검법을 전수해야 한다는 강한 일념이 그의 노쇠해진 몸을 가혹한—이야기를 늘어놓으며 몇 가지나 되는 초식을 시연해 보일 때보다 훨씬 힘든—수련 속으로 이끌고 있었다.

그렇게 단양이 힘겹게 낙양을 얼마 두지 않은 곳에 이르렀을 때였다.

이제 하루 정도만 빠른 걸음으로 옮기면 낙양이란 생각에 단양은 마음이 크게 두둑해졌다.

그동안은 커다란 성읍을 지날 기회가 적어서 수입이 그리 많지 않았다.

다 늙어서 고련의 나날을 보내고 있는 단양으로선 충분한 영양을 공급받을 수 없다는 게 매우 큰 고통이었다. 배불리 먹고 근육을 움직이는 것과 아닌 것의 차이는 무척이나 컸기 때문이다.

하지만 그런 고생도 이젠 끝이었다.

낙양에만 도착하면 수없이 많은 객점과 주루, 노점들이 단양과 같은 이야기꾼을 기다리고 있었다. 그동안 꽤나 진기한 얘기를 다수 습득하게 된 터라 자신감이 크게 붙은 것도 무리는 아니었다.

'내 낙양에서 한몫 단단히 잡은 후 우리 소산이가 기다리는 옥화산으로 돌아갈 것이다. 그 착하디착한 녀석은 비록 이 늙은 사부의 검법이 서툴다 해도 결코 탓하진 않을 것이야. 암, 그렇고말고.'

내심 얼마 남지 않은 낙양을 생각하고 제자 추소산을 떠올린 단양이 일시 흥이 크게 일어 발검했다.

스릉.

제대로 관리하지 못해 살짝 녹이 내려앉은 철검.

강호의 삼류무사라 해도 곁눈질조차 하지 않을 검을 흡사 보검처럼 빼 든 단양이 크게 심호흡을 가다듬었다. 그리고 천천히 움직이기 시작한 철검의 움직임.

종상벽하, 오룡희주, 황룡포섬, 봉황전시, 폐음소음, 육합개정, 사수해구, 팔방풍우, 철우경지…….

그동안 그럭저럭 형태 정도는 갖추게 된 검초들이 단양의 철검에 의해 천천히 모습을 드러내었다.

결코 빠르지 않고 정교하지도 않지만, 그래도 크게 모난 곳은 없어 보이는 검초들.

이 정도의 성취를 이루기 위해 오늘날까지 단양이 흘렸던 땀과 눈물은 그야말로 상상을 불허할 정도였다. 가뜩이나 주름이 많던 얼굴은 더욱 늙어버리고, 온몸의 살 중 절반이 줄어버렸다. 무리한 수련으로 인해 근육량이 증가하진 않고 살만 빠져 버린 것이다.

기력이 부치는 것도 자명한 사실.

간신히 구초식의 천지무상독존검법을 끝마친 단양이 털썩 바닥에 아무렇게나 주저앉았다.

검초를 제대로 펼치느라 심력을 기울이는 동안 몸 안의 체력이 모조리 소진되어 버렸다. 바닥에 아무렇게 주저앉는 것을 탓할 순 없을 듯싶었다.

"에구구! 에구구!"

단양의 입에서는 금방이라도 죽을 듯한 앓는 소리가 흘러나왔다. 누구 한 명 보는 사람이 없는데도 이리 신음이 흘러나오는 건 진짜 기력이 다해 죽을 것만 같았기 때문이다.

그러다 몇 차례 기침과 함께 간신히 실낱같은 기력을 회복한 단양이 등에 메고 있던 봇짐을 끌러내었다. 새벽에 떠나온 마을에서 구입한 건량을 꺼내기 위함이었다.

'내 오늘만 지나면 이 돌덩이같이 딱딱하고 맛없는 건량 대신 훈김이 모락모락나는 홍소육과 상급의 여아홍을 사다가 마음껏 배를 채울 것이다. 낙양에서는 내 이야기의 진가를 알아줄 한량들과 미인재사들이 잔뜩 있을 테니까.'

단양은 노안 가득 미소를 지어 보이며 돌덩이 같은 건량을 입에 가져갔다. 돌덩이 같은 건량이나마 지금은 먹고 체력을 회복해야만 다시 길을 재촉할 수 있을 터였다.

한데, 그는 건량을 입가에 가져다 댄 채 딱딱하게 굳어버렸다.

어째서?

단양은 한동안 자신이 갑자기 배고픔조차 잊고서 굳어버린 까닭이 뭔지 깨닫지 못했다. 그만큼 뇌리에 강한 충격을 받았기 때문이었다.

하긴 갑자기 그의 노안 속으로 파고든 한 여인의 모습을 본다면 누군들 넋을 잃지 않을 것이며, 갑자기 자신이 하는 일을 망각하지 않으리요.

그만큼 느닷없이 단양의 시야 속으로 파고든 여인의 미모는 절대적
이었다.

여태까지 단양이 봤던 최고의 미녀인 강남일화 여연경조차 눈앞의
여인과 비교하면 미모에 있어 손색이 있을 정도였다. 그런 확신이 들
었다.

그러나 그것만으로 산전수전 다 겪고 죽을 날이 얼마 남지 않은 단
양을 넋 잃은 허수아비로 만들 순 없었다. 어느새 바로 지척까지 다가
선 여인에겐 또 다른 무엇이 있었다.

몽환적!

단양은 눈앞의 미녀에게 단 한마디를 덧붙였다.

평생 남들을 울고 웃겼던 이야기꾼의 명예를 걸고 그는 단언할 수
있었다. 눈앞의 미녀에게 자신이 일순 넋을 잃은 건 그녀의 미모 때문
이 아니라 모호한 눈빛으로 대표되는 몽환적인 분위기 때문이었다고.

그리고 바로 그때 단양의 바로 코앞까지 이른 미녀의 손이 슬며시
올려졌다.

반짝!

중천에 떠올라 있던 태양 빛을 산란시키는 혈광.

단양은 붉은 뇌전이 자신의 정수리를 향해 떨어져 내리는 광경을 흡
사 남의 일처럼 바라봤다.

미녀의 몽환적인 분위기에 취한 것인가?

그보다는 아예 그녀의 손에서 일어난 붉은 뇌전을 피할 엄두조차 내
지 못했다는 편이 더 옳을 터였다. 어떤 이유를 가져다 붙이든 지금이
야말로 생사존망이 결정되는 순간이었다.

'아름답구나!'

단양은 마지막 순간 뚱딴지같은 생각을 했다.

그것밖엔 할 것이 없었다.

그러나 단양은 놀랍게도 죽지 않았다. 단숨에 그의 노구를 두 쪽 낼 듯하던 붉은 뇌전이 그의 머리 바로 앞에서 멈춰 버렸기 때문이다.

천우신조?

단양은 그런 생각 따윈 하지 않았다. 애초에 삶이니 죽음 따윌 아예 떠올려 본 적조차 없었다. 그런 생각을 해야 할 까닭이 없었다.

다만 그는 몽롱한 여인의 눈을 응시했다.

뭔가를 갈구하는 눈빛.

꼬르륵!

자신의 귓전을 울린 명쾌한 소리에 단양은 여인의 몽롱한 눈에 고정되어 있던 시선을 떼어냈다. 환상의 바다 속을 마음껏 헤매고 있던 정신이 현실로 안착한 것이다.

"처자, 이거라도 드시려는가?"

단양은 자신의 손에 들려 있던 건량을 여인에게 내밀었다. 무의식중에 행한 일이었다.

슥!

여인은 사양 따윈 보이지 않았다.

흡사 홀로 생명이라도 얻은 듯 단양의 손에서 건량 덩이가 종적을 감췄다. 그리고 사르락거리는 미묘한 소음과 함께 한 개의 점으로 변한 여인의 뒷모습.

단양의 입이 가볍게 벌어졌다.

평생 이처럼 엄청난 광경을 본 적이 없었다.

다 늙어서 기함을 터뜨리게 된 것도 무리는 아니었다.

"어어어어!"

쏴아아!
단양은 수월하게 낙양에 도착하지 못했다.
이유는 그의 눈앞에서 느닷없이 쏟아지기 시작한 장대비.
허둥대며 나뭇잎이 제법 무성한 큼지막한 고목을 찾아든 단양의 노안이 원망스레 하늘을 노려봤다.
낮에 평생 처음 본 몽환적인 절세미녀에게 유일한 요깃거리를 내주었다.
그녀에게 선심을 쓴 걸 결코 후회하진 않았으나 갑자기 장대비가 쏟아져서 발길이 묶이게 된 건 꽤나 아픔이 있었다. 자칫 잘못하면 오늘 중으로 낙양에 들어서지 못할지도 모른다는 불안감이 엄습해 온다.
'허어, 나그네 뱃가죽은 축 처졌고 발걸음 무거운데 아직 갈 길은 멀고 하늘의 심술은 계속되누나!'
단양은 내심 중얼거리다 입가에 빙그레 미소를 매달았다. 그냥 되는 대로 현 상황을 흥얼거려 봤을 뿐인데, 은근히 운치가 있었다. 조금만 다듬으면 그럴듯한 이야기의 한 대목에 써먹기에 용이할 듯싶었다.
그때 뿌우연 물안개마저 솟아오르고 있던 장대비 저편으로부터 한 명의 행인이 모습을 드러냈다.
머리를 가린 도롱이에 순백의 학창의.
밖으로 언뜻 내비치는 머리는 백발이고 물안개에 흩날리는 수염 역시 하얗다.

옷차림이 범상치 않고 외양 역시 그렇다.

이미 낮에 평생 본 적이 없는 절세미녀를 만난 일이 있던 단양이 눈을 크게 끔뻑거려 보였다. 나이는 자신과 비스무리해 보이는데, 겉으로 드러나는 기태가 너무 다른 것이 한 마리의 봉황과 까마귀처럼 대조가 된다.

거기서 까마귀란 바로 자기 자신임을 자인한 단양이 앙상한 뼈만 남은 어깨를 바르르 떨어 보였다.

다른 때, 다른 장소 같았으면 이 같은 악천후 속에 걸음을 옮기는 사람에게 쉬어갈 것을 청했으리라.

그 정도의 인정쯤은 있는 단양이었다.

하지만 백발백염에 학창의를 걸친 비범한 기태의 노인이 결코 자신의 인정 섞인 청을 듣지 않을 것임을 단양은 알았다. 수없이 많은 날 동안 수없이 많은 사람들을 만나며 쌓아온 직감이 그리 속삭이고 있었다.

과연 노인은 단양이 웅크리고 있는 고목 쪽은 일별조차 던지지 않고 장대비 속을 천천히 걸어갔다. 그리고 문득 단양의 눈가를 끈 사실 하나.

'머리에 쓴 도롱이는 빗물을 튕겨내지 않고, 학창의에는 물기조차 없다?'

그렇다.

백발백염의 노인은 그저 멋으로 도롱이를 썼을 뿐, 전혀 쏟아지는 빗줄기의 영향을 받지 않았다. 그 같은 일이 어찌 인세에 일어날 수 있는지 단양으로선 짐작조차 할 수 없었지만 분명 그러했다.

그렇게 노인은 단양의 시야 저편으로 사라져 갔다. 마치 처음부터 아예 존재조차 하지 않았던 것처럼. 그리고 한참의 시간이 지난 후였다.

"허어, 대단하다! 대단해!"

단양의 입에서 연이어 찬탄과 한탄이 절반가량씩 섞인 목소리가 흘러나왔다. 낮에 봤던 절세미인과 달리 자신과 비슷한 연배로 보이는 백발백염의 노인에게서 느낀 압도적인 기태에 부러움과 함께 어쩔 수 없는 비애를 느낄 수밖에 없었던 것이다.

장대비는 쏟아질 때처럼 순식간에 멈췄다.

금세 얼굴을 드러낸 햇살.

느닷없이 쏟아진 비 때문에 족히 반 시진가량을 허무하게 허비해야 했던 단양은 발걸음에 힘을 실었다.

서서히 중천에 머물던 해가 서편으로 기울어가고 있었다.

해가 꼬박 넘어가기 전에 낙양에 도착하기 위해선 배가 고프고 온몸에 오한이 일더라도 무리를 할 수밖에 없었다. 낙양 같은 대도시를 앞두고 길바닥에서 노숙을 하고 싶은 마음은 추호도 없었기 때문이다.

한데 단양에게 오늘은 참 이상한 날이었다.

한참을 낙양 쪽으로 이어진 관도를 찾아 걷던 단양의 시야로 얼마 전 봤던 절세미녀나 백발백염의 노인에 전혀 못하지 않은 흑발흑염의 노인이 파고들었다.

윤기가 자르르 흐르는 흑발흑염에 묵빛 전포 차림.

그냥 나 패도적이다! 라고 천하를 향해 소리치는 듯한 인상의 노인은 길가에 하릴없이 앉아서 하늘을 바라보고 있었다. 흡사 하늘에게 싸움이라도 걸고 있는 듯한 모습.

'허어, 하늘의 천신조차 저 무시무시한 눈빛을 보면 오금이 저려 도망치고 싶지 않겠는가!'

단양은 내심 혀를 차면서도 결코 묵포노인에게 시선조차 힐끔거리지 않았다.

앞서 봤던 미인과 노인도 무서웠지만, 이번에 만난 묵포노인은 위험도 면에서 타의 추종을 불허할 듯했다. 당장이라도 하늘에게 덤벼 들 듯한 패도는 곁을 지나치는 것만으로도 단양의 치를 떨리게 만들어 오금이 다 저려오는 것이다.

그러나 묵포노인은 오로지 하늘에만 관심이 있는 듯했다. 곁을 멀찍이 떨어져 지나쳐 가는 단양에겐 전혀 관심조차 없어 보였다.

다행스러운 일!

한시라도 빨리 낙양에 도착해야만 하는 단양으로선 쾌재라도 올릴 일이었다. 분명 그러했다.

한데, 이 얄궂은 마음은 또 무언가?

하루 동안 무려 세 차례나 무시무시한 무림고수들과 만남을 갖게 된 단양은 갑자기 걸음을 멈춰 세웠다.

가슴속에서 불끈 치솟는 오기.

어쩌면 늙은이의 객기에 불과할지도 모르나 단양은 자신의 바로 지척에 앉아 있는 묵포노인에게 뭔가 한마디 해야겠다는 생각이 들었다. 그리고 그렇게 했다.

"형장, 어찌 그리 하늘을 보시는 것이오? 얼마 전에 비가 그치고 해가 들었으니, 한동안은 하늘도 심술을 부리진 않을 것이오."

"……"

묵포노인은 그제야 하늘에서 시선을 떼고 놀랍게도 자신에게 질문을 던진 단양을 묵묵히 바라봤다.

'허! 생각보다 평범하지 않은가?'

단양은 자신을 향한 묵포노인의 눈빛이 어린애처럼 투명한 것을 보고 내심 가슴 한 켠을 쓸어내렸다.

불쑥 머리를 치켜든 감흥으로 묵포노인에게 질문을 던진 후 여태까지 벌렁거리는 가슴을 진정시키기가 쉽지 않았다. 그런데 생각했던 것보다 묵포노인의 눈빛이 평범하니, 크게 마음이 안정되었다.

그때 묵포노인이 담담한 목소리로 말했다.

"나는 여태까지 헤어진 딸의 얼굴을 떠올리고 있었다오. 하늘이 부리는 심술 따윈 전혀 관심없는 일이오."

"허어, 어쩌다가 딸과 헤어졌소이까? 사실 이 늙은이도 얼마 전에 자식같이 키우던 제자와 헤어져서 매일같이 눈물로 지새우고 있다오."

"자식과 같은 제자와 헤어졌다니 안됐구려. 하지만 나는 곧 내 딸을 찾을 것이오. 그러니 노인과는 같은 처지는 아닐 것이오."

"하긴 형장은 아직도 정정하고 기력이 넘쳐 보이니, 이 죽을 날만 받아놓은 놈과는 다를 것이오. 부디 딸을 찾아서 부녀가 상봉할 수 있었으면 좋겠구려."

"고맙소."

묵포노인이 단양에게 슬며시 고개를 숙여 보였다. 무림에서의 그의 위치를 아는 자라면 두 눈을 크게 뜨고 경악할 만한 일이었으나 단양은 그저 반례하며 고개를 끄덕여 보일 따름이었다. 그에게 눈앞의 묵포노인은 무림의 절대고수가 아니라 자신과 마찬가지로 말년에 가장 소중한 사람을 잃고 외로워하는 동료일 뿐이었던 것이다.

하지만 단양의 그 같은 마음은 곧 경악으로 바뀌고 만다.

단양과 묵포노인 간의 대화를 듣고 하늘이 노하기라도 한 것일까?

느닷없이 구름 한 점 보이지 않던 하늘 저편에서 짙은 먹구름이 일어났다. 아니, 그것은 먹구름 따위가 아니었다. 그보다 훨씬 어둡고 사람의 마음을 사정없이 잡아끌고 두렵게 만드는 마기, 그 자체였다.

그리고 일어난 또 하나의 기경.

방금 전까지 단양과 서로를 위로하고 있던 묵포노인이 갑자기 땅을 박차고 하늘로 날아올랐다.

"어이쿠!"

단양은 자신도 모르게 뒤로 엉덩방아를 찧었다.

소스라치게 놀란 까닭이다.

바로 그때 단양을 대경케 하는 두 번째 충격파가 밀려왔다.

"우와아아아!"

창룡음.

듣는 이의 심혼을 온통 뒤흔들어 버리는 일성대갈이 하늘을 가로질러 날아가는 묵포노인의 입에서 터져 나왔다. 간신히 자리에서 일어서려던 단양을 또다시 고꾸라뜨리면서 말이다.

"으으……."

단양이 정신을 차린 건 한 식경이 족히 지나서였다.

얼마 전까지 서쪽 하늘을 밝히고 있던 태양은 붉은빛 노을을 만들어 낼 준비를 하고 있었다. 곧 온 천하가 불이 붙은 듯 붉은색으로 변하고 말 터였다.

예전 같으면 흐뭇한 표정으로 구경했을 만한 광경.

하지만 오늘만 세 차례나 천하를 떨어 울릴 만한 절대고수를 만난 단양으로선 속 편히 노을이 지는 걸 구경할 마음이 일지 않았다.

게다가 다시 길을 재촉하기도 싫은 마음.

그냥 아무렇게나 앉아서 넋 잃은 노인네 역할에 충실을 기하고 싶은 심정인 단양이었다. 그만큼 하루 동안 겪은 마음의 고초가 컸던 까닭이다.

"천하에 이리 고수가 많은 것을… 소산아! 내 가여운 제자야! 너는 어찌하여 이 아무짝에도 쓸모없는 늙은 이야기꾼의 제자가 되었더란 말이냐……."

단양의 두 눈을 타고 닭똥 같은 눈물이 방울져 떨어져 내렸다.

그냥 울고 싶은 마음뿐이었다.

*　　　*　　　*

'허어, 정말 마검이구나! 마검이야!'

자신이 일으킨 심어강을 무한정으로 빨아들이며 갈수록 검은 암흑을 확산시키고 있는 묵암검을 바라보며 여신유는 내심 나직이 혀를 찼다.

우연.

전혀 생각지도 못한 일이 벌어진 건 어디까지나 추소산의 엉뚱한 말과 행동에 여신유가 격분한 까닭이었다. 그가 분노를 느끼자 자연스레 마음과 연결된 심어강이 유동했고, 그 강대한 힘이 수중의 마검의 진체를 일깨웠다.

필시 천 인(千人) 이상의 정혈과 살을 제물로 삼아 제련되었을 만한 마기!

천하에 부수지 못할 게 없고, 다루지 못할 게 없다고 자부하던 여신유의 심어강은 마검의 진체를 깨우는 훌륭한 촉매제였음에 분명하다.

그렇다면 이 정도 마검의 원류는 어디일까?

여신유는 내심 염두를 굴리던 중 한 가지 과거의 고사를 떠올리곤 자신도 모르게 시선을 추소산에게 던졌다. 개방이나 하오문 정도는 아니나 나름의 정보력을 가지고 있는 패천도문의 문주로서 한 가지 의혹을 묵암검의 본래 주인인 추소산에게 느낀 것이다.

'내 알기로 무림사에 이 정도의 마기를 발생시켰던 마검은 혈천마교의 초대 교주였던 묵검신마 위일천의 상징이나 다름없던 절세묵검밖엔 없다. 당시 무림의 중추를 형성하고 있던 삼백팔십오 명의 고수들의 피로 제련되었다고 알려진 저주의 마검. 하지만 저 어린 녀석의 무공에는 결코 사기나 마기가 섞이지 않았다. 가끔 패도적인 모습을 보이긴 하나 결코 혈천마교와는 관련지을 수 없어.'

여신유는 잠시 동안 스스로 질문하고 스스로 답을 냈다. 당금 무림 중 자타가 공인하는 최고의 천재답게 냉철하면서도 빈틈이 보이지 않는 문답이다.

결국 그는 몇 차례의 자문자답 끝에 추소산에 대한 의심을 머릿속에서 깨끗이 지웠다. 아무리 생각해도 눈앞의 추소산이 지금 묵암검이 일으키고 있는 마기의 폭출을 처음 겪은 것이 분명했기 때문이다.

"강호묵검혈풍영! 들어본 적이 있더냐?"

"예전에 한 번 들어봤습니다."

"누구한테 들었지?"

"개봉에서 만난 풍개 지화자 선배님께 들었습니다. 그때도 제 묵암검이 문제가 되었던 것 같은데, 이번 역시 같은 글귀가 언급되는 걸 보니 말썽꾸러기 검이로군요."

"혈천마교와 관계된 일이다. 결코 말썽 정도만으론 끝나지 않아."

"후배는 혈천마교와 전혀 관계가 없습니다."

"안다. 하지만 지금 이곳으로 달려오고 있는 두 사람도 네 말을 믿어줄런지는 모르겠구나."

'천하에 두려운 게 아무것도 없는 사람인 줄 알았더니, 이런 모습은 꽤나 신선하구나.'

추소산은 여신유의 나름대로 심각한 표정을 바라보며 내심 슬쩍 미소 지었다.

방금 전에 귓전을 울렸던 휘파람 소리와 창룡음.

꽤나 멀리 떨어진 장소였음에도 그 속에 깃든 격렬한 패도와 심장이 떨릴 듯한 웅혼함은 충분히 느낄 수 있었다. 그만큼 인상적이고 섬뜩한 무형의 무력시위였다.

당연히 추소산은 여신유의 안색이 심각해진 까닭을 쉽사리 짐작할 수 있었다.

또 다른 삼존의 출현.

그것도 두 명이 동시에 이곳으로 다가들고 있음이 분명했다.

그렇지 않고서야 여신유가 이리 긴장할 까닭이 없었다. 다른 이유 따윈 아예 생각할 것도 없었다.

그럼 그들을 이곳으로 불러들인 건 무엇일까?

물어볼 것도 없이 묵암검에서 일어난 천하를 몽땅 뒤덮어 버릴 듯한 마기였다. 이 정도의 마기라면 아무리 먼 곳에 떨어져 있다 하더라도 삼존 정도의 절대고수라면 충분히 파악할 수 있을 터였다.

덕분에 놀랍게도 당금 무림의 최강자이자 사부 단양에게 단체로 도전했던—이 부분을 생각하며 추소산은 입가에 부드러운 미소를 담았다—삼존이 한자리에 모이는 이변이 일어났다.

야반도주한 사부 단양이 남긴 마지막 편지를 읽은 이후 은연중에 최후의 목표로 삼고 있던 그들의 진면목을 한꺼번에 볼 수 있는 기회가 온 것이다. 추소산이 내심 기뻐하는 것은 당연한 일이라 할 수 있었다.

한데, 그런 추소산의 이해할 수 없는 여유가 여신유의 빈정을 상하게 만들었다.

비록 자신이 점찍은 인재 중의 인재라곤 하나 이렇게 안하무인의 모습을 보인다는 건 있을 수 없는 일이었다. 도저히 묵과할 수 없었다.

지잉!

순식간에 주변을 온통 어둠 속에 잠기게 만든 마기의 공급처 역할을 충실히 하고 있던 심어강을 체내로 갈무리한 여신유가 대뜸 추소산에게 수중의 묵암검을 집어 던졌다.

“웃!”

추소산은 흡사 섬뜩한 살기를 품은 살수의 검처럼 똑바로 자신의 목젖을 노리며 파고든 묵암검의 검인을 손가락을 뻗어 받아냈다.

사량발천근(四倆撥千斤).

상승의 무학을 연마하지 않은 자라면 감히 흉내조차 낼 수 없는 재주가 추소산의 손가락 끝에서 펼쳐졌다. 여신유와의 네 차례에 걸친 비무와 정심한 상승내공에 대한 강론을 듣지 않았다면 결코 이룰 수 없는 성취.

단지 며칠 사이에 추소산의 무학은 또 다른 경지로 접어들고 있었다. 그가 여신유에게 연거푸 사의를 표한 건 결코 입에 발린 말이 아니었다.

'또 늘었구나!'

무학의 대종사인 여신유가 그 같은 추소산의 변화를 파악하지 못할 리 만무하다.

그는 흡사 괴물이라도 보듯이 추소산을 노려봤다.

처음만 해도 자신과 비슷하거나 조금 못한 정도의 준천재로 봤는데, 시간이 지날수록 점차 생각이 달라진다. 이젠 아예 천재나 그 비슷한 것이 아니라 인간의 탈을 쓴 괴물같이 보이는 것이다.

그러거나 말거나 추소산은 무사히 되찾은 묵암검을 흡사 다정한 애인이라도 다루듯 검갑 안으로 밀어 넣었다.

갑작스런 마기의 폭출.

그로 인한 이변의 연속에도 불구하고 추소산에게 있어 묵암검은 여전히 무사의 동반자이자 친구의 위치에 머물러 있었다. 그의 단순한 행동 하나만 보더라도 그 같은 마음은 충분히 짐작하고도 남음이 있다 할 터였다.

'으음, 그런 마음은 무사로서 당연하다 할 것이지만…….'

여신유는 일시 빈정이 상해 추소산에게 묵암검을 집어 던진 걸 잠시 후회했다. 이제 곧 이곳에 도착할 두 무지막지한 초강자들에게 강박당할 추소산의 모습이 눈에 선했기 때문이다.

바로 그때였다.

심혼을 뒤흔들던 휘파람과 창룡음의 주인이 거의 동시에 공중에서 떨어져 내렸다.

백발백염에 학창의를 걸친 노인이 육지비행술(陸地飛行術)을 펼쳐 섬전같이 빠르게 모습을 드러낸 반면, 흑발흑염에 묵빛 전포를 걸친 패도적 인상의 노인은 어풍비행(御風飛行)으로 단숨에 공중에서 떨어져 내렸다.

모두 이야기나 전설 속에서나 들어봤음 직한 무공 경지에서 간신히 흉내를 낼 수 있는 절대적인 경공!

'하하, 오늘 눈요기는 정말 실컷 하는구나!'

추소산이 내심 미소 짓는 사이 거의 동시에 모습을 드러낸 두 노인은 마치 약속이라도 한 듯 좌우로 흩어졌다. 극히 상반되어 보이는 겉모습만큼이나 사이가 좋지 않아 보이는 모습.

내심 추측만 할 뿐 초면임을 면할 수 없는 추소산과 달리 익히 두 노인과 안면을 익한바 있는 여신유의 얼굴에 빙글 미소가 떠올랐다.

"낙양의 백마사에 무림맹이 있어 천하의 영웅과 호걸들이 몽땅 모여든다고 했던가? 화산파의 강 장문인, 신성천교의 우 교주. 오늘 놀랍게도 평생 동안 결코 다시는 보지 않을 것 같던 두 명의 호적수를 만나게 되니, 이 여 모의 마음이 꽤나 기쁘지 않겠소이까."

"호적수?"

송충이같이 굵직한 검미를 꿈틀거린 건 좌측 끝을 점하고 있던 묵포노인 우대승이었다.

그는 단숨에 여신유를 녹여 버리기라도 할 것 같은 눈빛을 하고서 나직이 중얼거렸다.

"본좌와 화산파의 강 늙은이가 천하를 놓고 쟁패를 벌일 때 여 문주는 뭘 하고 있었던가? 감히 본좌에게 호적수란 말을 할 수 있는 자는 오직 저기 꼬장꼬장하게 서 있는 강 늙은이뿐이다."

"이 마두 녀석아! 내가 여즉 꼬장꼬장한 게 무척이나 불만인가 보구나? 마두 녀석에겐 안타까운 일이겠지만, 근래 들어 내 몇 가지 검의 이치를 터득했느니라. 이번에 감히 청해를 벗어나 하남성에 온 것은 내게 죽을 자리를 만들어주길 바란 것이 분명할 터인즉!"

"건방진 소리."

우대승이 나직이 냉소를 터뜨리면서도 여신유를 바라보던 시선을 백발백염의 노인인 강구량에게 던졌다. 그가 한 말 중 몇 가지 검의 이치를 더 터득했다는 말에 신경이 쓰인 것이다.

그러자 강구량이 우대승을 마주 노려봤다. 두 사람이 무림을 위진시키는 절대고수들인 점을 감안하지 않는다면 그야말로 어린애들의 철없는 싸움이나 그리 다를 것이 없어 보이는 모습.

'쯔쯧, 여전하구만.'

내심 혀를 찬 여신유가 눈매를 살짝 가늘게 떠 보이곤 추소산에게 슬며시 전음으로 말했다.

"다행히 저 늙은이들이 서로에게 신경을 쓰느라 네 녀석과 마검에 잠시 관심을 잃어버렸다. 본좌가 어찌 두 늙은이들을 막아볼 테니, 네 녀석은 일단 이 자리를 빠져나가도록 하거라."

"선배님……."

"감격할 건 없다. 나중에 이번 빚은 반드시 톡톡히 받아낼 테니까."

전음으로 말을 하면서도 여신유는 입가에 흐릿한 미소를 만들어냈

다. 이번 일로 추소산을 확실하게 자신의 손에 넣었다는 확신을 가질
수 있었다.

그러나 그가 흐뭇한 기분을 만끽한 건 잠시뿐이었다. 곧 그의 미소
는 된서리를 맞고 만다. 추소산이 또다시 그 사람 환장하게 만드는 고
개 흔들기 신공을 발휘한 것이다.

"선배님의 배려는 감사합니다만, 저는 이곳에서 도망칠 까닭이 전혀
없습니다."

"도망칠 까닭이 전혀 없다고?"

"예, 그리고 사실 검신존 강구량 선배님과 광천존 우대승 선배님
을 동시에 만날 수 있는 행운을 놓치고 싶진 않습니다. 선배님께 큰
도움을 받았듯 두 분 선배님께도 얻는 게 많을 거라고 생각하니까
요."

그 말을 끝으로 전음을 끝낸 추소산이 안색이 시뻘겋게 변한 여신유
에게 슬쩍 고개를 숙여 보였다. 자기 스스로 현 상황을 개척하겠다는
의지를 단호하게 표명한 것이다.

그리고 그때까지 수십 년 만에 다시 만난 정과 마의 절대자들—하는 짓
은 애들 같지만—은 서로를 노려보며 살기를 뿜어내기에 여념이 없었다.

두 사람 모두 처음에 이곳을 향해 내력이 깃든 휘파람을 불고, 창룡
음을 우렁차게 소리쳤던 이유 따윈 완벽할 정도로 까맣게 잊고 있었다.
애초에 이런 곳에서 조우한 것 자체가 누군가의 음모로 인한 것이었지
만 말이다.

'망할 놈! 망할 늙은이들! 사람 같지 않은 인간들 같으니!'

자신 역시 충분하고도 한참이 남아서 넘쳐흐를 정도로 인간의 범주
를 벗어난 여신유는 벌겋게 물든 얼굴로 눈앞의 삼 인을 번갈아 노려

봤다. 평생 처음으로 자기 하고 싶은 대로 할 수 없는 현 상황이 무척
이나 마음에 들지 않았기 때문이다.

　그러자 그 모습을 본 추소산이 흐릿하게 미소 지으며 묵암검의 검갑
을 손가락으로 슥슥 쓰다듬었다.

　별 의미 없는 행동.

　여신유를 더욱 열받게 하는 모습이었다.

『만검조종』 7권에 계속…

강남 여행기 2

무석.

과거에는 유석이라 일컬어졌지만, 현재는 중국식 한자 병기와는 별도로 돌(주석)이 없다는 뜻을 가진 곳이다.

아주 먼 옛날 중국이 춘추 시대를 맞이하여 이곳저곳에서 개싸움을 벌이고 있을 무렵이었다. 당시는 철기가 개발되지 않았던 때인지라 주력 병기를 청동으로 만들었는데, 그 청동의 주원료 중 하나가 주석이었다.

당연히 주석이 있는 곳은 항상 전쟁의 소용돌이에 파묻힐 수밖에 없는 더러운 운명이었다. 주석 광산을 둘러싸고 열국들이 더욱 많은 개싸움을 벌이고 열심히 땅따먹기에 열을 올렸기 때문이다.

무석에는 하필 주석이 왕창 묻혀 있었다.

당시 강남의 패권을 다투던 오나라와 월나라의 전설 같은 싸움이 바로 이 때문에 일어나게 되었는데, 고래 싸움에 새우등 터진다고, 무석 사람들의 피해란 이만저만이 아니었다고 한다.

생각해 보시라!

여기에서 오나라가 쳐들어와서 자리를 차지하더니, 곧 저쪽에서 월나라가 개 떼처럼 달려들어 노략질을 한다. 이놈 편을 들면 저놈이 난리를 치고, 저놈 편을 들면 이놈이 초가삼간 다 불태운다. 세상에 어떤 고초가 이보다 더 클 수 있겠는가.

그래서 무석 주민들은 생각다 못해서 자기 고장의 이름을 유석에서 무석으로 바꾸어 버렸다. 이곳에는 더 이상 주석이 없으니 개싸움을 하려거든 다른 곳에 가서 하라는 의미였다.

어찌 보면 정말 애들조차 코웃음 치고 비웃을 만한 이야기지만, 당시 무석 주민들의 마음은 꽤나 간절했었던 것 같다. 하긴 매일이 전쟁이니 어찌 마음인들 편했으랴.

아무튼 이름을 바꾼 효과는 제대로 나타났다. 그렇게 유석에서 무석으로 이름이 바뀐 이후 거짓말처럼 전쟁이 벌어지지 않게 되었던 것이다. 거기엔 병기의 대세가 청동기에서 철기로 넘어간 까닭 역시 있었을 테지만 말이다.

뭐, 그런 꽤나 오랜 옛날 옛적의 이야기를 간직한 무석은 현재 중국에서 여섯 번째 가는 부자 동네로 한창 자본주의에 찌들어가고 있었다.

도시의 하늘은 상해보다 그다지 나을 것이 없을 정도로 공해에 찌들어 있었고, 곳곳에 공장이 들어서고 시끄러운 공사가 사방에서 진행되고 있었다. 한마디로 말해 상해와 마찬가지로 꽤나 첫인상이 좋지 않은 곳이었다.

하지만 무석에는 웬만한 무협에는 반드시 등장히는 태호란 멋진 호수가 존재했다. 공장의 난립으로 물빛이야 예전만 못할지 몰라도 반드시 한차례 배를 띄워놓고 구경할 만한 구석이 있는 곳이었다.

강남을 여행할 시 뱃놀이는 본시 기본이지 않겠는가!

어쨌든 그런 이야기들을 들으며 무려 3시간가량을 달린 끝에 무석 시내에 도착한 버스는 한차례 주변을 돌더니, 곧 숙소로 배정된 호텔 앞에 도착했다.

무석에서 가장 좋은 호텔이라는 무석 현지 가이드의 얘기에 피식거

리는 웃음으로 화답한 우리들은 우르르 버스에서 내렸다. 여행 첫날부
터 꽤나 오랫동안 버스에 쪼그려 앉아 있었더니, 온몸이 다 꼬이는 것
이 가볍게 몸이라도 풀어야 할 듯싶었다.

우두둑! 우두둑!

역시 이번 여행에도 중국인들의 작은 체형에 맞춰진 버스 좌석의 압
박은 원 헌드레드 클럽에 속한 내게는 참으로 심대한 것이었다.

몸을 이리저리 비틀 때마다 울리는 경쾌한 마찰음에 내 이맛살은 자
연스레 일그러지고 있었다. 참 이 느낌을 시원하다고 해야 할지, 고통
스럽다고 해야 할지 형언키 힘들다.

그렇게 얼굴을 잔뜩 구긴 채 버스 기사인 왕 사부로부터 짐을 받아
든 나와 우리 일행은 일제히 호텔로 몰려가 체크인을 했다. 일단 짐부
터 푼 이후 오후의 남은 일정을 시작할 생각이었다. 아직 무석의 일정
은 시작조차 되지 않은 것이다.

짐을 호텔에 푼 일행들은 일제히 무석 현지 가이드에게 몰려들었다.
저녁을 먹기까지 조금 시간이 남았으니, 그사이 뭔가 뜻 깊은 일정을
가지고 싶었기 때문이다.

결국 간편한 차림으로 다시 버스에 올라탄 일행들은 무석에서 꽤나
유명한 매원을 향해 이동했다. 드디어 무석 탐구 여행의 막이 오르는
순간이었다.

버스가 매원으로 향하는 동안 대부분이 작가(…라 말하고 좀비 & 폐인
이라 읽는다)인 우리 일행들의 열화와 같은 질문 공세는 무석 현지 가이
드를 좀 당황시켰다. 여태까지 이런 식으로 질문 공세를 펼칠뿐더러,
자칫 한마디라도 잘못 꺼내면 여지없이 날카로운 반론(트집)과 말꼬리

잡기가 스스럼없이 자행된 까닭이다.

특히 대히트를 기록한 사람이 있으니, 그건 바로 저번 1차 사천, 운남 여행에 이어 2차 강남 여행에도 동참하게 된 박웅(…라 말하고 금복주 형님이라 읽는다)이었다.

박웅은 작가들 사이에서도 걸어다니는 라이브러리란 별명을 얻은 희대의 쓰잘 데 없는 것을 잘 기억하는 분으로 종종 모 출판사의 장 독사님과 비견되는 무협계의 정보 창고이다.

특히 중국사나 중국 지리, 관제, 문화 등에 탁월한 혜안을 발휘하시니 만큼 우리들 중 가장 많은 부분에서 무석 현지 가이드를 괴롭혔다. 이미 무석까지 오는 동안 청봉 가이드 역시 혼쭐을 낸 바 있으매, 무석 현지 가이드의 고난은 가히 미뤄 짐작이 가는 바였다.

그러나 운이 좋았달까?

다른 여타의 가이드들의 수준을 가볍게 뛰어넘는 지식의 소유자인 청봉 가이드와 마찬가지로 무석 현지 가이드 역시 중국에서 역사학을 전공한 사람이었다.

연달아 이어진 질문 공세에 오히려 무척이나 기쁜 빛을 띤 무석 현지 가이드 덕분에 우리들은 매원까지 도착하는 동안 꽤나 즐거운 시간을 보낼 수 있었다.

그렇게 도착한 매원.

장원 전체를 수많은 매화가 뒤덮는다 하여 매원이다.

그만큼 매화가 피는 이른 봄철에는 그 아름다움이 가히 놀라워서 무석의 자랑 중 하나라 한다. 그리고 우리가 무석에 도착한 때는 춘삼월을 가볍게 넘긴 4월, 그중에서도 끄트머리였다. 당연하다면 당연한 일이겠지만, 매원에는 매화가 단 한 송이도 보이지 않았다.

"매원에 매화가 전혀 피지 않았군."

누군가 중얼거렸다.

다분히 무석 현지 가이드를 타박하는 소리였다.

그러나 무석 현지 가이드는 차분한 표정으로 바로 위에 내가 써놓은 내용을 말해주었다. 고맙게도 매화가 몽땅 진 시기에 무석을 찾은 너희들이 바보란 말을 덧붙이지 않는 친절 역시 잊지 않았다. 참 고마워서 눈물이 날 지경이었다. ㅡ_ㅡ

어쨌든 그래도 매원은 매원이었다.

중국, 그중에서도 강남의 장원에 대해 구경해 볼 절호의 기회를 놓칠 순 없었다.

일행들은 툴툴거리면서도 일제히 매원에 들어갔고, 곧 언제 매화가 없다고 투덜거렸냐는 듯 중국식 정원의 아름다움에 흠뻑 취했다. 매화가 없어도 매원은 매원이었던 것이다.

그럼 여기서 중국식 장원의 구조에 대해 잠깐 설명하겠다.

후일 둘러보게 된 여원(범요가 서시와 함께 은거한 장원)이나 사대명원까지 한데 합해서 강남의 장원의 구조는 그야말로 기기묘묘, 그 자체라 할 수 있다.

길은 곧은 길이 없고, 몇 걸음을 옮기면 경관이 바뀐다. 곳곳에 놓여 있는 건 태호석(태호 속에 석회암을 집어넣은 후 수십 년이 흐른 뒤에 꺼낸 정원석, 당연히 엄청나게 귀하고 비싸다)이고, 가산이며 호수이다.

강남의 부자들은 자신의 집 정원에다가 천하의 모든 자연경관을 가져다가 축소시켜 놓고 혼자만 감상하는 참으로 치졸한 짓을 누백 년, 아니, 누천년 동안 자행해 왔던 것이다.

게다가 더욱 놀라운 건 이 같은 장원 내부의 경관이나 길은 모두 중국의 오행과 팔괘의 방위를 따른다는 점이었다.

오행과 팔괘의 방위에 능한 자는 단지 장원 내부의 배치만 보고서도 길을 찾을 수 있고, 잘 되고 못 되고까지 알 수 있었다고 한다. 실로 향후의 작품에서 소재로 써먹어 달라는 아우성이 귓전을 울리는 듯한 착각까지 드는 설명이었다.

하지만 매원에서 내가 찾은 가장 큰 소재는 다름 아닌 본래 이곳의 주인이었던 영씨 일가에 대한 사항이었다.

영씨 일가는 무석에서는 꽤나 오래전부터 전통을 고수해 온 집안으로 매원 역시 그들의 소유였으나, 중국이 공산당 집권하에 넘어간 후 일가 전체가 도미하였다. 당연히 그전에 매원을 국가에 고스란히 헌납하였음은 물론이었다. 그렇게 허리를 숙이지 않았다면 일가 전체가 멸족했을 테니 말이다.

그러다 중국의 개방화가 이뤄지자 영씨 일족은 다시 무석으로 돌아와 가업을 도로 일으켰는데, 그 과정이 가히 드라마틱하였다.

영씨 일족은 돈을 벌어서 부를 쌓되, 항시 주변 사람들한테 인덕을 베풀기를 게을리 하지 않았고, 자식과 일가의 교육에 애써 힘썼다.

중국에 그동안 악독한 토호나 호족만 있는 줄 알았던 우리 일행의 두 눈이 크게 뜨여졌음은 물론이었다. 영씨 일족의 형성과 주변으로의 뿌리내려짐은 그야말로 한 세가의 성립, 그 자체나 다름없었기 때문이다.

―무석영가!

후일 쓸 예정인 꽤나 많은 작품군 속에 한 축을 차지하게 될 강남세가의 주축이 될 무석제일세가는 이렇게 내 마음속에 자리 잡았다. 실로 이번 강남 여행 중 가장 큰 수확 중 하나라 아니 할 수 없었다.

하지만 다 똑같은 부류들이다.

매원에서 영씨 일족에 관한 설명을 들은 후 나와 비슷한 생각을 한 사람이 없을 리 만무하다. 내가 무석영가를 되뇌이며 신이 나서 떠들어대자 주변의 시선이 심상치 않았다. 너 혼자 낼름 그 좋은 걸 독식하려는 거냐는 매서운 질책의 쓰나미가 몰려든 것이다.

그러나 이럴 땐 그저 뻔뻔해지는 것이 장땡이다.

나는 배를 쑥 내민 채 그래서 어쩔꺼냐는 도발적인 눈빛을 던졌고, 이로써 무석영가는 내 자식이 되었다. 다들 원 헌드레드 클럽 소속인 나와 초저녁의 혈투를 벌이고 싶진 않았던 것이리라.

그 후 매원 구경을 끝낸 우리는 다시 버스에 올라탄 후 저녁을 먹기 위해 시내의 식당으로 이동했다.

태호에서 잡힌다는 은어를 비롯한 각종 무석 특산 요리의 향연. 그러나 오로지 현지인이란 별명을 듣게 된 유리님(이번 여행의 돈줄이자 자금 담당자)만이 완벽하게 즐길 수 있었던 두 번째 식사가 우리 일행들을 기다리고 있었던 것이었다.

＊　　　＊　　　＊

여행 둘째 날.

새벽부터 호텔을 박차고 나선 나와 룸메이트 K광수님은 어슬렁거리며 로비를 오고 가다 촉촉한 새벽 비에 젖은 무석의 길거리를 우두커니 바라봤다.

생각보다 운치있는 아침이랄까?

호텔 밖으로 나가서 주변을 산책하려던 우리 두 사람을 붙잡는 손길이 있었다. 전날부터 우리 일행과 함께했던 무석 현지 가이드였다.

"왜? 나가면 안 되는 겁니까?"

내 반쯤 불만 섞인 목소리에 그가 고개를 가로젓더니 말했다.

"아침 식사를 한 후 곧 태호로 이동합니다. 배를 타게 될 테니, 위에 뭔가 걸치는 게 좋을 겁니다."

"별로 안 추운데……."

나는 고개를 갸웃거리곤 말끝을 흐렸다. 배를 많이 타보지 못한 탓에 육지와 배 위의 온도가 동일하단 착각에 빠진 것이었다. 그러나 K광수 님이 곧 내 옷깃을 잡아당겼고, 나는 어영부영 식사를 하러 식당으로 향했다. 태호에서의 뱃놀이를 내심 기대하면서.

태호.

중국에서 몇 손가락 안에 꼽힐 정도로 커다란 호수의 크기는 대한민국 서울에 버금간다. 호수인 주제에 수평선이 보일 정도의 광활한 크기인 것이다.

당연히 휘몰아치는 바람은 그야말로 바닷바람을 무색케 하리만큼 매서웠다. 대충 위에 겉옷 한 가지만 걸치고 왔던 나로선 당황하지 않을 수 없는 상황.

그래도 젊음이 있다.

나는 일행을 쫓아 냉큼 선착장으로 향했고, 곧 태호를 가로지르는 용두선에 올랐다. 강남 여행의 백미라 할 수 있는 호수 위의 뱃놀이를 시작한 것이었다.

그러나 용두선 이곳저곳을 옮겨 다니며 태호 변에 만들어진 삼국지 관광물이라거나 주변의 또 다른 용두선 등을 구경하던 나는 곧 안쪽으로 뛰어들고 말았다.

얼어죽을 것 같다!

딱 그 말이 정답이었다. 바다나 다름없는 태호에서 휘몰아치는 바람은 한마디로 말해 사람 잡는 수준이었다. 젊음과 근성만으론―그나마 맨날 책상머리에 앉아 자판이나 두들겨대는 글쟁이의 병아리 눈물만한 근성이다―결코 이겨낼 수 있는 수준이 아니었다. 당장이라도 몸살이 날 것 같았다.

때문에 나는 사방이 트인 용두선의 선내 중 가장 바람이 덜 몰아치는 곳에 쪼그려 앉은 채 태호 일주가 끝나기를 기다려야만 했다. 모두 가이드의 말을 제대로 새겨듣지 않은 내 잘못이었다. 누굴 딱히 원망할 수 없었다.

그렇게 태호 뱃놀이는 생각보다 훨씬 많은 고통과 상처를 안겨준 채 끝이 났다. 벼르고 별렀던 뱃놀이인데, 용두선에서 내리는 내 발은 후들후들 떨릴 따름이었다. 나머지 일정을 모조리 취소하고 당장 버스로 돌아가 꽝꽝 언 몸을 녹이고 싶은 게 그때의 솔직한 심정이라 할 수 있었다.

하지만 역시 젊음은 좋은 것이었다.

용두선에서 내려 태호 변에 마련된 삼국지 촬영 세트장으로 향하던 중 내 몸은 점차 정상 컨디션을 회복했다. 그리고 그와 함께 눈길을 끈 삼국지 세트장의 장대한 광경.

과연 중국적 규모랄까?

눈앞에 펼쳐진 삼국지 세트장의 규모는 꽤나 엄청났다. 몇 개나 되는 성채가 있을뿐더러 곳곳에서 삼국지의 주요 장면을 연기하는 연기자들의 실연 공연이 계속 펼쳐지고 있었다.

특히 나와 일행들의 눈을 즐겁게 한 건 삼국지 중 여포와 관우, 장비, 유비(사실 두 아우가 여포랑 잘 싸우고 있는데, 괜스레 끼어들어 오히려 훼방을 놓은 바보 형)가 싸우는 장면이었다.

유명한 삼국지 드라마의 장쾌한 음향과 함께 실연된 공연은 거칠게 달리는 말과 번뜩이는 창칼의 어울림으로 우리 일행의 발길을 한동안이나마 확실하게 잡아끌었다. 사실 중국이 아니면 또 어딜 가서 이 같은 공연을 생생하게 지켜볼 수 있겠는가.

그렇게 오전이 끝나가고 있었다.

천천히 삼국지 세트장을 돌고 버스에 올라탄 우리 일행은 점심 식사를 하기 전 조금 시간이 남았다는 가이드의 설명을 듣고 또다시 이구동성 소리쳤다. 그사이 어디 가볼 만한 곳이 있으면 안내해 달라는 생떼였다.

그러자 가이드가 잠시 주저하는 모습을 보이더니, 여원이란 곳을 설명해 주었다. 과거 오월지쟁 때 오왕 합려와 명장 오사서를 등돌리게 만든 월나라의 명재상 범요와 중국 4대 미인인 서시가 은거한 곳이 여원인데, 별로 볼 건 없다는 게 주요 골자였다.

물론 그 별로 볼 게 없다는 말은 일반 관광객들에게나 해당될 법한 말!

우리의 열화와 같은 요청에 의해 버스는 당장 여원 쪽으로 방향을 돌렸다. 천하에서 가장 성공한 사람이라 할 수 있는 범요의 전설적인 삶이 우리들의 입에서 연신 쏟아져 나왔음은 물론이었다.

여원.

전날 둘러봤던 매원이 고아한 분위기라면 여원은 고풍스럽다고 할 수 있었다.

건물 곳곳에 만들어진 문양이나 부조는 꽤나 특이했고, 벽화를 통해 범요와 서시의 만남과 헤어짐, 재회와 그 후의 삶 등을 설명해 놓은 모습은 무척이나 인상적이었다.

특히 우리들의 시선이 서시의 미모에 강력하게 박혔음은 당연한 일이었다.

경국지색(傾國之色)!

한 나라를 기울게 하고 망하게 할 정도의 미모라 했다.

그 같은 미모의 서시에게 관심을 갖지 않는다면 어찌 진정한 사내대장부라 할 수 있겠는가.

그래서인지 우리들은 각자 알고 있는 범요와 서시의 관계를 잔뜩 늘어놓으며 연신 범요를 부러워했다.

범요. 그는 한 명의 사내로 태어나 한 나라의 재상의 위치에 올랐고, 계책을 써서 강력한 라이벌 나라를 부쉈으며, 은퇴한 이후엔 경국지색의 미녀인 서시와 함께 안빈낙도를 이뤘다.

특히 그 시기에 장사를 해서 거부가 되기까지 했다고 한다. 그러니 이 어찌 진정한 사내요, 진정한 인생의 성공자가 아니라 할 수 있겠는가.

여원을 빠져나오며 나는 당년 범요의 늠연한 모습과 헌앙한 기품을 떠올리며 크게 한숨지었다. 그 같은 인생의 진정한 성공자가 살았던 곳을 돌던 중 강남세가의 주요 스토리 라인을 짜버린 어쩔 수 없는 글쟁이 근성에 안타까움을 느꼈던 것이다.

그러면 그때 짠 내용이 무언지 다들 궁금하실 것이다. 사실 그다지 궁금하지 않을지도 모르겠지만, 그냥 들어들 두시라.

강남의 중심인 무석에는 오래전부터 무석제일가라 불리는 무석영가가 있었는데, 라이벌 가문으로 범요의 후손인 여원의 범씨 일족이 있었다. 그들은 각기 오나라와 월나라의 후손인바, 서로 무석을 중심으로 한 강남의 패권을 잡기 위한 투쟁을 벌이게 된다…… 정도랄까?

암튼 그런 식으로 내 머릿속엔 차곡차곡 무석 무림에 대한 세가 싸움의 판도가 그려져 갔고, 그렇게 무석에서의 일정은 막을 내렸다. 가벼운 몸살기와 강남세가의 세가 분포도와 같은 정교한 조직도를 남겨 놓고서.

다음 행선지.

그곳은 상유천당 하유소항이란 말로 유명한 강남제일의 관광지 중 하나인이 아니라… 였던, 소주였다.

예로부터 중국에 전해 내려오는 말 중 인생의 지락이란, 양주에서 염상을 해서 돈을 벌어, 소주에 집을 얻고 소수 미인을 부인으로 얻은 후 허리에 금으로 만든 띠를 두른 후 항주로 가서 흥청망청 돈을 쓰는 것이란 말이 있다.

말 그대로 소주에서 가장 유명한 건 고래등 같은 집과 미인.

그중에서도 소주 미인이란 말은 대단히 유명해서 그동안 강남의 미인을 부르짖고 있었던—특히 앞서 거쳐 온 무석에서 총각들이 결혼을 하려면 반드시 집이 있어야 한다는 가이드의 말을 전해 듣고 엄청난 남자로서의 비애를 경험했던—총각들의 눈이 초롱초롱해진 건 극히 당연한 일이었다.

어쨌든 작년과 마찬가지로 이번 중국 여행에서도 총각들의 비중은 제법 있는 편이었기 때문이다.

그러나 그런 꿈과 기대를 안고 도착한 소주는 생각보다 별로였다. 아니, 그렇게 말하기도 좀 힘든…… 굳이 표현하자면 시골의 촌 동네를 연상시킬 정도의 규모였다.

"에계?"

내 입에선 절로 실망스런 목소리가 흘러나왔고, 다른 일행들 역시 반응은 비슷했다. 아무리 봐도 우리들 눈앞에 모습을 드러낸 소주의 모습은 하늘의 천당과 비견될 만한 구석이라곤 전혀 보이지 않는 촌동네 그 자체였던 것이다.

그러자 이미 자신의 박식함을 꽤나 여러 번 선보인바 있는 청봉 가이드가 마이크를 잡고 설명하기 시작했다.

"소주는 명대에 들어서 잦은 정부의 폭정—일명 소주 상권 짓밟아 죽이기—에 의해서 대조되던 항주와 달리 지금 보시는 것처럼 퇴락하고 말았습니다. 지금의 모습은 과거의 영화를 전혀 짐작할 수 없을 정도인 것입죠."

청봉 가이드의 단호한 한마디는 버스에 타고 있던 우리 일행 전체의 기분을 다운시키기에 충분했다. 그때 역시 여자에 막강한 K광수님이 분연히 목소리를 높였다.

"그래도 소주 미인은 있는 것이겠지요?"

"맞아! 맞아!"

뒤를 이은 목소리는 물론 나와 몇몇 총각군들이었다. 사실 눈앞에 보이는 소주가 얼마나 퇴락했는지는 그리 중요하지 않았다. 소주 미인이 과연 있느냐가 진정으로 중요할 따름이었다.

문득 청봉 가이드의 얼굴에 묘한 미소가 스쳐 갔다.

"그건… 나중에 충분할 정도로 경험하시게 될 것입니다. 저 청봉 가이드를 믿으십시오."

"역시 있구나!"

크게 환호작약한 내가 은근한 목소리로 다시 물었다.

"그런데 소주보다는 항주 쪽에 미인의 분포도가 더 많다고도 하던데……."

"그런 말을 누구한테 들었습니까?"

"그냥……."

"일단 절 믿고 따라와 보십쇼."

그때 나는 진심으로 청봉 가이드를 믿고 의지했다. 그가 진정으로 우리 앞에 소주 미인의 진면목을 보여줄 것임을 전혀 의심치 않았던 것이다.

그런 일상적(?)인 대화를 나누며 우리 일행을 태운 버스는 소주 쪽 호텔로 빠르게 이동했다.

비록 오늘날에 이르러선 시골 소읍처럼 퇴락한 소주이지만, 과거의 영화를 짐작케 하는 관광 자원은 아직도 꽤나 풍족한 편이었다.

특히 소주 미인과 더불어 유명한 대장원!

일명 중국을 대표하는 사대명원(이하원, 졸정원, 유원, 사자림) 중 세 군데가 집결해 있는 데다, 매우매우 유명한 오중제일산(오나라 시절 인근에서 유일무이하게 산답다고 해서 얻게 된 이름이다)의 검지(劍地)를 비롯한 유적들은 아직도 이곳을 찾는 이들의 주요한 볼거리가 되고 있었다.

그러나 금강산도 식후경이란 말은 중국이라 해서 귀밑머리로 스쳐 보낼 만한 말은 아니었다.

슬슬 점심 시간이 가까워져 왔기에 우리 일행은 어미지향이라 불리는 소주의 해산물 위주의 식사를 다시 경험하기 위해 인근 식당으로 향했다. 이때 역시 현지인 유리님이 가장 먼저 입맛을 다시기 시작했음은 물론이었다.

식사는 생각보다 괜찮았다.

청봉 가이드와 소주 현지 가이드의 배려로 한국식 식사가 마련되었기 때문이다. 그러나 흡족한 표정의 일행들과 달리 현지인 유리님의 표정은 불만스럽기 그지없었다. 중국까지 와서 한국 식사를 한다는 걸 도저히 납득할 수 없다는 표정이었다.

이는 몇몇 일행들의 입가에 웃음꽃을 만개시켰는데, 특히 입맛 까다롭기도 타의 추종을 불허하는 박옹 형님은 고개를 절레절레 흔들며 이해 못하겠다는 표정을 지어 보였다.

자신으로선 도저히 입조차 댈 수 없는 중국의 몇몇 탕 종류를 입맛 다시며 끝까지 먹는 유리님의 모습에서 경이로움을 느꼈음에 분명하다.

어쨌든 그렇게 소주에서의 첫 번째 식사를 마친 우리 일행은 사대명원 중 하나인 졸정원으로 향했다. 오늘 하루 동안 삼대명원 전체와 오중제일산까지를 몽땅 돌아야 하기에 머뭇거릴 시간 따윈 전혀 없었다.

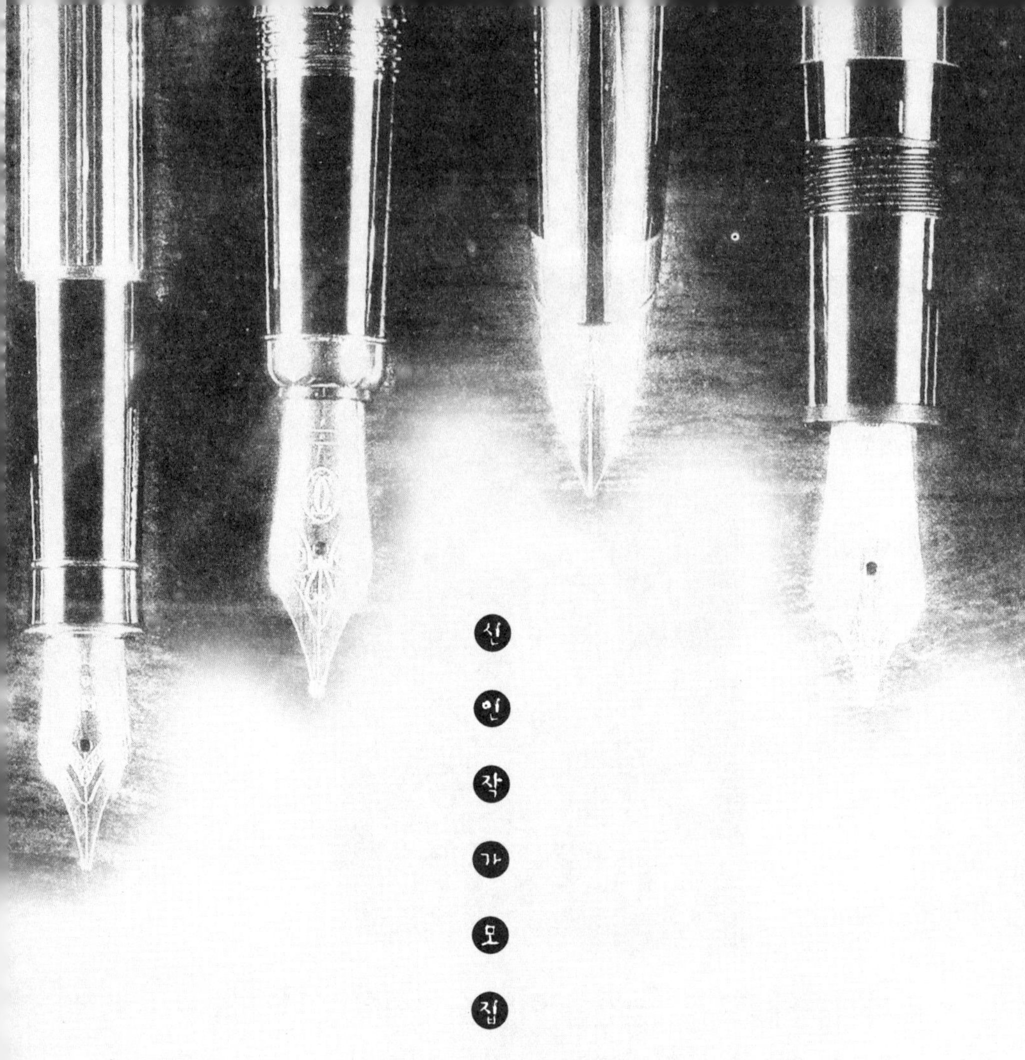

신

인

작

가

모

집